紅妝攻略

5

完

三石 著

風 文創 720

目錄

第一百一十八章……005
第一百一十九章……017
第一百二十章……027
第一百二十一章……037
第一百二十二章……045
第一百二十三章……057
第一百二十四章……067
第一百二十五章……077
第一百二十六章……087
第一百二十七章……097
第一百二十八章……107
第一百二十九章……117
第一百三十章……127
第一百三十一章……139
第一百三十二章……149
第一百三十三章……159
第一百三十四章……169
第一百三十五章……179
第一百三十六章……191
第一百三十七章……201
第一百三十八章……211
第一百三十九章……221
第一百四十章……231
第一百四十一章……241
第一百四十二章……251
第一百四十三章……261
第一百四十四章……271
第一百四十五章……283
第一百四十六章……293
第一百四十七章……299

第一百一十八章

清晨的陽光照在沈君兮熟睡的臉龐時，她才慵懶地翻了翻身。

已經恢復意識的她，噌地坐了起來。

屋內的一切又恢復往日的秩序，彷彿昨晚的事沒發生一樣。

沈君兮有些狐疑地坐在那兒，回想自己昨晚究竟是在作夢，還是真的經歷了一場生死搏鬥？

可如果是作夢，她怎麼會睡在臨窗的大炕上？

可如果不是作夢，傅辛和老六又去了哪裡？還有，那些被她砸掉的東西又去了哪裡？

她揉了揉自己的額角，卻發現手和臂上都纏了白色布條。

就在沈君兮反覆地看著自己雙手發呆時，卻聽屋裡有人道：「醒了？」

她茫然地抬頭看去，趙卓正神清氣爽地站在那兒，笑盈盈地瞧著她。

「七哥？」沈君兮一時激動地在大炕上跪立起來，只是聲音嘶啞得一點都不像是自己的。

「睡得可好？」一臉和煦的趙卓走到沈君兮身邊坐下，寵溺地將她拉進自己的懷裡。

「抱歉，我應該早些回來的，不該讓妳受到驚嚇。」

聽了趙卓的這句話，沈君兮才意識到昨晚的事竟是真的發生過。

她從趙卓的懷裡抬起頭，求證似地看他。「傅辛和那個老六……」

「都被我關起來了。」趙卓面無表情地道：「真是吃了熊心豹子膽，堂堂壽王府也敢私闖！我已經吩咐下去，讓小寶兒和小貝子徹查與這件事有關的人。府裡都進了宵小，我養著那群護衛又有何用？」

聽了趙卓這些話，沈君兮的臉色瞬間發白。

她顫抖著推開趙卓。

如果說，昨日傅辛和那老六闖進府是真，那後來與她被翻紅浪的人又是誰？

可恨的是，她昨日中了春藥，完全想不起自己做了什麼事。

如果她這身子真被傅辛或老六玷污的話，那她還有沒有資格繼續做趙卓的妻子，繼續做她的壽王妃？

一想到這兒，沈君兮便滿心糾結，就將頭埋進錦被裡。

趙卓一瞧沈君兮的樣子就想笑，剛想去拉扯沈君兮蒙在頭上的被子時，卻聽她蒙在被子裡，帶著哭腔道：「我可能已經沒有資格再做你的妻子了……」

「說什麼傻話？」趙卓將她從錦被裡挖出來，笑道：「昨晚，妳好不容易才成為我真正的妻子，怎麼，今天就想同我和離？」

聽了這話，沈君兮將信將疑地看向趙卓，思考他話裡的真實性。

趙卓卻像個小媳婦似的，一臉怨氣地道：「昨天晚上也不知道是誰，就像換了個人一樣，將奴家壓在這大炕上蹂躪，而且一點也不知道憐香惜玉，竟對奴家又撓又咬的，將奴家傷成這個樣子……」

說話間，他竟在沈君兮面前寬衣解帶，露出那因為打仗而變得結實的肩背。只見他肌肉賁張的手臂上滿是新撓出的血痕印，在血痕印之間，還有明顯是被嘬出來的小紅印。

那些沈君兮原本不怎麼確定的記憶，一下子湧進腦海，讓她頓時羞紅了臉。

這些真的是自己做的？她哪有那麼狂野！

沈君兮幾乎不敢抬頭看趙卓。

一定是傅辛他們給自己吃的那些藥起了作用，不然她斷然做不出這樣的事！要知道上一世傅辛就抱怨過，說她躺在床上就像是一條死魚，一點都不解風情。

見著她這縮頭烏龜樣，趙卓只是覺得有趣。

他湊到沈君兮的耳畔，咬著她耳朵道：「奴家已是妳的人了，妳得好好待奴家。」

說著便在沈君兮耳邊吹起氣來，那溫溫潤潤的呼吸打在沈君兮的耳窩裡，引得她全身跟著顫慄起來。

「我昨天有沒有弄疼妳？」趙卓的聲音低低沈沈的，很是感性。

聽他這麼一問，沈君兮也不知該如何回答他？

這一世和上一世的差別可真大呀，她還記得上一世洞房花燭夜的體驗算不得愉快，甚至讓她打從心底有些厭惡這事情。

可這一世……

有些話，她不知該怎麼說出口，支支吾吾地沒吭聲。

趙卓一見她這樣子，便將手伸進她的衣襬。「怎麼，妳不知道？要不要為夫替妳檢查？」

說著他便將愣在那兒的沈君兮推倒，不一會兒，室內便傳來輕輕的吟哦聲。

這可羞壞了幾個在室外提著熱水、端著水盆的貼身丫鬟。大家妳看看我、我看看妳，一時不知該怎麼辦才好？

自家王爺還真是神龍見首不見尾，明明昨日歇下的時候，王爺還沒有回來，結果今日便出現在王妃的房間。而且從王爺丟出的那一堆衣衫來看，竟是一回來便與王妃圓房。

這發現讓她們這些做丫鬟的有些激動。

之前她們還擔心過，王爺到南詔一去就是四年，回來之後，與王妃之間會不會變得生疏？

現在看來，這根本就是她們幾個杞人憂天。

見趙卓和沈君兮還沒有要起的意思，紅鳶便給春夏和秋冬使了眼色，幾個人拿著手裡的東西，輕手輕腳地退出去。

直至退到門廊下，紅鳶才壓低聲音同春夏和秋冬道：「妳們聽說了嗎？昨晚府裡來賊了！也是那賊運氣不好，剛剛翻進院子就遇到了從南詔疾馳而回的王爺，然後就被席護衛和徐護衛他們抓了個正著。」

春夏和秋冬互相對視一眼。

不知為什麼，兩人都覺得昨晚的覺睡得特別好，根本不知府裡到底發生了什麼事。

「太可怕了！」春夏說道：「幸好我們這是內院，什麼事也沒有。要是那些賊摸到內院來就糟了！」

「那有什麼，妳們忘了咱們雙芙院還有二娘和三娘嗎？那賊要是敢來，肯定會教二娘和三娘逮住的！」秋冬卻覺得這件事不值得一提，自信滿滿地同紅鳶和春夏道。

丫鬟們的說話聲不大，卻也傳到沈君兮的耳朵裡。

紅潮尚未褪去的她，半靠在趙卓的懷裡，問起昨晚的事。

趙卓知道這件事若不同她說清楚，她心裡一定會有個結，因此他親了親沈君兮的額角，欣慰道：「我從來沒有想過，妳竟是如此勇敢的人！昨天我一回院子，便覺安靜得讓人生疑，就連守門房的婆子都歪倒在一旁，推也推不醒，便知道這屋裡出了事。

「我一進屋，瞧見了滿地狼藉，且發現那老六正想往炕上爬，便顧不得那麼多，一記手刀將他打暈。後來才發現地上竟然還躺了一個，褲子褪了半截，樣子猥瑣至極。我將這二人綁了，並叫來小寶兒和小貝子。房間是小寶兒和小貝子整理的，以他們兩個的口風，妳完全可以放心，絕對不會傳出去。他們將這屋裡收拾乾淨，便拎著那兩人下去了，從始至終，屋裡的動靜這麼大，睡在外屋的紅鳶卻始終人事不知，我將計就計，對外稱只是府裡進了賊而已。」

這樣一來，對沈君兮的名節而言，就不會有什麼損失。

「可是處理完這些事後，我才發現妳手上竟然全是傷。」說著，趙卓輕輕地執起她的手，很心疼地道：「妳這個傻丫頭，怎麼可以對自己下這麼狠的手？」

沈君兮很不好意思地道：「我還不是因為擔心自己暈倒後，他們會對我不軌，因此才咬緊了牙……」

「我知道，我都知道……」趙卓一想到昨晚發生的事，哪怕沈君兮懦弱一點點，說不定就教那兩個賊人得手了。

他沒想到的是，她咬牙堅持到最後一刻。

想到小寶兒和小貝子退下後，藥力發作後的她主動得讓自己欲仙欲死，趙卓就是一陣後怕。

他們對沈君兮做的那些事，自己一定要讓他們加倍償還！

趙卓在心裡暗暗賭誓道。

他的賭誓，沈君兮並不知道，但是她自己昨晚發的願卻記得很清楚。

「那兩人在哪兒？」她從趙卓的懷裡起身。「這是我與他們的恩怨，我要親自解決！」

看著妻子眼中好似燃燒起了熊熊火光，原本想替她出手的趙卓覺得，讓她去試一試，或許也是個不錯的主意。

即便夫妻倆都有此打算，可兩人愣是仍磨到日上三竿才喚丫鬟進來梳洗。

和平日不同，沈君兮身邊幾個丫鬟都是低頭瞧著自己的鞋面，眼睛一點也不敢往別處亂瞟。

沈君兮洗漱完後，才同趙卓一道移至次間，然後隨即有廚房裡的丫鬟和婆子魚貫而入來擺桌布菜。

她其實早就餓慘了。昨晚在宮裡什麼也沒吃，就靠著兩塊糕點墊肚；從昨晚到剛才，她一直沒有真正用膳過……

因此，她幾乎顧不上什麼形象，抓起筷子就吃起來。

「妳慢著點。」趙卓瞧著沈君兮的樣子，一臉寵溺地用手指抹了抹她沾在嘴角的醬汁。「又沒人和妳搶，這樣子倒像是十天半個月沒吃過東西一樣。」

沈君兮好不容易嚥下口中的食物，用帕子擦了擦嘴角，道：「十天半月沒吃過東西可不是我這個樣子，那可是看到草皮、樹根都能吃……」

趙卓聽了，笑著搖頭。「說得好像妳餓過一樣。」

沈君兮只是隨意哼了哼，然後就瞧見春夏領著一群小丫鬟，抱著一疊乾淨的床褥、靠墊進了內室，不一會兒，又面無表情地帶著那群小丫鬟出來。她們手裡拿著的，正是之前鋪在內室大炕上的東西。

想著自己昨晚和今晨都和趙卓在上面胡來，沈君兮的臉瞬間紅了，可還要裝出一副若無其事的樣子。

趙卓覺得這樣的沈君兮分外可愛，配合她道：「妳是打算用過膳後就去瞧那二人，還是稍歇息後再去？」

一聽到「歇息」二字，沈君兮就瞪了他一眼。

早上他就是這樣強行將自己留在火炕上，結果又讓他得手了一次。

趙卓一見沈君兮的眼神，知道她對早上的事還耿耿於懷，摸了摸自己的鼻子道：「既然妳不想歇息，我們就直接去會會那兩人好了。」

小寶兒和小貝子將傅辛和那個老六關在三清堂的暗室裡。

三清堂平日是趙卓的練武堂，除了小寶兒和小貝子，其他下人平日根本不敢靠近。為了防止兩人逃跑，小寶兒特意將人五花大綁在太師椅上，並且蒙著兩人的眼睛，還在他們嘴裡塞了布條。

那老六在心裡直叫苦。他就知道天下沒有這麼好的事，自己真是鬼迷心竅，怎麼會相信那延平伯爺的話！這下惹到了壽王府的人，還不知自己有沒有命活著回去！

然後，只聽吱嘎一聲，好似門被人打開了。

被布條蒙住眼睛的他，側著耳朵去聽，便聽到一輕一重的兩個腳步聲。重的那個腳步聲與常人無異，可輕的那個，一聽就知道是個練家子。

他還在猜測來者是誰時眼前布條被人掀開了。他發現自己被關在一間四面都是巨石砌成的石室裡，一束光從牆壁上方的石窗照下來，是這石頭屋裡唯一的光源。

藉著這束光源，他瞧見自己跟前站著兩個人，一個是眉目秀美的少年郎，另一個則是英氣勃發的年輕人。

老六下意識地就想求饒，只是被綁在太師椅上，行動不便，他剛想站起身來，就連人帶椅子一起摔在地上。

和老六關在同一個屋裡的傅辛聽到響動，跟著嗚咽起來。

不一會兒，傅辛眼前的布條也被人拿掉，然後他就瞧見了沈君兮那張有些冰冷的臉。

這張曾經讓他魂牽夢縈的臉，沒想到冷冰冰的時候，也會讓自己心動！

傅辛心裡想著，嘴裡卻不住地發出嗚嗚聲。

沈君兮便抽走了堵在他嘴裡的布條。

終於可以說話的傅辛求饒道：「是我一時鬼迷心竅，才做出這等禽獸不如的事，大人有大量，饒了我這一回吧！妳也不希望讓紀雪年紀輕輕就守寡吧？」

他不提紀雪還好，一提紀雪，沈君兮瞧著他就更厭惡了。

只見她抽出一把匕首，匕首尖端在傅辛身上隨意亂劃了幾下。也不知是沈君兮的力道控制不好，還是她故意為之，凡是那刀尖經過的地方，或留下輕輕的劃痕，或是直接就劃出了鮮血淋漓的口子。

老六一眼瞧出那是自己的匕首。因為材質奇特，加上鍛造工匠的手藝精湛，這把匕首真的可以做到吹毛斷髮。

這把匕首異於平常的鋒利，劃開皮膚的時候能讓人沒有知覺，可過後，血珠就會像斷線的珍珠項鍊那樣，一滴接一滴地湧出。

最要命的是，這把匕首是餵過毒的。在毒藥的影響下，不但傷口難以癒合，還會讓人有種被千萬隻螞蟻啃噬的錯覺。

老六驚恐地看著傅辛，生怕沈君兮一個不高興，就把刀劃到自己身上來。

聽了傅辛的求饒，沈君兮冷笑道：「我不是沒給過你機會，可是你一而再、再而三地找上門來，也別怪我對你心狠手辣了。」

說著，她手裡的匕首就往傅辛的下身走去，嚇得傅辛哇哇叫個不停。

這女人怎能這樣?!被綁在椅子上退無可退的傅辛朝趙卓看去。沒有人能接受自己的女人做出這樣的事來吧！

豈料趙卓卻一臉欣賞地看著沈君兮，顯然不在乎她對傅辛做的事。

他願意寵著護著他的女人，卻不希望他的女人只是一株必須要依賴他人的菟絲草；而沈君兮從小到大表現出的堅韌和不服輸，正是他最欣賞的。

她凶狠的樣子，像極了一隻露出獠牙的小野貓。

石室內很昏暗，卻不影響沈君兮看清傅辛那不斷求饒的神情。

看著這張臉，她腦海裡浮現的卻是上一世他抱著王可兒，讓家丁將自己亂棍打死時的絕情。

重生後的她，不是沒有想過要復仇。

上一世的傅辛，實在是辜負她太多，可經歷過錢嬤嬤和春桃那件事之後，她心中的戾氣卻被化去不少。

小人當然要嚴懲，可更重要的是，她該過好自己這一生，不再重蹈上一世的覆轍，不然，她重生這一世的意義又在哪兒？

因此，這一世的她總是善待身邊的人和事，並利用自己重生的優勢，作著趨利避害的選擇。在她看來，只要沒有損害別人，努力讓自己過得更好一些又有什麼不對？

所以她後來甚至放棄了向傅辛報復的執念，畢竟上一世發生的事，和這一世的傅辛無關。

可讓她沒想到的是，這一世的傅辛，竟和上一世一樣無恥！

不，應該說是有過之而無不及，這一世的傅辛更讓人覺得噁心。

「不要啊！」看著沈君兮陰狠的眼神，傅辛也知道自己剛才的求饒一點用處都沒有，便不管不顧地哭道：「您是高高在上的壽王妃啊！您高抬貴手啊！不要讓我這條賤命污了您的手呀！」

一旁躺在地上的老六聽了，把頭轉向另一邊。

自己怎麼會跟這樣的慫包為伍？這要是傳出去，他一世威名不就這樣毀了？

趙卓聽了傅辛這話，覺得也有幾分道理。他想讓沈君兮親手出一口惡氣不假，可要讓她背負傅辛這條賤命，他又不捨。

於是他壓住沈君兮的手，道：「為這種人，不值當！」

見到趙卓這番動作，傅辛心中一動，以為自己的話起了效果，在那兒大說特說起來。

沈君兮皺著眉，很不解地瞧著趙卓將她手裡的匕首接過去。

「你知道自己為何會娶了紀雪為妻？」趙卓將那匕首拿在手裡比劃著。

第一百一十九章

傅辛聽了這話一愣。

自己怎麼會娶紀雪，這對紀家人來說算不得什麼秘密，沈君兮從小在紀家長大，知道這其中的事情也不奇怪。

因此，傅辛並未作聲。

趙卓一邊把玩著那把匕首，一邊漫不經心地道：「自從那年你在鬧市上讓人對王妃的馬車下手的時候，我就注意到你了。那塊招牌為什麼會掉落，而且還恰好打在王妃的馬車上，讓那匹馬受驚，想必你比我更清楚。」他輕瞟了眼傅辛，發現傅辛的眼神開始飄忽起來。「你以為自己做得天衣無縫，卻不知道凡做過必留下痕跡，只要有心人一查，便能查到你在這後面做的手腳。

「為了不打草驚蛇，我特意沒有聲張，就是要看看你想幹什麼？」趙卓忽然輕笑道：「你還真沒讓我失望，之後你的動作頻頻，私下還同紀雪達成協議。既然你們倆關係這麼好，我沒有理由不幫你們一把。」

一聽到這兒，傅辛的臉色大變。

他一直以為當年和紀雪密謀的事只有他們兩人知道，誰知這一切，竟然全部被第三個人知曉。

「你不是一直奇怪，為何最後出現在你身邊的是紀雪嗎？」看著傅辛一臉驚愕，趙卓有了貓逗老鼠般的快感。「那是因為我的人一直都在盯著你們。既然你們可以無惡不作，為什麼我不能以其人之道還治其身呢？而且我瞧著你和紀雪私下那麼有默契，便順勢幫了你們一把，讓你們成為一家人。」

傅辛聽了，全身顫了一下，涔涔汗水就這樣汨汨地冒出來，在他的衣下形成了細細涓流。

之前他一直以為自己只不過是不小心下錯了一步棋，才導致今日的事情，萬萬沒想到自己才是那顆棋子！

「我本想就此饒過你，沒想到你竟然還賊心不死！」說到這兒，趙卓冷笑道：「你大概忘了那年大年初二被人打斷腿的事。我沒想到你竟然敢在紀府的家宴上對我的王妃不懷好意，於是我叫人狠狠地教訓你一頓，好教你收斂。只可惜，你這個人冥頑不靈，你可知道上一個像你一樣覬覦王妃的人，下場是什麼樣子？」

說話間，趙卓的臉色變得更加陰冷，而傅辛眼中也透出了恐懼。「你……你把那人……怎麼了……」

「我把人打殘了，讓他一輩子都只能在床上吃喝拉撒。」趙卓一臉玩味地笑道：「即便他姊姊動用了晉王府的力量，懸賞萬金也沒能找出幕後真凶，反倒讓自己遭到晉王爺的嫌棄，姐弟倆都被趕出晉王府。我聽聞他的姊姊後來重操舊業，而他則滿身爛蛆地死去……」

原本趴在一旁像聽故事一樣的老六，突然間臉色大變。

當年，魏十三被人打癱的事，在他們這些混江湖的人裡引起軒然大波。他們那時都在猜測，到底這個魏十三是得罪了哪一方的高人，竟被人下如此重手。只可惜，當時的說法很多，卻沒有一個可信的。

隨著時間推移，魏十三那件事也就成了未解之謎。

沒想到多年之後，他竟然有機會窺得真相，不知道當他將這消息告訴他那幫兄弟們時，他們會有什麼樣的反應……

老六好似突然意識到什麼，臉上露出驚懼之色。

這麼多年都無人知曉的秘密，今日卻被他這樣輕而易舉地知道了，這恐怕不是壽王一時的疏忽大意。

就從自己剛剛聽到的這些事情裡推斷，壽王是個做事頗為嚴謹的人，絕不會露出這樣的破綻來。壽王之所以敢在自己和傅辛跟前說這些，恐怕是因為在壽王心中，他和傅辛就是已死之人了——

城西安義坊的延平伯府亂成一團。

不知道什麼原因，延平伯竟然有好幾日都不曾歸家，延平伯太夫人王氏在家急得團團轉，可紀雪這個延平伯夫人卻像個沒事人一樣，飯照吃，覺照睡。

因為在紀雪看來，眼下最重要的事，就是讓腹中胎兒安全落地。

自從四年前不小心落過胎後，她便未懷上孩子。

她原本年紀小，倒也不將此事放在心上。看著王可兒生的兒子一天大過一天，甚至可以滿院子跑的時候，便有人在紀雪的耳邊絮叨。「夫人還是要想辦法哄住伯爺，生個自己的兒子傍身才行。」

紀雪卻不以為然。

因為王可兒整日想要回孩子，她正與傅辛堵著氣呢！

可那人卻道：「夫人將王姨娘的孩子養得再好，畢竟不是親生的，難道夫人還打算將整個伯爺府都送給那王姨娘的兒子？」

一句話點醒了夢中人。紀雪可以不在乎傅辛，卻不能不在乎延平伯府。她若是不能生下一個嫡子，那等傅辛百年後，這府裡的一切可真與自己無關了。

於是，她才在傅辛跟前溫柔小意起來，可沒想到大半年過去了，她的肚子卻絲毫沒有動靜。

紀雪這才急了起來。

在母親齊氏的幫助下，紀雪請了傅老太醫來號脈，才知道她上一次落胎的時候傷了身子，需要好好調養。

所謂的調養，就是一碗接一碗喝著黑乎乎的湯藥。

這些湯藥喝得紀雪直想吐，每一次她任性得想打翻藥碗的時候，一見到王可兒的兒子在院子裡又跑又笑，她便捏著鼻子，把那藥湯灌下去。

好在皇天不負苦心人，終於又讓她懷上了孩子。

只是這次，她有了十二萬分的小心，不但堅決不讓傅辛近身，連府中大小事務也懶得搭理。

「他那個人是什麼德行，母親難道不知道？」半躺在羅漢床上、吃著甜瓜的紀雪，一臉不在意地說道：「他肯定又在哪裡搞到錢，出去花天酒地了。」

說著，她很不屑地瞟了眼王氏。

別以為她不知道，婆婆王氏經常拿私房補貼傅辛，而傅辛就拿這些錢出去找窯姊兒，經常是一身脂粉味地回來，那味道比她還香。

聽了紀雪這話，王氏的老臉一紅。

要不是紀雪在家裡將兒子管太緊，她何至於做這種事？她也是心疼兒子，堂堂七尺男兒竟然讓自己的媳婦拿捏，所以她才會支持兒子出去尋花問柳。

「可妳倒是叫人去尋一尋呀！」王氏以前真沒想到紀雪竟是這麼厲害的，自從紀雪開始管家後，便把府裡上上下下都換成自己的人。

王氏不是沒有抗議過，可紀雪一句話就把王氏頂了回去。「不換也行，不過這些人每個月的例錢，都要母親從自己的私房拿。」

王氏一聽就變了臉。她管著府中的中饋這麼多年，公中有沒有錢她是最清楚的。這些年她一直拿自己的嫁妝貼補，好不容易盼來一個有錢的兒媳婦，此刻不脫手更待何時？

因此，王氏當時在換不換人這件事上就保持沈默，結果弄得現在她想使喚府裡的人，都得來同紀雪打商量。

紀雪這些年也惱怒王氏不斷在她和傅辛之間作梗，因此對傅辛的安危，她也懶得關心。在這京城能出什麼大事？等到他把身上那點錢都花光後，自然就會回來的。

「行了，母親還是回您自己的院子裡去吧。」紀雪懶洋洋地從羅漢床上坐起。三個月的身孕尚未顯懷，只是她整日又吃又睡的，倒讓腰身胖了不少。

王氏見說不動紀雪，氣得把手裡的帕子一甩，扭頭就去了王可兒的偏院。

她這個兒媳婦是個厲害的，王可兒明明是傅辛的妾室，紀雪卻偏偏將她安排在最遠的偏院；要到王可兒那兒去，必須先經過紀雪所住的正院，然後從一張角門出去，再經過一條長長的甬道，才能走到王可兒的偏院。

莫說是傅辛了，就連王氏都覺得這樣麻煩，不大願意去王可兒那兒走動。

多數時間被關在屋裡做針線活的王可兒見到王氏突然到訪，先是激動，一聲「姑母」到了嘴邊，又硬生生地嚥回去，改口成了「太夫人」。

王可兒在剛被抬為妾時，還照以前那樣叫王氏為姑母，稱傅辛為表哥，這件事卻被紀雪給拿捏住。

「王姨娘怕是忘了自己如今的身分了。」紀雪一邊喝茶，一邊擺出正室的範兒給王可兒看。「姑母和表哥豈是妳可以叫的？既然妳想當這府裡的表小姐，就不該爬了世子爺的床；既然爬了床，又抬了姨娘，就該守著自己的本分才是。這次念妳是初犯，將那《女則》和《女誡》各抄二十遍過來，以後若再說出這樣僭越的話，就別怪我不客氣了！」

自從那年被曹太后罰抄《女則》和《女誡》後，在紀雪心中，這便成為最恐怖的責罰。

用來教訓王可兒，則是剛剛好。

這些《女則》和《女誡》讓王可兒足足抄了一個月，從那之後，王可兒在府裡也變得謹言慎行起來。

王可兒的彆扭，王氏自然瞧在眼裡。

她看了眼王可兒身邊服侍的人，冷哼了一聲，說起自己此行的目的。

王可兒被紀雪「囚」在這偏院裡，平日也難得出去一趟；而傅辛覺得麻煩，半個月也難得來一回，因此她並不知道傅辛幾日沒有歸家的事。

「啊？怎麼會這樣？」傅辛現在就是她在府裡唯一的仰仗，若是沒了傅辛，還不知道紀雪會如何拿捏自己，因此王可兒很緊張。「這事夫人怎麼說？」

「她還能怎麼說？」說起紀雪，王氏簡直恨得牙癢癢。「她說等到伯爺身上的銀子花光了自然就會回。妳說，哪有這樣給人當媳婦的？」

王可兒自然想附和王氏兩句，可一想到自己身邊還有紀雪安插的人，話鋒一轉地道：「既然夫人這樣說了，想必真的不要緊吧……要不我們再等幾日？」

可延平伯府的人死也沒想到，她們這一等，就等到了傅辛去世的噩耗。

傅辛是讓人從北苑河裡撈起來的，撈起來的時候，全身都被水泡得變了形，若不是腰上掛著的那塊腰牌，都沒有人知道他是誰。

與傅辛一同被撈起來的，還有一個叫老六的混混。

兩人均是一身酒氣，也不知道是不是在北苑河邊的青樓裡喝花酒，失足掉進水裡給淹死了。

順天府最煩的就是接到這樣的案子，因為除了要尋找屍源，還得派人去查是怎麼死的？是出於意外，還是有人蓄意謀殺？

順天府的人查了北苑河邊的十八家青樓，青樓裡的老鴇都說延平伯爺是自己那兒的常客，可最近都沒有去喝酒。如此一來，這事好似變成了無頭案。

若是個普通人還好，偏偏死的是個有爵位在身的人，順天府尹對此也很頭疼，但除了讓手下的門子多多出去走訪外，他也沒有什麼好辦法。

也活該是那些門子運氣好，有個平日和老六一塊兒喝過酒的混混提供線索，道：「那日見到有人來找老六，說是有門生意要找他做。我在旁邊搭著聽了一耳朵，說是在城裡發現了個長得標緻的小娘子，若是能得手，就給老六十兩銀子的報酬。老六聽了心動，就跟著那人去了，從那之後，就再沒見過老六了。」

可順天府尹聽到這樣的話，連哭的心都有了。

這明顯是闖空門，然後被人給弄死了啊！京城這麼大，又住了這麼多戶人家，誰知他們盯上的是誰家的小娘子？而且做下這種事的人，又怎麼會聲張？

「會不會是壽王府？」那府尹手下的一個門子像是想到什麼。「之前壽王府的人來報過，他們府裡遭了賊。」

順天府尹白了門子一眼，暗道：這種事怎能亂說？誰不知道現在的壽王府可算得是如日中天的時候，哪能去主動觸這個霉頭？

哪怕是壽王府做的，都要為其遮掩一二；何況現在無憑無據的，要往壽王府潑髒水，這是嫌自己命長嗎?!

順天府尹訓道：「怎麼可能是壽王府！壽王府可是養著一百親兵，防衛比我這順天府衙門還森嚴，這不是茅坑裡點燈籠，找屎嗎？」

大家一聽，覺得好像是這個理，也就第一個將壽王府的嫌疑抹去，同樣抹去嫌疑的還有其他幾座王府。

可順天府尹也不是個傻的，吩咐手下道：「既然壽王府來報案，你們幾個有時間的話還是上門看看，別顯得我們順天府一點都不重視這件事一樣。能不能破案是能力問題，可若是不聞不問，就是態度問題了。」

既然上面有交代，那幾個門子第二天便去了壽王府。

接待的自然是小寶兒。

「說來真慚愧，王爺在南境帶兵打仗，府裡卻遭了賊，這事要是傳出去，我們這些留守的就是有幾個腦袋都不夠砍。」小寶兒接管府裡的事務也不是一天兩天，早就學會了見人說人話，見鬼說鬼話。

雖然得勝，可班師回朝還要些時日，趙卓卻等不得這麼久。他將軍中事務丟給鎮南將軍章釗，自己則帶著席楓和徐長清一路策馬狂奔而回，想的就是在八月十五之前趕回來給沈君兮過生日。

沒想到他緊趕慢趕的，也是到了八月十五的半夜才進城。幸虧他趕了回來，要不後果還真不堪設想。

正因為這樣，壽王府的人一致對外宣稱壽王還沒有歸府，而趙卓也在家裡過起了「見不得人」的日子。

來的人是順天府的李捕頭，以前同席楓他們還有些交情，知道平日壽王府的護衛都是由席楓他們負責，而賊人竟敢挑這個時候來，顯然想欺負壽王府沒人嘛！

「府中可丟了什麼？」那李捕頭關切地問。

「其實也沒丟什麼貴重的東西，」小寶兒嘆道：「府裡大件的東西，那賊拿不走，丟的就是王爺書房裡慣常拿在手裡把玩的一些玉石擺件。」

說著，小寶兒便零零碎碎地報起那些擺件的名字來。

他一口氣數了六、七樣，聽得那李捕頭頭上直冒汗，連忙道：「寶爺能不能借小的一些紙筆？太多了，小的腦子不像寶爺那麼好使……」

那李捕頭同小寶兒說了差不多一個時辰的話才離開。

待那李捕頭走後，趙卓從書房的隔間走出來，問道：「府裡進賊的事查得怎麼樣了？」

「我們查到是段嬤嬤吩咐西北角門上的人做的。」小寶兒收了應付李捕頭時的笑臉，一臉正色道：「西北角門平日是留給府裡的採買使用，買的菜和柴火也都從那門送進來，不過平日是卯初開、酉末關，可那日守門的丁婆子得了段嬤嬤的口信，讓她留個門。」

第一百二十章

「我們查過了，那丁婆子是咱們壽王府建府時，由內務府統一買回來的。買回來時，除了她，還有她的一個小孫女。」小寶兒繼續道：「她的小孫女之前得了段嬤嬤的舉薦，去了王妃的院子裡當差，那丁婆子便承了段嬤嬤的情。丁婆子想著自己管的是外院的角門，反正王府內院會落鎖，想來沒有什麼要緊，也就真的留門。誰知那段嬤嬤又同守二門的許婆子也打了招呼，那二門上的許婆子和丁婆子想的一樣，想著內院會落鎖，也就跟著大意了……

「結果傅辛和老六進咱們壽王府時，就如入無人之境一樣，一路摸到王妃的雙芙院。」小寶兒一邊說著，一邊打量趙卓臉上的神色，見他神色始終淡淡的，才繼續往下道：「傅辛顯然知道王妃晚上入寢後的習慣，先是摸到紅鳶她們的下人房點了迷香，這才到王妃的正房欲行不軌。」

「段嬤嬤那個老賊何在？」趙卓聽了，拍了面前的書案怒道：「看來她這條老命還真是留不得了！」

因為段嬤嬤是宮裡賞賜下來的人，只要她不生事，趙卓和沈君兮是不介意養著她的。可像段嬤嬤這樣，大半輩子都在宮裡幫曹太后翻雲覆雨的人，又哪裡真心「歇」得下？

但只有千日做賊的，沒有千日防賊的。那段嬤嬤老實了幾年，誰料到她竟會在這個時候出手，還真是打了他們所有人一個措手不及。

為求保命，傅辛自然把什麼都招了。

原來早在去年，他藉著沈君兮的及笄禮混進內宅後，便被段嬤嬤給盯上了。

段嬤嬤因為這些年在壽王府過得憋屈，早就對沈君兮因怨生恨，因此同傅辛一拍即合。

至於為何他們足足等了一年才下手，那是因為段嬤嬤想讓沈君兮在以後的日子裡，別再想過上一個好生日。

得知真相的趙卓，恨不得拿刀將那段嬤嬤捅死。

可關係到沈君兮的清譽，這件事不能鬧大，更不能去御前說理，只能將那段嬤嬤悄悄地處決了。

只是段嬤嬤是宮裡賞下來的人，若是死於意外，對宮裡的曹太后不好交代。因此趙卓先是讓人給段嬤嬤灌了啞藥，待她不能說話後，又給她灌了瀉藥。

待段嬤嬤拉得連抬手的力氣都沒有之後，才從太醫院請太醫來給她瞧病。

太醫只說段嬤嬤是得了痢疾，沈君兮便以不能過了病氣為由，將段嬤嬤送到鄉下的田莊，只是送過去沒兩天，段嬤嬤便嚥了氣。

曹太后聽聞自己賞下去的人就這麼沒了，自然要過問一句。聽了太醫的回稟，得知段嬤嬤是因為秋夜裡貪涼，得了痢疾才去的，曹太后也只唏噓了一把。

這件事，也就算掖過了。

順天府調查了好幾天，也沒查出傅辛的死因來，只好稱他和那老六夜宿暗娼，然後被人謀財害命。至於那暗娼，自知出了人命便連夜跑了……

這樣的說辭，王氏自是不能接受，可惜延平伯府勢單力薄，她根本不能拿順天府怎麼樣；而且更讓她頭疼的是，這延平伯的爵位該由誰來繼承？

傅辛到死，膝下都只有姨娘王可兒生的庶長子傅瑨，本是無可爭議，可寸就寸在紀雪的肚子裡還懷著一個；倘若生下來的是個女孩還好說，可若生下來是個男胎，那又要怎麼算？畢竟紀雪是明媒正娶的正房夫人，她生的孩子才是嫡子。

這個時候，王可兒的繼母卻找上門來。

「這延平伯的爵位當然要傳給咱們家瑨哥兒！」那王夏氏一進傅家就鬧道：「紀氏肚子裡的那孩子才三個月，誰知能不能活著生下來？咱家的瑨哥兒可有三歲多了，這府裡的一切自然都屬於他！」

王氏自從得知傅辛的死訊後便一病不起，看上去老了好幾十歲，素來又不喜哥哥續弦娶的這個嫂子，便以不舒服為由，將她打發到紀雪那裡。

紀雪這幾日也是懵的。別看她平日狠話說得多，可真遇上大事，她也慌了神。

齊氏知道這事後，直罵那個傅辛是個天煞的短命鬼，好好的幹麼要招惹她的雪姊兒？要知道雪姊兒才剛過十七歲生日，正是如花的年紀，竟然就要開始守寡了！這教女兒往後的幾十年怎麼過呀？

心疼女兒的齊氏這幾日剛好住在傅家，王夏氏一找過去，正好對上了齊氏。

聽聞王夏氏是來找不痛快的，齊氏更是氣不打一處來。

紀容海沒有妾室，並不代表她不懂得御下的手段。

一見那王夏氏，齊氏便道：「舅太太是以何種身分過來的？」

王夏氏如果是以王氏嫂子的身分過來，那自然要尊一句舅太太；若是以王可兒母親的身分過來，這公侯之家還沒有接待妾室母親的慣例。

王夏氏又哪裡知道這裡頭有這麼多彎彎繞繞？她只知道自己是來挺王可兒的，只要王可兒的兒子承爵，作為傅瑨的生母，王可兒的身分地位自然就水漲船高；有了延平伯府做靠山，她兩個兒子的婚事自然也就好談得多。

因此，王夏氏同齊氏道：「我自然是以王姨娘母親的身分而來！」

齊氏一聽這話，嘴角就露出一絲譏笑，竟是理也沒理王夏氏，同紀雪屋裡的僕婦道：「她不懂規矩，妳們難道也不懂？還不快點把人給我轟出去！」

王夏氏自然大吃一驚，料想自己剛才是說錯了話，連忙改口道：「我是延平伯爺的舅母，延平伯太夫人的嫂子，看妳們誰敢趕我！」

那些欲上前趕人的僕婦們一臉為難地看向齊氏。

齊氏使了個眼色讓她們退下，然後不鹹不淡地道：「既是這樣，舅太太有什麼話進屋再說。」

傅辛的靈堂搭在前院，後院除了撤下紅色的坐褥、被墊之外，和平日並無什麼不同。紀雪作為未亡人，也只是在頭上綁了根白布條，身上連白布袍子都懶得穿。

見到王夏氏進來，她只掃了一眼，便在羅漢床上翻過身去，背對著那王夏氏。

如此傲慢無禮，王夏氏瞧了自然心裡是有微詞的，可一想到齊氏還在一旁，到了嘴邊的話又嚥下去。

齊氏瞧著這一切卻什麼都沒說，將王夏氏領到東次間，彷彿她才是這裡的女主人一樣。齊氏也懶得虛與委蛇，竟是茶都沒讓人上，就問起了王夏氏此行的目的。

王夏氏在心裡咒罵。真是有什麼母親就能養出什麼女兒，原來這齊氏也是個無禮的人。有了之前的教訓，王夏氏的話也不敢說得太直白，但話裡話外的意思，都是希望傅家能把延平伯的爵位傳給傅璿。

齊氏聽了便直挑眉。

「若我沒記錯，妳是以舅太太的身分同我坐在這兒說話的吧？可這話裡話外的意思怎麼都是向著那王姨娘？」她很不悅地道：「妳若是以傅辛舅母的身分同我說話，不是更應該為傅辛、為傅家多考慮嗎？自古以來嫡庶有別，延平伯夫人心善，才讓那王姨娘生下庶長子，可不要因此就得意忘形，忘了自己的身分！」

王夏氏被齊氏說得臉色青一陣、白一陣，正要開口反駁時，又聽齊氏道：「當初延平侯的爵位怎麼成了延平伯的爵位，想來舅太太忘了。若是沒有我們紀家，傅家有沒有爵位還兩說。沒有了爵位，我的女兒帶著她的陪嫁，或改嫁，或大歸，一樣可以過得很滋潤，可傅家其他人呢？」

說著，齊氏幸災樂禍地看了眼王夏氏。「你們王家可養得起這老的老、小的小的一家人？」

王夏氏聽了這話，頓時嚇得臉色青白。

當年她就是不想養著王可兒這個拖油瓶，才將王可兒甩給小姑子王氏。可若這傅家沒了爵位，就和一般人家無異，自己和他們劃清界線還來不及，哪裡還會想著養他們？

但她到底有些不甘心地問：「皇上真的會捋了傅家的爵位？」

齊氏冷笑道：「之前就不想給了，若不是靠我們紀家在後面撐著，傅家早就垮了！」

王夏氏聽到這兒，灰溜溜地回去了，再也不敢提什麼繼承爵位的事。

而延平伯府這邊在治喪，壽王府那邊卻在考慮出行。用沈君兮的話來說是——「最近的糟心事太多，想出門散個心。」

她去的地方是小湯山，京城附近有名的溫泉重鎮。

這一次，她倒是用上了壽王府的儀仗開路前行，一路上好不威風，只是苦了趙卓，以及和趙卓一同回來的席楓、徐長清。本應該還在軍營的三人只能喬裝打扮，混在侍衛裡。

倒也不是沈君兮一時興起想去小湯山，而是趙卓同她說在那邊建了座溫泉宅子，當成她的生日禮物。

他不說還好，一說就聽得沈君兮心癢癢的。

之前她不是沒想過要到小湯山買宅子，可是小湯山的宅子卻是有價無市，根本不是有錢就能買的，因此在信裡同趙卓抱怨了一句。

誰知趙卓竟然把這事記在心裡，人雖然在南境打仗，卻私下把這事託給小寶兒和小貝子去辦。沈君兮素來又不過問外院的事，以至於宅子都建好了，她都不知道。

八月底的天氣已經轉涼，正適宜泡溫泉。

新修的溫泉宅子有幾處相連的院落，每個院落都挖了泉眼，引了溫泉，用趙卓的話說，這樣設計，以後可以邀紀晴、周子衍他們同遊，大家各住一個院子，既能在一處熱鬧，又互不打擾。

正院自然是砌得最寬敞的，是個三進宅子，第一進可用來待客，第二進供主人居住，第三進則是個泡溫泉的小院。

而且那溫泉修的還是半露天的，溫泉池子一半挖在院子裡，另一半則砌進屋子裡，中間則裝上榖倉門。

天氣好的時候，打開榖倉門，抬頭就能看見天上的星星；倘若遇上壞天氣，關上榖倉門，就成了一個室內湯池，任屋外風吹雨打，也影響不到屋裡的人。

最貼心的是，院子裡既不是光禿禿，也不是雜草叢生，而是按照沈君兮的喜好，種上花圃，滿目的姹紫嫣紅，沈君兮喜得將趙卓又親又抱，身邊服侍的人瞧見了，一個個羞紅了臉，很有默契地退出去。

對於沈君兮主動投懷送抱，趙卓自然不會拒絕。

他吻上她的唇，像一隻蝴蝶流連於花叢那樣輕啄著。

沈君兮也很享受他的吻，雙手情不自禁地攀上他的脖子。

自從他們二人突破最後一關後，相處起來更是百無禁忌，趙卓吻得忘情，也不願意就這樣戛然而止，抱起沈君兮推開一側的門。

沈君兮咦了一聲。那扇門竟然通到第二進的正房，剛才還在溫泉池邊的二人，好像變戲法似地到了正房裡。

剛才她四處查看這處宅子時，紅鳶等人早就領著小丫鬟將房間裡的床鋪好，因此趙卓很便利地抱著她滾上床，二人一直胡鬧到掌燈時分。

「正房還沒傳膳嗎？」跟著沈君兮一起到溫泉宅子來的余嬤嬤奇道。她這邊早就做好了飯菜，放在蒸籠裡熱著，就是怕主屋隨時傳膳。可這都多少時辰過去了，飯菜再熱下去，恐怕連一點味道都沒有。

余嬤嬤便去主屋一探究竟。

遠遠地，她便瞧見紅鳶幾個正坐在廊簷下說笑。

「妳們這幾個小蹄子倒是玩鬧得高興。」余嬤嬤嗔笑著走過去同紅鳶她們笑道：「這都什麼時辰了，也不知道傳膳？」

紅鳶卻一把拖住余嬤嬤，往正屋瞟一眼道：「王爺和王妃鬧騰了一下午，這才剛剛歇下，誰敢進去呀！」

春夏和秋冬連忙點頭。

余嬤嬤這才想到，自從王爺悄悄回府後，王妃總是一副「侍兒扶起嬌無力」的樣子，廚房是不是得適當地調整菜品？比如上個十全大補湯什麼的。畢竟這段時間王爺和王妃的消耗大呀，可千萬不能讓他們倆虧空了身子。

到了十月初，打勝仗的壽王班師回朝。

按照一開始說好的，趙卓這時候要趕去同章釗會合，然後一同入京覆旨。

可沈君兮卻在王府裡像隻美女蛇似的，光滑白皙的大腿嬌滴滴地纏住趙卓。

「不是說好了今天要陪我去大興看花嗎？」她有些不高興地嗔道，一雙手還不安分地在他赤裸的胸膛上打著圈。

「我也沒想到鎮南將軍他們的動作會這麼快。」趙卓攬著在被褥裡光溜溜的妻子，也捨不得在這溫柔鄉裡抽身。「我原本算著他們應該還有半個月才到京城。」

可現在大軍既然已回，作為主將的他不在軍中自然說不過去，他得趕緊悄悄出城同章釗會合，再一同入京面聖。

可他怎麼也沒想到，一向深明大義的沈君兮突然變成了不懂事的小女人，怎麼也不讓他脫身。

「妳這個磨人的小妖精，乖啦，乖啦！」他哄著沈君兮。

沈君兮也不真是不識大體，她掃了眼屋裡擺著的自鳴鐘，瞧準時間後，才放開了趙卓。

有時候，她就是想任性一把，而且往往這個時候，趙卓的樣子像是更受用。也就是說，他也喜歡那個既嬌滴滴又任性的自己。

第一百二十一章

見到趙卓行色匆匆地從內院出來，一早就騎在馬上的席楓和徐長清終於鬆了一口氣。還以為王爺忘了這一茬呢！

「章將軍剛又派人來催一次，大軍駐紮在離京城三百里的地方。」徐長清彙報道。

鎮南將軍的主力軍隊自然還是留在南境，他只將那些跟隨趙卓和趙喆去南境的士兵給帶回來。

即便這樣，他也不敢貿然將士兵們帶進城。

按照北燕律，為防有人擁兵造反，沒有皇帝宣召，除了西山大營和羽林衛的人，都不准進入京畿重地。正因如此，趙卓不得不再奔馳三百里，才能同鎮南將軍會合。

他這邊剛到章釗駐紮的大營，宮裡的旨意也下來了，允許趙卓和章釗帶著此番立功的將士和戰俘入京。

瞧著趙卓一臉無奈，章釗大刺刺地笑道：「真是難為王爺了！」

因為這一世戰局發生了變化，上一世戰死沙場的章釗這一世非但沒死，還立大功回來，成了趙卓的忘年交。

好在他們進京不必太趕，趙卓換上了沈君兮為他親手縫製的大紅戰袍，披上那套銀鎧甲，一路威風凜凜地和章釗說笑著進城。

京城裡的百姓自是夾道相迎，沈君兮則在一處趙卓必經的茶樓裡，選了個臨街的包廂等著他回來。

已經足月卻還未發作的周福寧，也頂著個大肚子一同過來了。

她現在是既期盼又害怕，期盼孩子的降臨，又害怕自己承受不了生產時的痛苦。

反倒是沈君兮不停開導她。「妳每天這樣跑來跑去，生孩子會很容易的。」

周福寧卻不怎麼相信。「妳又沒生過孩子，怎麼知道這些？」

每每這個時候，沈君兮只能苦笑。

上一世，她和孩子的母子緣只有短短三天，如果可以，她真希望上一世那個孩子還能投胎到自己肚子裡，延續上一世未盡的緣分。

因為足月，周福寧便不能長時間保持同一個姿勢，於是她撐著腰走到窗邊，一邊走動著，一邊看熱鬧。

瞧著對面茶樓的包廂裡也擠滿了大姑娘和小媳婦，她撇撇嘴，好像那些大姑娘和小媳婦覬覦的是自己的夫婿一樣。

「不要臉！」周福寧衝著窗外不屑地啐道，沈君兮聽了直搖頭。

忽然間，大街上熱鬧起來，民眾的歡呼聲更是一浪高過一浪，不用看便知道是趙卓帶著人馬從下面的街市經過。

周福寧有些激動地拉著沈君兮去窗邊看。

只見趙卓騎在一匹白色的馬上，身上的銀色盔甲閃閃發光，將他整個人都襯得光彩奪目。

對面的茶樓有人發出一聲驚嘆，竟從樓上扔了一枝花下去。

沒想到趙卓卻想也不想地避開了，直教周福寧看得哈哈大笑。

對面的人顯然聽到周福寧的笑聲，隔著一條街，衝著周福寧瞪眼睛。周福寧也不服輸，從茶樓的插瓶裡隨手抽出一枝花塞到沈君兮手上，示意她往樓下丟去。

就在沈君兮扔花之際，周福寧還特意在窗邊大喊道：「壽王殿下，我要給你生孩子！」

她聲音很大，整條街的人幾乎都聽到了，可當他們抬頭看去時，只見到沈君兮擲花的一幕。

趙卓一見是沈君兮，伸手接住了她擲下的花，先是在鼻尖輕聞一下，隨後又將那花別到耳後，還不忘往茶樓上拋一個媚眼。

沈君兮的臉瞬間就紅了，瞧著街上的人都抬頭打量自己，趕緊從窗邊退回，正想嗔怪周福寧兩句時，卻發現周福寧癱坐在一旁的圈椅上，大口大口地喘氣，裙下濕了一大片。

「妳這是怎麼了？」想著剛才還生龍活虎的周福寧，沈君兮緊張地問道。

「我……我……大概……是……要生了……」周福寧雙手扣住圈椅，儘量不讓自己滑下去。

「君兮……我怕……我怕……」

周福寧一邊喊著，一邊怕得眼淚直流。

早知道今日就不出門了，誰知這個孩子竟然這麼調皮，她整日待在家裡，什麼事也沒有，今日不過出門看個熱鬧，沒想到這孩子也急著要出來。

沈君兮身邊帶著的都是沒嫁過人的小丫鬟，只有負責護衛的游三娘當年生過孩子，一見這架勢便道：「這怕是就要生了！」

周福寧執意要跟著自己出門時，沈君兮便覺得她有些任性，只是周福寧誓言旦旦，說自己的身子自己知道，這孩子不會這麼快發作，她才勉強同意。

要是周福寧真因為生孩子出了什麼意外，她回去怎麼同紀家人交代？怎麼同樂陽長公主交代？

沈君兮的頭上也跟著急出了一層汗。

「紅鳶，妳快去找麻三，讓他把馬車趕過來，咱們趕緊回府！」沈君兮知道即便開始發作，孩子也沒那麼容易落地，現在趕回去應該還來得及。

紅鳶不敢耽誤，急急下樓。

不一會兒，她又氣喘吁吁地跑回來。「麻三說，今日街上的人太多，馬車完全被堵住，根本動彈不得，恐怕得等樓下的人群都散去後，才能將馬車趕過來。」

那怎麼行！沈君兮看著疼得臉色發白的周福寧，就是一陣心絞。

「妳還能不能行走？」沈君兮示意身邊的人同自己一道攙扶周福寧，誰知周福寧疼得根本站不起來，她們這些人費了九牛二虎之力，才將她從圈椅上扶起來。

「不……不行……」周福寧疼得連氣都快喘不上了，見她們要這樣架著自己離開，她喊道：「我……動……動不了……孩子……孩子……在往下墜……」

游三娘一聽，連忙掀了周福寧的裙子檢查，臉色大變道：「恐怕來不急了，我都看見小孩的頭了！」

這麼快?!這下連沈君兮都懵了。

「王妃，怕是得在這裡接生了。」游三娘道。遇到這種事，沈君兮的心裡也很慌，但她知道自己就是這些人的主心骨，誰都可以亂，唯獨她不行。

「二娘，妳趕緊去找個穩婆來！」沈君兮的話剛一出口，又覺得有什麼不對。「算了，我們身邊不能沒有護衛的人，妳讓廝三去，他腿腳快。紅鳶，妳去找掌櫃的，告訴他我們這兒有人要生孩子，讓他去找床乾淨的被褥來；還有讓茶樓燒熱水，燒大量的熱水。」她逐一安排道。

「還要一把剪子！」游三娘跪扶在周福寧身邊，大聲補充道。

「對，還有剪子！」沈君兮忙點頭道：「記得給那掌櫃的錢。他要是不樂意，就給我狠狠地砸錢，砸到他同意為止。」

生孩子素來被認為是件很污穢的事，也能料想到那掌櫃的會不同意。

果然如她所料，當紅鳶找到茶樓的掌櫃，說著「剪子、熱水、乾淨的被褥」時，那掌櫃的果然暴跳如雷。

「生孩子？妳們怎能在我這茶樓生孩子！那我的生意還要不要做了？」那掌櫃的聲音很大，差不多半個茶樓的人都聽到他在喊什麼。

紅鳶想到王妃的吩咐，從袖口裡摸出一張十兩的銀票拍在掌櫃跟前。

掌櫃的一看有錢，臉上的神色就鬆動了一把；紅鳶一見，又摸出一張來。

直到她拍了五張銀票在那掌櫃的面前，茶樓裡終於有人看不過去了。

「掌櫃的，這救人一命，勝造七級浮屠。這生孩子牽扯得是兩條人命，你可不能見死不救啊！」

「就是、就是！這不是沒辦法了，才在你這茶樓生孩子嗎？誰願意把自己的孩子生在外面呀！」

茶樓裡的人你一言、我一語的，說得那掌櫃的臉色青一陣、白一陣。

掌櫃的這才好似換了一副面孔，收了那些銀票，然後吩咐道：「小二，趕緊叫後頭的把熱水燒起來，給廂房裡的貴客送過去；還有，去找床乾淨的被褥，你們那些睡得臭烘烘的被子就不要拿來了！」

見著那掌櫃的樣子，紅鳶心裡有火氣也不好說什麼。她感激地向那些幫她說話的茶客們鞠了個躬，又急急地趕回包間裡。

不一會兒，茶樓的小二果然送來一床乾淨的被褥。

「這被子是我剛才去後街上的成衣鋪子新買來的，妳們放心用。」那小二卻同掌櫃的不一樣，笑得一臉真誠。「後頭正燒著熱水，我先給妳們送一壺來。」

紅鳶在門外接了，連連道謝，趕緊抱著東西進屋。

大家七手八腳地將被褥鋪在地上，再扶著周福寧躺在上面。

沈君兮端著周福寧的頭，抓著她的手，跪在她的上首；而游三娘則跪趴在另一頭，隨時關注著孩子。

周福寧的心裡怕極了，一個勁兒地哭，大喊：「我不要生孩子，我不要生孩了……」

「說什麼傻話！」沈君兮喝止她道：「妳都走到這一步，難道還可回頭嗎？」

和沈君兮認識這麼多年，這是她第一次說狠話，周福寧一下子就被唬住了。

見她終於安靜下來，沈君兮道：「妳聽我的，深呼吸，然後用勁，用盡妳全身力氣把孩子往外推。」

周福寧將信將疑，但這些年，她最佩服的人就是沈君兮，因為她好像不管遇到什麼事，從來沒有怕過一樣。

「妳聽我的！」沈君兮持續在周福寧耳邊道：「咱們先休息一會兒，攢一把勁用力推；然後再休息一會兒，再攢一把勁。」

這時候的周福寧也只能聽她的，緊緊抓住沈君兮的手，指甲都摳進沈君兮的肉裡。

同樣吃痛的沈君兮只能咬著牙，鼓勵周福寧。「來，深呼吸，憋一口勁，推！很好，我們再來！」

那一頭的游三娘驚呼道：「快了、快了，再用勁！」

這一次，周福寧真是用盡了吃奶的勁，她只覺一陣巨痛襲來，然後好似如廁一般用力，感覺到有什麼東西嘩啦一下從身體裡噴湧出去，然後整個人就輕鬆了。

「生了、生了！」游三娘很激動地道：「是個男孩兒！」

只是孩子剛生下來，身上還連著臍帶，很是嚇人。游三娘讓人擰了帕子過來，幫孩子擦掉臉上濁物，那孩子哇一聲哭出來。

就在這時，麻三找來的穩婆剛剛趕到，嫻熟地處理屋裡的一切。

待穩婆處理好，麻三也過來說街上的人陸續散去，馬車可以趕過來了。

因為周福寧剛剛生產，不便行動；而掌櫃的見到沈君兮通身氣派的打扮後，也意識到自己可能惹到了貴人，趕緊讓店裡的小二抬了塊門板過來。「用這門板將人抬下去吧。」

沈君兮也沒有拒絕掌櫃的好意，便讓游二娘和游三娘用門板抬了周福寧出來，剛剛請來的穩婆則抱著新生的孩子，上了回府的馬車。

紀四奶奶出門看個熱鬧竟然生了個孩子的消息，很快傳回秦國公府。

紀老夫人同董氏都在家裡急得團團轉，只道這些孩子太年輕，一點都不知道利害。

但見著沈君兮將收拾得妥妥當當的周福寧送回來時，大家懸著的心才放回去，然後趕緊使人去長公主府報信。

不一會兒，樂陽長公主也在紀雯的陪同下，坐著馬車趕過來。

因為周福寧剛生了孩子，身上還帶著血氣，被安置在一早就準備好的產室裡，雖然很疲倦，卻有些興奮，逢人就說自己生孩子生得有多輕鬆。

沈君兮瞧了，在一旁笑著直搔頭。

剛才也不知道是誰那麼狗熊，這會兒竟然裝起了英雄。

第一百二十二章

趙卓那邊進了宮，昭德帝自然要論功行賞。

可趙卓本就是親王，這樣一來，難免就有些封無可封。趙卓也是心知肚明，上書昭德帝，只道自己不要封賞。

昭德帝自然很是欣慰，但又不能真的全無表示，便另外封了趙卓一個有名無實的驍騎將軍，並允許他從此上朝聽政、議政。

成年的幾位皇子中，有此資格的人不多，除了太子趙旦和惠王趙瑞外，趙卓是第三個獲此殊榮的人。

同樣因為趙瑞、趙卓在此次南詔戰役中的出色表現，紀蓉娘作為他們二人的母妃，教養有功，被昭德帝下旨晉升為皇貴妃，成為後宮中除了曹太后之外，最為尊貴的女人。

之前朝堂上一直商議的、要在南詔建立承宣布政使司的事也定下來。

因為在戰爭期間，貴州承宣布政使司左參議沈箴力排眾議，引領民眾開荒種糧，並為前線官兵輸送糧草一事，昭德帝決定升他為正二品的雲南承宣布政使，治理剛剛收復的南詔子民。

沈君兮得知這一消息後，便有些哭笑不得。

起先她讓邵青帶人去貴州試種糧食，其實並無太大把握，誰知那包穀在貴州竟然也長得好。邵青他們後來還弄出什麼輪種技術，就是種一批土豆後再種一批包穀，而泉州的黎子誠更是從呂宋島弄來一種叫做紅薯的作物，雖然和那土豆一樣是長在土裡的，可結出的塊莖比土豆要大得多，還可以和包穀一樣當成將士的主糧。

前方打仗，後方種糧，又有岳父沈箴在一旁坐鎮，趙卓後期就沒有為糧草的事情操過心，因此他和鎮南將軍才能打得得心應手，搗了南詔的王庭。

可沈君兮沒想到到，當初自己的決定竟然還能讓父親升官。

要知道上一世，父親一輩子都沒能離開貴州，這一世倒是離開了，而且還升上朝廷的二品大員，把父親推到更險峻的地方，倒讓她一時也不知是福還是禍？

知道她的擔憂，趙卓卻開導她。「朝廷又不是讓岳父單槍匹馬過去，不是還封了章釗一個雲南總兵嗎？有章釗在那邊看著，岳父正是能大展拳腳的時候。而且那邊的氣候宜人，正適合養生，妳都不知道，南詔的太和城就建在一個叫洱海的湖邊，那湖特別大、特別寧靜，湖邊開滿了各色鮮花，五彩的蝴蝶在陽光裡上下翻飛……如果可能，真想帶妳去看看，妳一定會喜歡上那裡。」

被趙卓這麼一說，沈君兮卻迷惑起來。

「既然那裡有你說的這麼好，那他們為什麼要打仗？守著那一方樂土，快樂地過日子不好嗎？」她不解地問。

聽了這略帶傻氣的問題，趙卓卻笑道：「因為人往往就是不知足啊！總是想要更好的。況且那裡的民眾一點也不想打仗，只不過是他們的朝廷、他們的王作了選擇，他們便被裹挾了。」他笑道：「妳知道嗎，當我的兵馬進入太和城，就有當地的百姓問我，他們打敗了，是不是以後都不用再打仗？在他們看來，我們打過去，不過是換個土司王而已，只要他們能繼續在那兒安居樂業，他們也不在乎誰來當他們的王。」

沈君兮將信將疑，但她打心眼裡希望趙卓說的都是真的，因為這樣一來，至少父親在雲南的任期就不會太艱難。

這一年的立冬，比往年都要遲上一些，但壽王府的人還是在十月初換上了冬裝，沈君兮也要準備起過年的事來。

往年趙卓都不在家，因此過年的時候，她也不大出去走動，只是讓府裡的回事處備下年節禮，送往各府。

可今年不一樣，不但趙卓回來了，而且身分地位都跟著水漲船高，她若還像以前一樣縮在家裡，便有些不合時宜。

因此她拉來珊瑚、紅鳶她們，一家一府地盤算著都要送些什麼東西過去才適合？

若說珊瑚在剛剛嫁人時，還帶著新婦的羞澀，這幾年也已經磨練成精明能幹的小媳婦。而紅鳶也成了大姑娘，開始讓沈君兮愁著要給她找婆家了。

還有春夏和秋冬，她們年紀也不小了。她們當年是因為家鄉遭水災才入宮，出宮後，她們去打聽家人的下落，才知道家人都沒了。

也就是說，她們兩個的婚事也得自己來操心。

反倒是鸚哥那丫頭，整日跟著秦四，竟是什麼人也瞧不上了。

沈君兮自是瞧出她的心思，問她是不是想嫁給秦四？鸚哥支支吾吾的，總說自己一個做丫鬟的，配不上秦四。

「那怎麼辦？難不成妳想給他當妾？」沈君兮瞧著她那樣子，卻是氣不打一處來。「我可從沒想過讓我身邊的人給人做小！」

沒想到鸚哥卻道：「我也沒想過給秦大哥做小，就是覺得我們現在這個樣子挺好的。」

鸚哥知道，只要王妃開口，秦大哥是萬萬不會拒絕的。只是她覺得，如果不是秦大哥自願想娶自己，自己嫁給他也沒什麼意思。

因此她求著沈君兮道：「王妃，我求求您了，這件事您就別管，我自己能處理好。」

「真的？」沈君兮卻是不信。

「要不王妃您再給我一年時間，要是拿不下秦大哥，您讓我嫁誰，我就嫁誰！」鸚哥在沈君兮跟前賭誓道。

沈君兮聽了就瞪她。「還給妳一年時間？妳年紀也不小了吧？」

鸚哥一臉乞求，沈君兮只好嘆道：「一年就一年，一年後我就把妳嫁到雲南去。聽我爹爹說，林大總管的姪子林豐收還沒娶親……你們自小就相識，說不定也能湊一段佳話。」

鸚哥一聽到林豐收的名字，就想到以前林大總管總帶在身旁的那個小廝。其實他也沒什麼不好，就是喜歡衝著她傻笑，讓她覺得渾身不舒服。

因此，鸚哥叫了一聲便跑出去，卻和抱著帳冊進來的紅鳶撞個滿懷。

「她這是怎麼了？」紅鳶瞧著妹妹跑開的背影，奇道。

沈君兮笑著搖頭。「沒事，有些人就是得給她下重藥，不然她不知輕重緩急。」

紅鳶一聽，還以為是妹妹的差事沒辦好，不免擔心起來。

沈君兮瞧了，對紅鳶道：「妳別光顧著她，她心裡好歹還有個人，妳呢？也不拘一定要是府裡的，只要人好就成。」

紅鳶的臉噌地就紅了。

這段時間，王妃好似特別鍾情於給人作媒，逮著她們這些大丫鬟就問有沒有什麼中意的人？

可她真的沒有瞧中過誰，她只想一心服侍好王妃，旁的卻沒有想那麼多。

沈君兮也不想繼續為難她，問了些日常的問題後，便放她離開了。

到了晚上，就同趙卓商量起這件事來。

趙卓知道她素來看重身邊幾個大丫鬟，說是主僕，可平日待她們就似姊妹一樣，因此對這事也跟著上了心。

「我看倒也不急在這一時，」他同沈君兮道：「真要說，這天下三條腿的蝦蟆不好找，兩條腿的男人倒是多的是。既然想給她們都找個好人家，我平日也幫著留心一下。」

聽趙卓這麼一說，沈君兮也放下心來。

他平日在外面跑得多，見過的人不少，若是他幫著相看，總比她只在這一畝三分地裡挑人的好。

過了幾日，一個自稱來自回事處的年輕小管事拿了份單子過來讓沈君兮過目。

沈君兮暗自稱奇。平日這些不都是小寶兒定奪嗎，今日怎麼卻把單子遞到自己跟前？

那小管事倒也不卑不亢。「是王爺讓小的拿進來的。王爺說，今年和往年有所不同，不知王妃還有沒有需要添減的地方，讓我來一併問了。」

沈君兮一聽也明白過來。

趙卓平日是不過問這些的，今日卻突然讓人把東西送來，難道是這個人身上有什麼文章？

她接過單子，一邊看，一邊卻悄悄地打量起那小管事來。

看年紀，也就是個二十出頭的小夥子，長得白淨秀氣，身上衣袍半新不舊，卻洗得很乾淨。剛才從他手上接東西的時候，她還特意看了眼他的手指甲，修得整齊，指甲縫裡也不見有污垢之物。

從外表看上去，倒像是個有修養的。沈君兮在心裡暗暗點頭。

到了晚上，她問起趙卓的用意來。

「他叫鄭彬，前些年家鄉遭災，就來京城投靠家裡一個族叔，被帶進府裡。」趙卓說起打聽來的情況。「平日為人勤懇又踏實肯幹，腦子也很好使，妳要瞧著適合，倒是可以幫紅鳶她們考慮一下。」

沈君兮聽了就點點頭。「只可惜是回事處的。聽七哥這意思，以後還有可能會重用他？」

「不是沒有可能。」趙卓想了想，道：「他們這批年輕管事中，他算得上是出類拔萃的。」

「既然這樣，怕就有些不適合了。」沈君兮很可惜地道。夫妻二人同在一個府裡做事，就不能兩人都同時占據重要位置，為的就是防止僕大欺主，將來聯合起來糊弄主家。

過年的日子越來越近，沈君兮也就把為紅鳶她們擇婿的事先放到一邊。

由於趙卓打了勝仗，宮裡又有幾位娘娘誕下小皇子，昭德帝的心情大好，便將皇子們都叫進宮，一起吃年夜飯。

昭德帝的興致很高，皇子們卻不一定了。

除了趙卓和趙瑞還算得上是春風得意，其他幾位皇子這一年過得並不怎麼樣。

康王是早幾年前就萎了，為了學做一個閒散王爺，他開始同皇叔晉王爺打得火熱。晉王妃平日也懶得管晉王爺，一心想著怎樣才能讓兒媳婦黃芊兒生出兒子來？在這點上，她同黃淑妃倒有了共同話題，畢竟莫靈珊嫁給趙喆多年也是一無所出。

因此，她們倆坐到一起，說的永遠都是哪裡的菩薩靈驗、哪裡的大夫厲害之類。

同被婆婆磨慘的黃芊兒和莫靈珊也前嫌冰釋，坐到了一起。嫁給新科狀元的福成公主依然同她們打得火熱，幾個人在一起，倒也似當年閨閣時一般親密。

因此，當她們看到跟著趙卓一同入宮的沈君兮時，便又想起當年的同仇敵愾。

在她們看來，沈君兮的運氣還真不是一般的好。明明一開始，她嫁的是實力最不濟的七皇子，沒想到一場戰爭竟讓她和康王妃的處境掉了個邊。

想當初，康王妃莫靈珊有多風光，如今的沈君兮就有多招人嫉妒。可對於這一切，她好似渾然不知，依舊窩在壽王府做她的閒散王妃。

這是紀蓉娘第一次以皇貴妃的身分參加這樣的盛會。

相對於以往的內斂，今日的她打扮得張揚，翟鳳冠、鸞鳥袍，全身金光閃閃的，一瞧就貴氣逼人。

她與昭德帝一前一後地並肩而來，雖是皇貴妃，端的卻是皇后的姿態，這讓黃淑妃瞧見了，忍不住在心裡撇嘴。

她跟紀蓉娘可謂是鬥了一輩子，沒想到最後還是輸了！

「太后娘娘今晚不來嗎？」和黃淑妃湊了堆的晉王妃左顧右盼道：「我瞧著上頭好像沒有設太后娘娘的桌子。」

黃淑妃往上頭瞧去，只見紀蓉娘和昭德帝一左一右地坐了，並沒有第三張几案。

黃淑妃便想起前些日子傳出曹太后偶感風寒的事來。

曹太后偶感風寒，卻不允許她們這些宮妃探望，只留太子妃在身邊侍疾，就連她有心向太醫院打聽，那邊也是半句都沒透出來。

她往平日太子的席位看去，也只見到趙旦，曹萱兒卻不見身影。

也就是說，今晚不僅曹太后不會到，就連太子妃也不會到？

黃淑妃突然意識到一件事——曹太后恐怕病得不輕呀！

這些年，紀蓉娘在後宮之所以沒能一手遮天，完全就是因為有曹太后在；可若曹太后駕鶴西歸，後宮豈不就是紀蓉娘一人說了算的地方？

她心中一下子便有了危機。

其他那些妃嬪還好說，像她這樣和紀蓉娘爭了一輩子、鬥了一輩子的人，難道還能落到什麼好？

想著自己這輩子，不管什麼事都差紀蓉娘一點點，黃淑妃就滿心不平。

真要說來，也是兒子不爭氣！她費了那麼大的力氣，幫他搶占了「代為御駕親征」的先機，誰知他卻弄得一團糟，不但讓昭德帝派人將他抓回來，還讓趙卓平白無故地撿了個便宜！

要知道趙卓原本在這宮裡，就是連狗都會欺負的人，若不是紀蓉娘收養他，他也能有今天？

黃淑妃越想越氣。真沒想到那張禧嬪就是個禍害！自己死了，卻還留下這麼個孽種，早知今日，當年在冷宮她真不該手下留情。

一想到這兒，她惡狠狠地瞧向上首的趙卓。

因為趙卓在南境立功，因而在這場「家宴」上的位置也跟著變化起來。以前坐在角落裡的趙卓和沈君兮，這次破天荒被安排在昭德帝的坐席下，地位僅次於太子。

就連惠王趙瑞都要排在其後。

對此，紀蓉娘卻擺出一副與有榮焉的樣子，滿心歡喜地將沈君兮叫到自己跟前說話。

「妳這丫頭，我發現妳是越發地懶了。」別人聽不見紀蓉娘和沈君兮說什麼，可被叫到跟前的沈君兮卻低下了頭。「妳都多長時間沒進宮來見過姨母了？哪怕是入宮，也不去姨母這兒坐坐，妳給我說說，妳這小腦袋瓜子裡都在想些什麼？」

雖然過了這麼些年，沈君兮都成了大姑娘了，可在紀蓉娘眼中，她還是當年那個只有六、七歲的孩子。

沈君兮也知道自己是懶了些，但也不全然是懶，而是之前趙卓在外領兵打仗，後來他的身分變得敏感，她也不敢隨意走動。

這一點，她不信姨母不瞭解，之所以會這麼說，大抵還是嗔怪多一些。

與其同姨母說那麼多道理，還不如抱著撒個嬌來得實在。

因此，她便似幼時般挽住紀蓉娘的手腕，道：「姨母又不是不知道，我在家設了佛堂茹素為七哥祈福，哪裡又有那麼多心思四處走動。」

這些事，紀蓉娘在宮中自然有所耳聞，當時還同昭德帝道，老七這兩口子，沒想到還真是天作之合，不似別的皇子皇妃貌合神離。

當時昭德帝卻高深地笑道：「自己求來的，自然要比別人給的珍貴一些。」

現在瞧著外甥女一臉幸福的模樣，紀蓉娘也欣慰，覺得自己總算彌補了一些當年對紀芸娘的虧欠。

姨甥倆在這邊悄悄說話，剛才還同旁人說話的昭德帝突然湊過來，說了一句。「老七媳婦，妳和老七啥時候給朕添個小孫子呀？」

沈君兮一聽，臉色脹得通紅。

見她沒說話，昭德帝繼續道：「之前老七不在家，朕也不好催你們，現在老七回來，這件事可要抓緊了。」

沈君兮低著頭，根本不敢看向昭德帝。

這種事情不是只有家裡的婆婆媽媽才會過問嗎，為什麼昭德帝也會跟著起鬨？

她求救似地扭頭瞧向趙卓。

趙卓因為被賦予了上朝聽政議政的權利，同皇兄們說起話來，便不似以前那般完全插不上話。

雖然以前也有自己的方法可以知曉朝中大事，可畢竟在其他皇兄眼中，他是個什麼都不知道的人。

而此番，也沒有人敢再輕視趙卓的意見了。

可莫名地，趙卓卻覺得腦後有一道視線盯著自己。他回頭看去，只見沈君兮一臉窘色地跪坐在紀蓉娘身旁，一旁的昭德帝和紀蓉娘都是一臉看好戲的神情。

這是怎麼了？

趙卓幾乎沒有多想地就往妻子身邊而去。

第一百二十三章

紀蓉娘瞧著，忍不住掩袖而笑，看向昭德帝。

昭德帝也難得好心情地調侃趙卓。「朕今日可真算是見著了什麼叫心有靈犀。知道我們在刁難你的小媳婦嗎？」

趙卓已過弱冠，加之在軍中歷練這幾年，長得比其他幾位皇子更為高大挺拔；又因其生母生得美豔，真要算起來，可稱得上是昭德帝最俊美的兒子。

聽了這話，趙卓也知道昭德帝是在玩笑，便瞧向昭德帝身後的福來順。

福來順見今晚的氣氛好，也笑著同趙卓道：「剛才皇上和皇貴妃娘娘在問壽王妃，什麼時候可以添一個小壽王出來？」

趙卓一聽是為了這件事，心裡莫名地鬆了一口氣，笑嘻嘻地同昭德帝領命，回去就跟沈君兮胡鬧起來，美其名是奉旨行事。

可即便他幹得很賣力，沈君兮的小日子依然如期而至。

瞧著喝紅糖水的沈君兮，趙卓有些失落地道：「看來為夫還是不夠盡力呀！」

沈君兮聽了，恨不得將手裡裝著紅糖水的燉盅砸向趙卓。他這個人，現在還真是什麼話都敢說了。

過完年，天氣是一天暖過一天，宮中卻傳出曹太后染病的消息，說最開始只是染了風寒，太醫們也就開了解表祛寒的方子，幾服藥下去，噁心作嘔的病症倒是沒有了，卻開始碎碎咳起來。

一開始，曹太后本人也不甚在意，畢竟病來如山倒，病去如抽絲，這染了病，哪裡會好得那麼快？不過是慢慢養著就養好了。

可誰知咳嗽竟越來越厲害，而且人醒著的時候不怎麼咳，可只要一躺下，就開始咳起來，一咳就要斷斷續續咳上一炷香時間，不管怎麼化痰止咳都沒有用。

如此一來，休息不好的曹太后日漸消瘦，體力也漸漸不支，以至於過年時的皇家年夜飯，她只能臨時決定不參加。

曹太后身體不適，作為宮妃的紀蓉娘和黃淑妃等人本來應該要侍疾的，可曹太后並不信任她們，往往只讓她們請個安就打發回去。

到後來，曹太后的精神一日不如一日，就連這些人的請安也免了，她只留太子妃在身邊，就連平日最喜歡的皇太孫都不准進入慈寧宮，生怕一個不小心，就把病氣過給了皇太孫。

為了這事，昭德帝也急起來。

雖然他們母子在有些事情上意見相左，可曹太后畢竟是生母，他不可能真的不聞不問。只是這樣一來，他也變得無心政務，把朝政交到了太子趙旦手上。

有了上一次的教訓，這次接手政務的趙旦比之前要審慎許多；何況還有兩個兄弟在一旁盯著，更讓他覺得自己不能弄出什麼差錯來。

可巧這個時候，戶部侍郎上書，請求在全國境內推廣種植包穀、土豆、紅薯等物，一時間引得朝臣議論紛紛。

他們這些慣於吃白米飯的人，平日連麵食都吃得不多，又哪裡吃過什麼包穀、紅薯？有些人更是聞所未聞。而且這些朝中大臣多是有錢人家的子弟，即便出自農家，那也是平日不事生產之人。

對種田一無所知的他們聽聞這些作物長於荒山野地之後，更是有人嗤之以鼻。「不過是些荒野之物，有什麼好推廣的？這農人都是看天吃飯，這一季的收成若是不好，這一年就都白忙活了。」

面對朝中一面倒的議論聲，平日優柔寡斷的趙旦就更不好決定了。

趙卓是帶過兵的人，也親自吃過包穀麵、啃過紅薯頭，可原本最有發言權的他只要想說話，就會被趙旦打斷。

原來趙旦已經感覺到深深的危機。

他也知道在昭德帝心目中，自己的分量逐漸遠不及這位從南詔打勝仗回來的幼弟。既然這樣，他就不能讓趙卓在朝堂上更有分量，甚至只要是趙卓提出的意見，他一定會反對；只要是趙卓反對的，他一定贊成。

兩次三番之後，不只趙卓，就連趙瑞也發現這一點。

推廣種植包穀和紅薯是趙卓向謝玄建議的，謝玄得知沈箴在貴州的種植經驗後，覺得此法可行，才授意戶部侍郎上書朝廷。

沒想竟會遇到如此大的阻力，為了不讓趙旦像往常一樣反對這件事，趙卓在廷議時幾乎沒有說話。

那些本屬於中立的朝臣見壽王沒有說話，心下也開始嘀咕起來，覺得這件事是不是真的不可行？

可種田播種往往就是一季，錯過了時間，種子就算撒到地裡也不會成熟。

見這些人不斷爭論，趙卓便知道這一年大概又要這樣錯過了。

「錯過便錯過了。」沈君兮得知後，安慰趙卓道：「既然不能從朝廷的層面來推廣這件事，咱們就在農莊推行。你是沒瞧見，黑山鎮周圍的幾個鎮，現在也陸續開始種植包穀了，官府雖不收這糧食，可種地的百姓可以留著自己吃，然後把種出的麥子全都交上去。你說過，百姓在乎的只是有沒有飯吃，能吃飽肚子，他們就會很滿足了。」

雖然已經重生十年，她依然忘不了經歷過的那些事，忘不了那些因飢餓而暴動的流民，忘不了因流民衝擊而生靈塗炭的京城百姓。

在那場災難發生前，所有人都以為那是不可能發生的事，畢竟他們所在的是京畿之地，是有皇家羽林拱衛的京城。也正是因為這樣，當流民衝進京城時，才會讓所有人措手不及。

上一世，她不知道金鑾殿上的朝臣們到底討論了什麼，卻知道，他們之中的大多數都棄城而逃了。因此這一世她一直認為，只要手裡有糧，心裡就不慌。

所以，即便秦四和黎子誠的生意做得風生水起、日進斗金，她也從沒有放棄大量買進田莊、土地。只有田莊和土地才能長出讓人吃飽肚子的糧食，才能讓她安心。

「這件事交給我來辦吧！」她瞧著趙卓，笑嘻嘻地道：「是時候，讓沈爺重出江湖了！」

瞧著一臉自信滿滿的沈君兮，趙卓也想讓她去試一試。

因為他發現，一連兩個月都沒能讓沈君兮懷孕，她在情緒上似乎變得很失落，雖然平日在自己面前總是笑盈盈，可眼底的那抹失望，還是讓他看在眼裡，疼在心裡。

其實對於孩子的事，他並不太執著，有時候這就是緣分，緣分到了，孩子自然會來；緣分沒到，想也沒用。

他的小丫頭還年輕，他不想讓她過早承受生子之痛，而且他也私下去太醫院問過，女子太早生產對身體不好。

得知沈君兮沒有懷孕，他心裡其實反倒還鬆了一口氣。

可看著她在這件事上的積極態度，他又不好去澆她冷水，只好找事情讓她忙起來。

沈君兮對推廣種植此事也顯得極為上心。

往常田莊裡的事，她一般只在田莊管事來交帳的時候，隨口問一、兩句，而這一次，她卻打算親自跑一趟大黑山。

大黑山離京城不算遠，可要做到一天來回，卻也倉促。沈君兮覺得這件事也不可能一蹴而就，就不急著回來。

她命紅鳶她們收拾行囊，不但自己要做男裝打扮，就連紅鳶她們也得扮作小廝出行。

趙卓一瞧這架勢，自是不放心，要將身邊的席楓撥給沈君兮用，負責護衛這一路的安全。可沈君兮卻點名要了徐長清。

因為珊瑚懷上了，雖然月分尚淺，可將心比心，她覺得珊瑚嘴上不說，心裡還是希望席楓能陪在身邊。

而趙卓那邊，只要沈君兮覺得開心就好。

到了出發那日，他竟然告假，沒去上朝。

「這不要緊嗎？」因為定了辰時出發，剛從枕下摸出一只琺瑯瓷懷錶的沈君兮一見才卯正，打消了起床的念頭。

「沒事，不過偶爾稱病而已。」趙卓卻有些失神地盯著帳頂。

自從他知道趙旦的心思後，也沒有多大興趣與趙旦虛與委蛇。

太子這才不過是監國而已，就對自己的兄弟生出強烈的防備心，真要讓他登上帝位，他們這些兄弟的日子還真不知會變成什麼樣子……

趙卓甚至懷疑，即便他們這些兄弟將來願意像晉王一樣當個閒散王爺，趙旦都不一定會放心。

一想到這兒，趙卓的嘴邊浮起一絲無奈的譏笑。

都說世人羨慕他們這些龍子龍孫，哪裡知道他們這些龍子龍孫也有自己的無奈。

沈君兮貪婪地扒在趙卓身上，將耳朵貼在他胸口上，一下一下地聽著他強而有力的心跳聲。

這樣的感覺，讓她很安心。

但她腦海裡想著的卻是曹太后的病情。

上一世，她十五歲的時候嫁到京城，那時候外祖母早已仙逝，曹太后則在她嫁入京城兩年後薨逝，真要掐指算起來，差不多就是這個時候。

這一世，為免外祖母和上一世那樣過早去世，她特意隔三差五地回紀家，好像自己未曾出嫁一樣在她老人家面前盡孝。

而且她特意囑咐李嬤嬤，不管她有沒有回來，一定都要讓外祖母每日圍著翠微堂的抄手遊廊走上幾圈。

瞧著沈君兮一本正經，紀老夫人也感念她的孝心，每晚用過飯後還真的和李嬤嬤一起在院子裡轉圈消食，結果她不僅感覺身體好了，就連精神也足了，食量也跟著上去。

當紀老夫人平平安安地度過上一世的壽數時，沈君兮忍不住偷偷地哭了。

可是曹太后能不能過這一關，她還真不知道。

夫妻倆各想各的心事，卻一點也不妨礙彼此「交流互動」。

沈君兮將腿攀在趙卓身上，腳趾頭卻有些不安分地在趙卓的大腿上摩挲。受到挑釁的趙卓一把按住她的腳，放在手心有意無意地揉捏起來。

隨著年齡增長，沈君兮臉上的嬰兒肥已經慢慢褪去，腳卻一直是肉嘟嘟的，捏在手裡軟軟的，讓趙卓很歡喜。

因為人們常說手腳有肉的人，福氣厚，他便希望沈君兮就是那個有福氣的人。

沈君兮卻不怎麼喜歡趙卓捏她，因此她氣呼呼地踢了趙卓一腳，為了報復他，還特意在趙卓的腰上輕捏一把。

趙卓平日最怕被人捏腰，那麻麻癢癢的感覺，總讓他像泥鰍一樣躲閃不及。

「妳又鬧我？」他不由分說地一個翻身，把沈君兮扣在身下。「是不是不給妳點教訓，妳便覺得為夫的夫綱不振？」

瞧著趙卓眼裡的戲謔，沈君兮下意識就想逃，可哪裡逃得過趙卓的大手大腳？不一會兒便被他拽住腳踝拉回來。

「說妳錯了，以後不鬧了！」趙卓將自己的額頭抵在沈君兮的額上，灼熱的氣息打在她臉上，明顯已經動情。

她故意和趙卓鬧。「不，就不，以後還要鬧！」

「還鬧？那就家法伺候！」

在王爺沒有回府之前，上夜原本是最輕鬆的差事，不過是在雙芙院正房外間的火炕上睡一覺就行。

可自從王爺從南境回來後，這份差事就完全變了味。

睡覺變成了不可能，不但隨時可能要遞熱水進去，有時候甚至還要半夜進去更換乾淨的被單床褥。以至於現在裡間只要一鬧騰起來，候在外間的丫鬟們就羞紅了臉。

可聽了王妃在裡間細細的吟哦聲，她們這些做丫鬟的還是很高興。王爺和王妃相處得好，這才是最重要的。

沈君兮同趙卓這一鬧，直接鬧到了辰初。

因為同所有人都說好了是辰正出發，她瞟了眼屋裡的自鳴鐘後，便匆忙從趙卓身上跳下來。

意猶未盡的趙卓半眯著眼道：「怎麼了？」

「快來不及了！」沈君兮胡亂抓了件衣袍就套在自己身上，打開房門讓丫鬟們提熱水進來供她洗漱。

房門和內室之間隔著一道落地雙面蘇繡屏風，這是趙卓回來後，沈君兮特意讓人從庫房裡挑出來擺在室內的。這樣一來，丫鬟們從一旁進出淨房時便瞧不見室內旖旎的風景。

沈君兮很快從淨房裡洗漱出來。

因為今日是男裝出行，只要在頭上綰個簡單的男式髮髻便成，於是她並未喚來平日給她梳頭的媳婦子，而是對著水銀鏡，自己梳妝綰起頭髮來。

趙卓半坦著胸，懶懶地倚靠在雕花床上，看著沈君兮對鏡梳妝的背影，頗為幽怨地道：「今日不去了好不好？留下來陪我呀！」

聽了這聲音，沈君兮忍不住撫額。

這不正是平日他要去上早朝時，自己常常在他身後自怨自艾時說的話嗎？

沈君兮束好了髮，頗有貴公子的倜儻之相；趙卓則披散著長髮，神情慵懶地靠在那兒，反倒有了我見猶憐之姿。

沈君兮甩著衣袖，走到趙卓身邊，伸出右手，兩根手指輕托住趙卓的下頷，眼神中帶著倨傲地壞笑道：「你乖乖在家等著爺，待爺把事辦完了，再回來好好寵幸你。」

「不要！」趙卓卻學著她平日嬌滴滴的樣子，環住沈君兮的腰。「人家就要妳今天陪我！」

沈君兮也顧不得自己平常是不是也這麼蠻不講理，曲起手指在趙卓的額頭上彈了一下。「你也不看看我是為了誰出去奔波呀！乖啦，快鬆手，誤了出門的吉時就不好了。」

趙卓知道沈君兮是為了什麼要去大黑山，雖然心下不捨，也只能放手，然後像個怨婦似地陪著沈君兮用了早膳，目送她出門。

第一百二十四章

儀門外，徐長清等人早已整裝待發。

但見著沈君兮和趙卓一前一後出來，沈君兮一身的英姿颯爽，趙卓卻像個小媳婦一樣亦步亦趨地跟在身後，他們極力控制自己，不想讓自己笑出來。

趙卓一見著他們這些人便黑了臉道：「王妃這一路就交給你們了，記得全鬚全尾地給我帶回來，倘若路上有一丁點閃失，你們就都提頭來見吧！」

徐長清見趙卓一臉正色，也知道這件事不是說著玩的，慎重地點頭。「屬下一定會拚死護住王妃周全的！」

趙卓聽了點點頭，揮手示意他們出發。

聽著馬蹄敲在石板路上的噠噠聲，再瞧著馬車在拐角處消失的身影，趙卓忽然覺得心裡變得空落落的……

因為與趙卓胡鬧的時間太長，沈君兮一晚上都沒有睡好；加之馬車一路顛簸，搖晃間，她窩在馬車裡好好地補了一覺。

待她再醒來時，人已經到了黑山鎮。

邵青特意在黑山鎮口候著，一見到徐長清便趕緊上前迎接。

徐長清是在貴州認識邵青的。當時王爺讓他去貴州找一個叫邵青的人調糧草，他還將信將疑，畢竟在大多數北燕人心目中，貴州算不上是富饒之地，平日能自給自足就不錯了，還能省出口糧來充作軍糧？徐長清是不大相信的。

可到了貴州，看到漫山遍野的包穀地和成堆成串的包穀時，他當時的感覺已經不能用「震驚」來形容。

當邵青見到徐長清時，隔著老遠就拱手作揖道：「長清兄！」

二人在鎮口微微寒暄兩句，便引了馬車進城。

沈君兮只在早些年修建黑山村的時候來過這兒，後來黑山村擴成了黑山鎮後，她便沒有來過了。

她坐在馬車裡，細細地打量這座用大石頭圍起來的石頭城。

建城用的石頭都是從大黑山上用火藥炸碎了巨石，再搬運到此處來的。起先居民並不理解為什麼要這麼做，不過是個小山鎮而已，為什麼要砌成這樣子？可是有人給錢還管飯，大家也就沒有工夫說閒話，全都卯足了勁去山上運石頭、砌城牆。

城牆砌起來之後，鎮長更是定下了規矩，鎮門每日卯初開、酉末關，錯過這個時間的人，當天就不用進鎮子了。

鎮長是黑山鎮的居民自己選出來的。之前因為沈君兮的授意，邵青並未參加鎮長選舉，而是盡全力支持一位看似「德高望重」的老先生。

邵青一開始不理解為什麼要這麼做，可沈君兮告訴他，凡事不一定需要自己去衝鋒陷陣，作為一鎮之長，難免有諸多事情需要調停，一是費時，二是費力，三還不討好，不如把這個差事交給別人，然後讓人記著你的好。

沈君兮一貫喜歡低調出行，為了和王府其他馬車有所區別，她乘坐的黑漆平頭馬車上印的是個「沈」字；加上有邵青作陪，鎮上馬上有人猜測是不是「沈大善人」來了？

畢竟「沈大善人」對黑山鎮的居民來說，尤其是最開始那群住在黑山村的村民，猶如神一般的存在。

為此，他們還為沈君兮修了生祠，每到逢年過節的時候，都有人去生祠為沈君兮祈福，讓老天爺保佑她長命百歲。

因此這個消息一出，居民們便黑壓壓地從四面八方圍過來，想見一見這位傳說中的「沈大善人」。

黑山鎮裡的道路本就修建得不寬，再被這些居民一圍，沈君兮的馬車徹底動彈不得了。邵青竭力勸說大家散去，可熱情的居民根本不聽他的指揮，只想親眼見一見沈大善人。

邵青和徐長清一見這架勢就有些慌了，徐長清更是一邊拉扯馬頭控制著身下有些躁動的馬匹，一邊同車廂裡的沈君兮道：「沈爺，您在馬車裡千萬別露面。」

沈君兮隔著車簾瞧見了外面的情況，卻覺得躲也不是辦法，便從車廂裡鑽出來，站在車轅上向來看熱鬧的百姓拱手道：「沈某不才，當不得大家一句大善人，今後也唯有多為大家做好事、做善事，才不負大家對沈某的一片赤忱之心。」

其實沈君兮這些都是空話、套話，什麼都沒講，可那些民眾偏偏覺得這是她的肺腑之言。

在一片「大善人」的呼喊聲中，更是有人問起。「沈大善人可曾婚配？老婆子有一孫女，年方十二，許給沈大善人可好？」

聽了這話，人群中就有人不服氣道：「張婆子，妳家的孫女又黑又壯實，哪裡配得上咱們長得這麼俊俏的沈大善人？我看妳還是別作夢了！」

張婆子聽了立即反駁道：「沈大善人都沒說話呢，誰要你多嘴的？」

聽了他們你一句、我一句地拌嘴，沈君兮笑著搖頭，示意厤三悄悄將馬車駛離。

沈君兮的落腳處是當年曹家娘子的釀酒坊。

因為酒坊的生意越做越大，最開始的那個小酒坊也不夠用了，於是曹家娘子的徒弟們又另找了塊地，新建了規模更大的酒坊，這裡就改成酒坊客棧，專給那些來黑山鎮買酒進貨的人落腳。

沈君兮一早就通知邵青自己要來，邵青便領著人將酒坊客棧裡最大的院落收拾出來，騰給她住。

這酒坊客棧雖然四處還能見到之前釀酒用的大酒罈子，罈子多多少少都有些破損，釀酒已不可能，卻被人很細心地種上了各色花草，高高低低、錯落有致地擺在院子裡，瞧上去一片生機盎然。

不知怎的，沈君兮便想到當年黎子誠住的那個小院，他也喜歡種上一些這樣的花草。

「真是黎大管事的主意！」邵青笑道：「有好些花草是我們這邊都沒見過的，都是黎大管事從泉州那邊捎回，他說有不少還是從呂宋島那邊過來的。」說著，邵青指著一盆剛長出秧的小青苗，道：「黎大管事管這個叫辣椒，別看它開出的花又白又小，果子卻是紅紅地、尖尖地朝天長，只可惜一到冬天就枯了，不然放在屋裡過年，別提有多喜氣了。」

就在沈君兮和邵青說話的空檔，小院外又是一陣喧鬧。

沈君兮回頭看去，只見徐長清正奮力擋著一群人，隱隱有被擠倒之勢。

「這是怎麼了？」沈君兮奇道。

徐長清很艱難地說道：「這群人說什麼也要往裡闖，怎麼說都不肯離開……」

「哎呀，不是我說，你這個小夥子，我們又不是什麼壞人，我們只是想給沈大善人送點東西就走！」

沈君兮一眼瞧見了人群中一個老婆子，正是之前被人稱作張婆子的那個。只見她提著一籃雞蛋，手裡還牽著個小姑娘，即便這樣被人群前後推搡著，她也一直穩穩地站在第一排。眼見徐長清就要被這些人推倒在地，沈君兮笑道：「讓他們都進來吧。」

她的話音還沒落，以那張婆子為首的一群人頗為嫌棄地推開徐長清的手臂，然後笑盈盈地擁進來。

別看張婆子年紀大，手腳卻很索利，第一個衝到沈君兮跟前，熱情地道：「沈大善人呀，咱們這鄉下地方也沒啥好東西，這是家裡養的母雞下的蛋，您帶回去給家人吃。」

張婆子剛說完，有人在一旁哄笑道：「沈大善人天天山珍海味地吃著，還缺了妳這幾個雞蛋啊？」

張婆子也是個不服輸的，衝著那人道：「你懂什麼？咱這雞蛋要是拿那紅糖水，煮給要生孩子的婦人吃是最好的！」

「可沈大善人是個男的，他又不能生孩子。」人群中有人繼續起鬨。

張婆子不留情面地道：「沈大善人不生孩子，難道家裡就沒有個要生孩子的姊妹呀？你個二狗蛋子，還跟老婆子我抬槓，你媳婦今年生孩子，我就不去給你們家接生了。」

那叫做二狗蛋子的一下子就慫了，在人群中連連求饒，說自己不敢了，惹得滿院子的人哄堂大笑。

沈君兮聽了他們這充滿鄉村味的鬥嘴，直覺得有趣，因此在一旁笑盈盈地看著。

倒是邵青急得連忙解釋。「鄉下人平日這麼說話慣了，還請沈爺莫怪。」

「沒事，」沈君兮笑道：「我倒覺得這樣的場面很有生氣。」

她看了看那些居民手中拿的東西，都不過是些雞蛋、酸菜、小魚乾之類的東西，雖然值不得幾個錢，卻也是人家的一片心意。

她吩咐徐長清一一登記，全收了；至於張婆子帶來的那個孫女丫蛋，也被沈君兮暫時留在身邊跑腿。

既然王妃發了話，徐長清讓人在院裡支了張桌子，擺上紙筆，一家一家地將東西收了起來。

「不急不急，大家都排好啊，一個一個來！」徐長清命手下的人記單，自己則在院子裡維持秩序，剛才還鬧成一團的院子，一下子變得井然有序起來。

沈君兮並未急著離開，而是站在那裡，看著這些一臉質樸的居民，終於能理解之前趙卓同她說過的，百姓從來不在乎坐天下的人是誰，他們在乎的是那個能讓他們吃飽穿暖、過上好日子的人。

她一邊感慨著，卻在人群中發現一個熟悉的身影，正是幾年前，邵青曾帶去壽王府那個會種田的老把式。

一見到沈君兮，那老漢也很激動，站在人群裡就要給沈君兮磕頭。

「真是託沈爺的福，我們家狗子現在可出息了！」那老漢同沈君兮道：「他現在在貴州那邊都不願意回來了。他跟我說，要和邵管事一樣，爭取做到個管事；而且他還在那邊娶了媳婦、生了崽，日子也過得紅火起來了。」

沈君兮沒忘記幾年前兩父子在王府裡的爭論，那叫狗子的年輕人初生牛犢不怕虎，願意去貴州試一試，這老漢卻有些前怕狼、後怕虎的，不敢動彈。

「可這樣一來，狗子不是不能陪在你身邊了嗎？」沈君兮笑著同那老漢道。

那老漢卻連連揚手。「老漢我有五個兒子，當年若不是怕養不活他們，也不會來這大黑山碰運氣。家裡有老大照應著，讓幾個小的出去闖闖也好，說不定就闖出一條生路來了。」

沈君兮聽老漢說得笑嘻嘻的，卻也聽出裡面的無奈。

在北燕，家族的財富往往都是靠好幾輩人慢慢積累，大戶人家如此，平民百姓亦是如此。

為了不讓好不容易積攢起來的財富再被分散，家中絕大多數財物往往都是讓支應門庭的長子繼承；生為次子或幼子，能從父母那兒得到的極少，要麼自己拚出一條路，要麼就是依附家族而生。當然也有分家的，遇到公正的父母，自然將家中財物均等地分了；倘若遇到偏心的，那就是好幾房兄弟貼補一房，哪怕心裡不甘也得嚥了。

像老漢這樣家裡有五個兒子卻只能做佃戶的，莫說沒有什麼家產可以給兒子，怎樣謀生計才是頭等大事。與其一輩子做佃戶，還不如像狗子那樣抓住機會出去搏一搏。

沈君兮同老漢隨意聊上幾句，才知道鎮上有這樣想法的人不少，因此不少人跟著邵青去貴州後便沒有回來，而是在那邊安家落戶。

畢竟活下去，才是頭等大事。

沈君兮在黑山鎮受到居民的熱烈歡迎，而趙卓這邊，一個人待在府裡便顯得有些淒淒切切。

剛剛有人傳紙條過來，對於他今日沒有上朝一事，趙旦顯得很開心，當著朝臣的面甚至說早該如此。

這樣的話，還得到一部分人的附和，便讓人為趙卓覺得有些不值。

看完紙條上的消息，趙卓的面色並沒有太大波動，因為他早有預料。

他摘下書案上的宮燈罩，將那張紙條燃了。

看著那明明滅滅的火焰，他心裡卻是思緒萬千。

之前他自請去南詔，只是為了向昭德帝展示自己的才能而已，既然目的已經達到，就該急流勇退。

太子不想見自己，自己還不想見他呢！要知道，藏拙一直都是他最擅長的。

「小寶兒，拿著我的牌子去宮裡把杜太醫請出來。」見著紙條燒光後，趙卓吩咐道：「動靜鬧得越大越好。」

小寶兒跟在趙卓身邊多年，有些事不用多說，他都明白，於是不過一晚上的工夫，差不多半個京城的人都知道壽王身體抱恙。

被風風火火請進壽王府的杜太醫起先也嚇了一跳。

趙卓當年剛從冷宮出來時，確實身體不好，整個人虛弱得像根小豆芽菜似的。因為張禧嬪的關係，太醫們都不大願意接手這事，因此給七皇子調養身體就落在剛進太醫院的杜太醫身上。

因為杜太醫是新人，與各方牽扯不大，紀蓉娘才放心讓杜太醫為趙卓調養。也因為杜太醫的推薦，認為從小羸弱的七皇子不單要靠藥食調理，更該習武強身健體，昭德帝才授意宮中禁衛軍統領教授趙卓武功。

因此，對於趙卓的身體狀況，杜太醫比其他人都清楚，心裡暗想，一個平日壯如牛的人，怎麼說病就病了？

當他一進壽王府，見到了面色紅潤的趙卓時，才放下心來。

「王爺這不是好好的？」杜太醫可謂是看著趙卓長大的，相較於其他皇子，自然多了分親切。

趙卓只是呵呵笑，把衣袖拉高，露出手腕，同杜太醫道：「不知為什麼，就是覺得心裡空落落的，渾身都不得勁。」

杜太醫在趙卓的腕上搭了搭，隨即便丟開道：「王爺脈象強勁有力，微臣可瞧不出什麼來。」

趙卓卻如幼時一樣，同杜太醫嬉皮笑臉起來。「這段日子我不太想上朝，杜太醫幫我開個方子唄！」

杜太醫挑眉。

上一次趙卓同自己說這話的時候，說的是天氣太熱，他不想去上書房，讓自己開個方子幫他調養幾天。後來杜太醫才知道，他竟然趁這機會偷溜出宮，學會了鳧水。

從那時候起，杜太醫就知道這個七皇子不同於其他皇子，好似小小年紀，他便知道自己要什麼，而且還知道要怎麼辦。

最後，趙卓自然是得償所願。

拿著杜太醫開的藥方，他讓府裡的人熬起藥來，不一會兒，整個壽王府便藥香四溢，就連隔壁的秦國公府都聞到了動靜。

第一百二十五章

既然是作戲便要做全套，趙卓自然也瞞著紀家人，只讓身邊的人回話說自己不舒服。

紀老夫人本欲去探望一番，可趙卓以怕過了病氣為由婉拒了。

趙卓這邊接連兩日未上朝，趙旦自然最高興，但是作為監國的太子，又是兄長，如果不聞不問，將來昭德帝追究起來，他也不好交代。

為顯重視，他不但要親自去一趟壽王府，還特意叫上太醫院的孫院使。

孫家幾代行醫，可直至傳到孫院使手上才出了個太醫。因為出了太醫而給家中醫館帶來變化，孫家上下有目共睹，因此孫家也就寄望在孫院使之後，再多出幾個做太醫的人。

可惜孫院使的子姪輩都資質平平，倒是這些年，孫輩裡出了個拔尖的。

為了將孫家的這棵苗順利地提攜進太醫院，早想致仕的孫院使硬是在院使這個位置上又多坐了幾年。

宮中其他貴人的醫案，孫院使可以不管，可曹太后和昭德帝的醫案，卻一直被他牢牢抓在手中；而太醫院裡的其他事務，早已被他放權交給手下的人。

在後宮，誰是最尊貴的人，他還是分得清楚的。

若在平常，他自然不會來給壽王瞧病，但因為是太子傳喚，孫院使不得不陪同走了這麼一趟。

當然，來之前，他還特意調看了杜太醫寫的醫案，心中有數。可他一瞧杜太醫開給壽王的藥方便疑惑不解。怎麼方子上盡是一些人參、黃精等提氣之物？彷彿這張方子是開給一個垂死之人，一點都不像是給壽王這個生龍活虎的人服用的。

待他到了壽王府見到趙卓本人，才明白杜太醫的用意。

往日裡，光彩照人的趙卓有氣無力地靠在臥房內室的大床上，臉色蒼白，眼窩深陷，倒好似病入膏肓一般。

這副模樣，莫說是趙旦，就連孫院使都嚇了一大跳。杜太醫的醫案上可沒寫這些！一見到趙旦，眼皮都要抬不起來的趙卓更是氣若游絲，間或咳嗽不止，動靜大得好像要把整個肺都咳出來一樣。

即便這樣，他都掙扎著想要起來給趙旦行禮。

可趙旦哪裡還敢讓他下床？連忙出聲制止道：「你我兄弟之間，不講究這些、不講究這些。」

勸住了趙卓之後，趙旦便給孫院使使了個眼色，示意他上前為趙卓瞧病。

以趙卓對趙旦的瞭解，他一早便料到了這一招，因此他躺在那兒一動也不動，就等著孫院使來給自己號脈。

孫院使不號脈還好，一號脈就嚇得手一哆嗦。

壽王這若有若無的脈象，他只在將死之人的身上見過，難不成壽王……

做院使這麼多年，孫院使自然知道什麼話能說、什麼話不能說。

因為也搞不清趙卓到底是得了什麼病，孫院使便委婉地道：「壽王的脈象很虛弱，恐怕要好好將養一段時間才行。」

「七弟怎麼會弄成這模樣？」雖然趙旦心裡有些幸災樂禍，可面上卻裝成很關切地問道。

趙卓便有氣無力地看了眼身邊的小寶兒，示意他回答。

站在一旁的小寶兒用衣袖擦了擦已經通紅的眼睛，帶著哭腔道：「回太子殿下的話，我們王爺這是舊疾復發。我們王爺在南詔時，不幸染上了怪病，得要一種生在南詔的草藥才能治……徐護衛已經快馬往南詔去了，在徐護衛回來前，只能先用些人參續著咱王爺的這口氣……」

趙旦一聽到這兒，心裡更高興了。

自從趙卓從南詔回來後，他內心的壓力就一天比一天大。

之前，他一直以為老三或老四會成為自己最大的威脅，畢竟他們的母妃在後宮中都是很有位分。萬萬沒想到，第一次給他壓迫感的卻是這個他從未放在眼裡的老七。

朝堂上，父皇不止一次地繞過他這個監國太子，詢問趙卓的意見。他雖然什麼都沒說，不代表他感受不到危機。

並不是所有太子都能順利成為皇帝，不說遠的，他的父皇昭德帝就是一例！

現下趙卓竟染上這樣的怪病，算不算是老天爺都在幫他呢？趙旦很得意地想著。

自己該看的也看過了，該有的姿態也已經都拿出來了，趙旦覺得自己沒有繼續再待下去的必要，於是清了清嗓子，同孫院使道：「杜太醫開的方子你可曾瞧過？可還有什麼需要添減的地方？」

孫院使平日便不管趙卓的醫案，來之前也只匆匆看了一眼，見趙旦如此問，就道：「既然壽王殿下這病必須要來自南詔的草藥才能治，不如先用杜太醫開的方子試著，以免藥吃亂了，反倒加重病情……」

孫院使這話說得很活。

壽王的病很奇怪，需要的草藥太醫院也沒有，方子是杜太醫開的，將來真要有個萬一，也與他無關。

趙旦聽了，也點點頭，只囑咐趙卓一句「好好休養」，便帶著人離開了。

在回宮的馬車上，趙旦同孫院使道：「老七這個病到底是怎麼回事？你給我說清楚。」

孫院使只好將自己把到的脈象同趙旦說了。

聽聞趙卓已經虛弱得幾乎沒了脈象，趙旦也很驚訝。「這病竟如此凶險？那我剛才去探望他，不會也給染上吧？」

孫院使先是驚了一下，隨即同趙旦道：「應該不會，畢竟那麼多去南詔的人，只有壽王殿下一人染上這個重病回來，想必也不是什麼可以亂傳染人的病。」

「那不行，小心駛得萬年船，從明天開始，還是派人盯著壽王府的好。」趙旦想了想，道：「可不能讓這南詔的怪病害了咱們京城的百姓。」

待趙旦走後，趙卓便命人擰了帕子來，將臉上的茯苓粉和鍋底灰擦去，又解下纏在手臂上的布條，活動活動雙臂。因為綁的時間有點長，他的雙手都顯得有些使不上勁來。

小寶兒在一旁幫著趙卓，不禁笑道：「杜太醫的這個法子還真好使，我剛瞧見孫院使在給您瞧脈時，臉都嚇綠了。不過說來也奇怪，孫院使在太醫院這麼多年，難道連這些小伎倆都瞧不出嗎？」

聽了小寶兒的話，趙卓卻哈哈大笑起來。

「像孫院使這樣自詡名門正派的人，又怎麼會去鑽研這些邪門歪道？」他感慨道：「何況這些年，孫院使一心鑽研養生之道，到底心思歪了。」

洗去妝容，又換過一身衣物的趙卓變得神采奕奕起來。

「讓馬房備馬。」他吩咐。

小寶兒看了眼屋裡的自鳴鐘，驚道：「爺，這都要宵禁了呀！您還要出去？」

不想趙卓卻冷笑。「你在我身邊這麼久，不會不知道太子是個什麼人吧？你以為他今日真是好心來看我？他只不過不信我會病倒，這才特意帶太醫院的孫院使過來一探究竟。他此番回去後，定會叫人來封了我們壽王府，我若不趁著這個時候出府，恐怕真會出不去了。」

小寶兒聽趙卓這麼一說，也覺得這像是太子能幹出來的事。

「那我趕緊去告知席護衛，讓他趕緊也準備。」小寶兒想了想道。

沒想到趙卓卻拒絕道：「不用了，讓席楓留在府中更好。他和徐長清作為我的貼身護衛，卻都不在王府裡，容易讓人察覺我不在府中，你得讓他經常在府中走動，好似我還在府中一樣。」

他知道自己的壽王府其實並未管理得像鐵桶一塊，雖然除掉了段嬤嬤，可府裡還有其他安插進來的人。

倒不是他不想將這些人都清理出去，只是水至清則無魚，他若真動手，保不齊又要被安插新人，不如留著這些人幫自己「通風報信」，他只需要管好沈君兮的雙芙院和自己的聽風閣就好了。

交代完後，趙卓便趁著夜色的掩護，從角門出了壽王府，策馬出了城門後，一路往西北的大黑山奔去。

在京城耽擱的這些日子，他的心早就飛到沈君兮的身邊去了。

他一邊策馬，一邊想著，緣分真是個很奇怪的東西。

還記得第一次帶沈君兮去北苑河邊看龍舟賽，她讓他選大黑山船隊。當時所有人都笑他傻，而他也沒想著贏，不過是湊個趣，於是問了第一次看龍舟賽的沈君兮。

可誰也沒想到，她隨口選出來的大黑山竟成了一匹大黑馬，而且從此之後還與他們結下了不解之緣。

難道這就叫冥冥中注定？

越想，他越覺得熱血沸騰，想見到沈君兮的心情也越發強烈。

可讓他沒想到的是，他連夜策馬狂奔至黑山鎮，這兒的人竟然不讓他進城！

隔著快兩丈高的城牆，城牆上的人衝著他喊話道：「不好意思，這位爺，咱們黑山鎮的規矩，不到卯時不開城門，就請你在城外先委屈一宿吧！」

趙卓還沒反應過來，只見對方沿著城牆竟放下兩大捆柴火，而那兩大捆柴火上竟然還掛著兩小罈酒。

然後又聽城牆上那人道：「這春寒料峭的，這位爺也別凍著了自己，你在城外選一地生堆火，先喝些咱們釀的包穀酒暖暖吧！」

從來沒遇過這種事的趙卓頓時就沒了脾氣。

他騎著馬、插著腰，立在城下瞪著城牆上的二人道：「你們知不知道我是什麼人？誰讓你們關著城門的？就連京城的城門都有個快慢三急的時候，你們這兒怎麼就不能通融了？」

城牆上那人卻不慌不忙道：「我們不知道爺是什麼人，也不想知道。咱們這兒自有了黑山村，便有了這入夜關門的習俗。沈大善人說了，咱們黑山村也好，黑山鎮也好，以前是荒郊野地，現在也不是什麼軍機要道，晚上關個門影響不了什麼，朝廷的八百里加急也不會從我們這兒過。咱們關門，從來都只為住在城裡的百姓不受野獸侵襲，能睡個好覺而已。」

並不是第一次來黑山鎮的趙卓知道，在這裡的「沈大善人」指的是誰，可他沒想到的是，關城門竟是沈君兮的主意？

好好的，媳婦兒怎麼會想到這個？

趙卓雖是不解，可到底下了馬，吩咐身後那些跟自己同來的護衛們生火，就地休整。

他帶來的這些人都是上過南詔戰場並立過軍功的人，只不過他們出於個人意願，想要繼續留在趙卓身邊，便將他們都收編為府兵護衛。

不一會兒，火堆便生了起來。他們坐在城牆下烤火，安靜得像沒有人一樣，就連他們騎來的馬，也一個響鼻都沒有。

城牆上的人瞧著，不免有些心慌。

他們守在這裡也不是一天、兩天的事了，被他們拒在門外的差不多也有一百多號人。有的人罵罵咧咧，有的人絮絮叨叨，還有的人倒頭就睡，可像這些人這樣，警覺得像獵鷹的卻很少見。

對，獵鷹，這群人給人的感覺就像是獵鷹！

城牆上的兩個人想了想，決定還是把這件事先告訴鎮長，要不要放人進來，得由鎮長說了算。

於是二人一合計，一個人在城牆上繼續盯著，另一個則悄悄去了鎮長家。

沈君兮他們當時挑選鎮長時，就是奔著德高望重去的，因此黑山鎮的鎮長已是年逾古稀，他雖然很想將鎮長之位傳給大兒子，可邵青卻說，這事得黑山鎮的居民都同意才行。

鎮長知道自己大兒子的聲望還不夠，因此他不斷敦促著大兒子為鎮裡的人多做好事，爭取居民的認同。

因此接到消息的二人不敢耽擱，隨便在身上套了件薄棉袍便奔著城牆來了。

此時天上已經透出了魚肚白，可依然還沒到開城門的時間。

鎮長老吳頭帶著兒子站在城牆上，打量著城牆下的這些人，心裡也沒底。

這些人，雖然沒穿軍隊裡的衣服，可看上去卻很像軍爺。可要真是軍爺，又怎麼這麼好說話？

老吳頭心裡直發怵。他雖然是這個鎮的鎮長，可大多數時候都是聽沈家莊那個邵青邵管事的。

而且這個黑山鎮確實不是什麼關口要隘，晚上關個門，卻是防狼比防人多。若是因此而得罪了什麼人，恐怕別人要怪罪的還是他這個鎮長，不會去沈家莊找那個邵管事的麻煩。

因此老吳頭攏了攏披在身上的衣裳，衝著城牆下喊道：「幾位爺，是到咱黑山鎮來找人的嗎？」

趙卓正靠著城牆打瞌睡，手下一人上前應話。「我們確實是來鎮上尋人的，我們趁夜狂奔至此，沒想到貴鎮還有關門這樣的規矩。」

那吳老頭臉上一紅，覥著臉道：「不知幾位爺到我黑山鎮找的人是誰？小老兒不敢說全鎮的人都認識，倒也知道個六、七成。」

城下那人一拱手，剛要說話，他旁邊的人卻扯了扯他的衣服，然後衝著城牆上的吳老頭拱手道：「是沈爺，沈大善人！」

老吳頭一聽城牆下報出了沈大善人的名號，腿一哆嗦，還好他兒子在身後扶著他，才沒讓他摔到地上去。

「爹，竟是來找沈爺的，要不咱就把他們放進來吧？」吳家老大同老吳頭說道：「說不定真有什麼急事找沈爺呢，給人耽誤了也不好。」

老吳頭心下也在猶豫，聽兒子這麼一說，又實在怕誤了沈大善人的大事，便問之前那兩個守城牆的道：「現在什麼時辰了？」

「卯初還差兩刻。」其中一人看了一眼設在城門旁的銅壺滴漏道。

想著這離開門時辰也不遠了，老吳頭就下令開了城門。

聽見城門響，一直在閉目養神的趙卓睜了眼，一個翻身上馬。

老吳頭在城牆上見了，怕耽誤趙卓的事，於是道：「沈爺歇在城中的酒坊客棧，爺可去那兒找到他。」

趙卓聽後，朝城牆上的老吳頭拱拱手，算是就此謝過。

第一百二十六章

和沈君兮一樣，趙卓也是許久不曾來過黑山鎮，詫異於黑山鎮這些年的變化。修得不寬的道路兩旁滿是店鋪，雖然時間還早，已有店鋪開始拆卸門板，準備迎接新一天的生意。店老闆還在打呵欠，可從他的神色還是不難看出安定和幸福。

趙卓輕夾著馬腹慢慢前行，發現這條道路的兩旁有賣油的、賣布的、賣米的……若是再遲兩個時辰過來，街上一定會很熱鬧。

酒坊客棧並不難尋，他以前就跟沈君兮來過一次，只是那時候這裡還是個釀包穀酒的酒坊。

聽見動靜，徐長清警覺地出屋查看，正好遇上在客棧前轉悠的趙卓。

此刻的酒坊客棧還處在沈睡中，四周也是一片寧靜。

睡在火炕上的沈君兮有些不安地翻了個身。

雖然她用的被褥鋪蓋都是從壽王府帶過來的，紅鳶她們也領著人將房裡四處重新打掃過一遍，並按照她的喜好佈置一番，可她多少還是睡不安寢。

沈君兮也暗自奇怪，這麼多年來，她並不是個認床的人。

有些煩躁難安的她乾脆從被子裡坐起來，只是當她睜開有些惺忪的睡眼時，卻覺得自己似乎瞧見了趙卓的臉。

是睡迷糊了，還是自己被夢魘著了？

沈君兮不太確定地拍了拍自己的臉，好像不怎麼疼；她伸手又去拍了拍對面趙卓的臉，又忍不住捏了捏他的臉，扯著做了張鬼臉。

瞧著趙卓的樣子太好笑，沈君兮一個人坐在那兒笑起來。

「好玩嗎？」被沈君兮捏得有些生疼的趙卓活動了自己的面頰，伸手捏住她的臉。

被他這麼一捏，沈君兮的瞌睡也醒了大半，她瞪大眼睛看著不知從哪兒冒出來的趙卓，驚訝地撲過去，把他壓在自己身下，捧著趙卓的臉興奮地道：「你怎麼來了？我不是在作夢吧？」

瞧著沈君兮一臉興奮的樣子，趙卓覺得自己在城外待的一夜也變得特別值得。

他用臉輕輕摩挲著沈君兮的掌心，下巴上新長出的小鬍髭在她的掌心裡撓著。

感受到掌心傳來的麻麻癢癢，沈君兮這才發現他一臉不修邊幅的，有些心疼地道：「你怎麼把自己弄成了這副模樣？」

聽沈君兮問起，趙卓大吐苦水道：「到了這黑山鎮才知道，黑山鎮的城門竟然比京城的城門還難入！我們可是在城門外熬了小半宿呢！」

沈君兮這才想起自己定下的規矩，正想解釋兩句時，卻聽趙卓道：「說真的，妳為什麼會給黑山鎮定下這麼一個規矩？而且這些年，我總是能在妳身上隱隱地感受到不安……告訴我，妳到底在怕什麼？」

這一下，輪到沈君兮驚愕了。

這些年來，她一直以為自己隱藏得很好。她不知前世那場因為饑荒而鬧起的流民之禍，這一世還會不會再發生，卻仍一直積極地做準備。

有了個這個黑山鎮，即便再遇到前世那樣的事，她也不會無處可躲了。

可這些，教她怎麼同趙卓解釋？難道同他說，因為自己作過一個噩夢嗎？因為那個噩夢，所以自己一直在未雨綢繆？

這樣的話，說出來自己都不會相信呀！

見沈君兮開始支吾，趙卓便知道之前的懷疑不是自己的錯覺。

她到底在怕什麼？難道在她心目中，自己不是那個可以給她衣食無憂的人？

這念頭，有些刺痛趙卓的心。

「能不能告訴我，妳為什麼那麼熱衷於買田？又為什麼要讓黑山鎮建成這個樣子？能不能告訴我，妳到底在怕什麼？」趙卓放緩語調，生怕自己在急切中帶出什麼不好的情緒來，從而傷到了心思比常人要細膩的沈君兮。

看著趙卓那雙真摯的眼，沈君兮也在心裡細想著，上一世的事情要怎麼說，才會讓趙卓感覺不到詭異，覺得自己說的都是真的？

於是，她想將自己的上一世當成一個夢境，說給趙卓聽。

「我六歲的時候，作過一個夢……」她舔了舔唇，慢慢在心裡斟酌字詞。「一個很長，也很真實的夢……」

趙卓一聽竟然只是一個夢，摟著沈君兮輕鬆地道：「再長、再真實，也只是個夢啊！睡醒了不就好了？」

「可是這個夢和其他的夢都不一樣！」沈君兮卻不像往常那樣賴在他懷裡撒嬌，而是推著他的胸膛，在他身前正襟危坐道：「因為後來我發現夢境中的一些事，都慢慢變成真的！」

聽她這麼一說，趙卓的神色也變得嚴肅起來。

就在沈君兮以為趙卓相信自己的說辭後，沒想到他卻一臉曖昧地嬉皮笑臉道：「那妳有沒有夢到我們什麼時候有孩子？」

這個，沈君兮也想知道，只是這一世與她的上一世已經有了翻天覆地的變化，有些上一世發生的事，也就不再具有參考的意義。

但她既然同趙卓說起了這件事，自然還是想讓他相信自己。

可是要想說服他，自己必須說一些能讓他信服的事。之前那些已經發生過的事，顯然不再具備說服力，她努力在腦海裡搜索著尚未發生的事。

只可惜，上一世的她離朝堂太遠，朝廷裡發生了什麼事，她真的什麼都不知道。

上一世的這時候，她正在為怎麼做個合格的傅家媳婦而焦頭爛額；這一世，這份焦頭爛額已經轉到紀雪身上，而紀雪的人生，顯然不是自己上一世的重複。

看著趙卓眼中的期待，沈君兮也知道，自己一旦錯過這次機會，以後再想談論這件事，恐怕就沒這麼容易了。

於是，她想了想，決定冒險一賭。

下定決心後，沈君兮往趙卓身邊靠了靠，然後用只有彼此才能聽到的聲音道：「在我的夢裡，你一直有個願望，便是為你的生母張禧嬪鳴冤平反。」

說完這句話，她馬上坐直身子，看著趙卓臉上那僵掉的神色，不再作聲。

這件事，應該是趙卓一直藏在心底的秘密吧？沈君兮在心裡想著。

鳴冤平反這件事，絕不是一朝一夕能完成的，可他上一世卻成功了。至於他是怎麼做到的，上一世同他就是兩個世界的沈君兮卻不得而知。

趙卓面無表情地看著沈君兮。

她是他身邊最親密的人，卻不是一個能知曉他全部秘密的人。

倒不是他不相信沈君兮，而是他不想將她扯入這事件中，徒增她的煩惱。

因為，他只想讓沈君兮在自己身邊過得快快樂樂的。

「是他們誰告訴妳的？」趙卓才不相信作夢什麼之類的鬼話，他更相信是小寶兒或小貝子為了討好沈君兮而說漏嘴。

沈君兮卻苦笑著搖頭。

她一早就知道要說服趙卓沒這麼容易，可若是因此牽扯了其他人，那就不好了。

「沒人告訴我，真的！這些都是夢裡的事。」她儘量看著趙卓的眼睛，很真誠地道：「在夢裡，你依舊是壽王，可我只是個平頭小百姓，我不清楚你到底是怎麼做到的，卻知道你最後確實成功了。」

「真的？」聽到這話，趙卓的眼中閃過一絲興奮的光亮。「妳是說我真的成功了？」

沈君兮堅定地點點頭，見他好似開始相信自己了，便將自己上一世經歷的事情當成夢境說了。

而趙卓越聽，面色越凝重。

她的夢境裡不但有饑荒，還發生了民變？發生民變的原因，全是因為朝廷的不作為？遇到了事情不處理，而是一味使用「拖」字訣，倒很像是趙旦的作風。

然而沈君兮並沒有告訴他，趙旦上一世死於流民的作亂中，而是道：「夢境中，這場災難波及的人很多，我也不能倖免於難……夢醒之後，這場噩夢不但沒有被我忘記，反倒像是刻進我心裡似的，印象變得越來越深刻……」

「所以……妳擔心夢裡的事成真，才會做了這樣的安排？」趙卓有些心疼地看向沈君兮。

這個時候，沈君兮除了點頭，還是點頭。

「我不想夢境裡的事情發生。我當然知道包穀沒有白麵好吃，也知道土豆和紅薯還不為大家所接受，但我希望在真的遇到夢境裡的那場大饑荒時，這些東西，能救一些人，就救一些人……」說到最後，她竟然開始哽咽起來。

「我懂，我都懂！」趙卓將她牢牢地抱在懷裡。

從前他就覺得沈君兮和別人不一樣，可到底哪兒不一樣，他也說不上來。今天聽了她的話，他終於明白過來，她好似天生有一顆悲天憫人的心，卻又不似尋常人家的閨女那樣聽天由命。

她總是那樣不服輸，總是想靠著自己微弱的力量，能改變一點就改變一點，能幫上一個就幫上一個。

這樣充滿生機和活力的女子，才是真正能配得上他，並讓他鍾情的人。

因為一夜未睡，趙卓的眼中充滿了血絲。

瞧著心疼的沈君兮打掉了他有些不規矩的手，將紅鳶她們叫進來。

雖然她們好奇自家王爺怎麼也會出現在黑山鎮，但跟在沈君兮身邊這麼些年，也知道什麼能問、什麼不能問，因此服侍了沈君兮洗漱和用餐後，她們又悄悄地退出去。

徐長清自是找邵青安置好那些隨趙卓而來的人，沈君兮更是強制要求趙卓睡下。

她也取消要去田間走走看看的打算，陪在趙卓身邊，細細看著邵青拿過來的田莊帳本。

當趙卓一覺睡醒的時候，正瞧見她低頭坐在炕桌旁，冥思苦想著什麼。

窗外的陽光暖暖地打在她身上，她的臉龐就像珍珠一樣，反射出一層瑩白的光。

趙卓靜靜地躺在那裡，很貪婪地看著沈君兮，忽然覺得，哪怕就算這樣過一輩子也好……

一直低著頭的沈君兮彷彿感覺到有人在瞧著自己，一抬頭，正好與趙卓四目相對。

「怎麼不多睡一會兒？」她掏出身上的珐瑯瓷懷錶看一眼，他不過才睡兩個時辰。

趙卓慵懶地坐起，活動了頭頸，道：「在軍營裡養成的習慣，哪怕通宵不睡覺，只要稍稍閉眼休息一會兒就好了。」

趙卓說得輕鬆，沈君兮卻聽了心疼。

「這樣多容易熬壞身子！」她瞋了趙卓一眼，卻上前幫他穿衣服，然後叫紅鳶打了盆水進來，幫他淨臉，這才讓人端上午飯。

「今天我特意讓廚房做了包穀、紅薯和土豆。」沈君兮有些興奮地同趙卓道。

趙卓聽了，忍不住在心裡癟嘴。這些東西，他在攻打南詔的時候可沒少吃。在他看來，這些東西果腹是沒有問題，卻談不上什麼好吃不好吃。

可瞧著沈君兮一臉興奮，他也不忍心多說什麼，只在心裡暗暗發願：等下自己千萬不能掃了她的興，得多吃點才行。

不一會兒，邵青便帶著人上菜。

出乎趙卓的意料，桌上並沒有像軍營那樣，出現包穀棒子和大塊紅薯，端上來的反倒是一盤盤看上去還算精緻，聞起來也教人流口水的菜色。

「嚐嚐？」沈君兮瞧著趙卓的樣子，笑著盛了一碗湯放到他面前。

竟然將包穀棒切成塊燉肉湯？趙卓將信將疑地端起碗，淺嚐一口，一股鮮透的味道傳遍他的舌腔。

沈君兮則一臉期待地看著他。「怎麼樣？好不好吃？」

趙卓忙不迭地點頭，連喝了三大碗。「沒想到這包穀竟然能做得這麼好吃！」

沈君兮直笑，又挾了一筷子嫩黃的細絲到他碗中。「再嚐嚐這個！」

有了之前那幾碗包穀肉湯的體驗，趙卓沒有絲毫懷疑地將那些嫩黃的小細絲放入嘴中。

酸酸的，還脆脆的！

「這是什麼？」趙卓吞下口中之物才問道。

「土豆絲，醋溜土豆絲！」沈君兮眼中閃著光。「這些東西，煮著是一個味，炒著是一個味，燉著又是另外一個味，是不是很奇特？」

然後她同趙卓說起自己的打算。「這些年，黎子誠在泉州做生意，弄回來的可不止寶石和香料，還弄回不少奇特的種子，和一些做菜用的香辛料。這些香辛料和我們本地產的八角、茴香一起做菜，就能產生奇特的味道，我打算把這些菜式都推廣到京城的各大酒樓去。」沈君兮神采奕奕地道：「如果大家都能接受這些食物，到時候不用我們勸說，想必也會有人想要種植。」

「推到各大酒樓？」對於沈君兮的想法，趙卓覺得很獨特。

要知道，各家酒樓為了留住各家的生意，都有一些秘不外傳的特色菜，也只有去這些特定的酒樓，才能品嚐到那些菜。

但像沈君兮說的那樣，把這燒菜的法子都告訴各家酒樓，趙卓就抱持懷疑。

「我要推廣這些高產的作物，這自然是最好的辦法了。」她強調道：「但是我會把香辛料的種植牢牢把在手中，他們如果想要燒出這麼好吃的菜品來，就必須來買我的香辛料。」

沈君兮愉快地打起了小算盤。

趙卓瞧著她神采飛揚的樣子，寵溺地笑了笑。這件事成了，自然是好，即便不成也不過是花點錢而已。

「你有沒有覺得包穀跟土豆這個名字不太好聽？」用過飯，沈君兮就和趙卓膩歪在一起。「京城裡那些貴人瞧著這菜名，會不會沒有想吃的慾望？」

趙卓深以為然地點點頭。「要不然他們也不會弄出個什麼『翡翠白玉湯』的名頭來了。」

「這包穀的樣子瞧著倒有幾分像黃玉，不如我們叫它玉米；而土豆也看似如馬鈴，就叫馬鈴薯如何？」沈君兮靠在他懷裡有一句、沒一句地說道。

趙卓只要沈君兮覺得開心就好，便跟著附和。

第一百二十七章

接下來的日子，趙卓就以沈爺好友的身分，跟著沈君兮在黑山鎮裡「騙吃騙喝」起來。知情的人不多嘴，不知情的人尊稱他一句「卓爺」，趙卓也樂呵呵地應了。

於此這般過了半個多月，京城那邊傳來消息，延平伯夫人痛了三天三夜，生下一個女兒。

也就是說，之前王姨娘所出的庶長子傅瑨，成了唯一能繼承傅辛爵位的人。

得知這消息，王可兒在自己的屋裡笑了一夜，紀雪卻從始至終都沒有看一眼剛出生的女兒。

延平伯太夫人王氏則迫不及待地找人幫孫兒上書請求承爵，只是這件事和當年傅辛請封一樣，被禮部的人擱置下來。

王氏只好再次在功勛之家中遊說起來。但有了傅辛的前車之鑑，幾乎沒有人願意幫她，最終，她只好又求到齊氏跟前。

齊氏心裡早就窩著火，可誰教自己女兒的肚子不爭氣，沒能生出個兒子來呢？好在傅家還有個孫兒，要不然還真能被昭德帝以絕嗣之名收回爵位。

可一想到王家之前的那副嘴臉，讓自己白白把傅家這個爵位拱手相讓，齊氏的心裡真是一百個不願意。

她這邊敷衍著王氏，另一邊卻以探望女兒紀雪為由，急匆匆趕去傅家同女兒商量這件事。

之前在孕期不是吃就是睡，紀雪不但胖了一大圈，連生孩子的時候也吃足了苦頭。一想到那個瘦得像猴子的女兒卻折磨了自己三天三夜，她便對那孩子生不出歡喜來。

「不管怎麼說，總是妳自己的親骨肉。」齊氏卻勸著紀雪道：「妳不對她好點，難道還想著要對傅瑨好嗎？」

紀雪一聽就來氣。

「呸，我為什麼要對那個小雜毛好？」她顧不得自己的樣子是不是像個市井潑婦，坐在床上就啐道：「傅家就沒一個好東西！這日子我真是過不下去了。」

齊氏也深以為然，想著當年若不是傅辛那個短命鬼禍害了她的雪姊兒，她又何至於此？

「話雖這麼說，可日子不還得繼續往下過？」雖然心中對傅家同樣不忿，齊氏卻開解著紀雪。「如果妳想大歸，紀家也不是養活不妳，可到底是要看兄嫂的臉色，不如妳在這邊府裡當著太夫人，說什麼、幹什麼，別人都得瞧妳的眼色行事來得輕鬆自在……」

聽了齊氏的開解，紀雪也在心裡細細思量起來。

紀家現在是她的大嫂文氏當家，之前因為沈君兮的關係，她明顯感覺到文氏並不喜自己，二嫂謝氏也是一樣，所以她若大歸，日子恐怕還沒有在傅家過得自在。

「可若是讓傅瑨承爵，王可兒豈不會蹦到天上去？」紀雪也說出自己的擔憂。

「妳這孩子，平常瞧著挺機靈的，怎麼一到了關鍵時刻腦子就不好使了呢？」齊氏在紀雪的腦門上戳了戳。「妳反正也生不出嫡子了，就把那傅瑨記到名下來又如何？這樣妳就成了他正正經經的母親。至於那王可兒，隨便打發到哪家寺廟去修行就行，只要她不在這府裡，妳真以為她能影響到傅瑨？」

紀雪恍然大悟。反正傅瑨從小就長在自己身邊，同那王可兒也不親近，孩子要怎麼教，還不是她說了算！

「可我婆婆那邊……」她小聲問道。

齊氏則拍著胸脯道：「自然是我去幫妳擺平。」

母女倆如此絮絮叨叨了一下午。

待到齊氏去找王氏攤牌時，其他的都好說，唯獨讓王可兒去修行一事，王氏卻是死咬著不肯鬆口。

「可兒是我看著長大的，這孩子也是時運不濟，幼時便沒了娘……」王氏一邊說著，一邊擦著眼淚道：「若是兒媳婦瞧著她礙眼，我讓王家的人把她接回去好了，總比讓她去當姑子強。」

齊氏只想打發掉王可兒，至於是送她去出家還是讓她回王家，她真的不是很在乎。

最終，王氏把王可兒送回了王家，王可兒的繼母王夏氏自然借題發揮了一把。王氏無法，私下給了夏氏一筆銀子，夏氏才沒有繼續鬧下去。

王可兒被送回去不久，在傅家宗親的見證下，開了祠堂，把傅瑨記到了紀雪名下。

此事也在一時間成了京城街頭巷尾茶餘飯後的談資，就連遠在黑山鎮的沈君兮也有所聽聞。

「把王可兒趕回王家了？」她有些尋味似地咂摸著這一消息。

今生發生的事同上一世相比，真是已經偏差太多。

她沒想到上一世奪了自己夫人之位的王可兒，竟然就這樣被趕回王家。真是人比人，氣死人嗎？沈君兮有些自嘲地想。上一世的自己真是太好欺負了，紀雪只不過稍微強勢了點，就把人都給收拾了。

不過說到底，都是因為有大舅母站在紀雪身後，有秦國公府為後盾，紀雪才能這麼無所顧忌。

而上一世的自己同紀雪相比，像是無依無靠的漂萍。

但這件事到底與自己無關，她感慨了一番，便把這件事丟開了。

在黑山鎮的這些日子，她見了不少人，附近幾個鎮子的人也表示對黑山鎮種植的東西有興趣，於是沈君兮便授意邵青讓黑山鎮的人教鄰鎮的人種玉米、馬鈴薯、紅薯等物。

「妳倒是一點都不藏私。」趙卓見了，笑話她道。

沈君兮卻一臉不以為然。「我此行的目的不就是這樣？」

趙卓聽了，把她擁進懷裡，然後二人計劃著回京。

沈君兮把丫蛋叫到跟前。由於邵青也有自己的活兒要做，這些日子她在鎮裡行動，全靠著丫蛋引路。

「我要回京了，妳願不願意跟我一起走？」她問著丫蛋道。

丫蛋被祖母領到沈君兮跟前時，多少還有些不願意，因為那時候的她一直以為沈大善人是個男的。可這些日子相處下來，她才知道，原來沈大善人是個女的！只是因為沈大善人要她跟著保守秘密，丫蛋才誰也沒有告訴。

「沈爺願意帶著丫蛋走嗎？」得知這消息的丫蛋有些不敢相信自己的耳朵，當初祖母將她送過來時便同她說，如果造化好，她是有機會到京城去見大世面的。

沈君兮對著丫蛋點頭，笑道：「我想先問問妳的意見，如果妳願意，我再找人同妳奶奶說這事。」

年前她就想著給紅鳶她們幾個說婆家，到時候，她身邊自然就要進新的小丫鬟。這些日子，她瞧著丫蛋很聰明伶俐，就有了將丫蛋帶在身邊的想法。

只是她素來喜歡徵詢丫鬟們的意見，因此先問了丫蛋是不是願意，然後再想著去問她家人的意見。

一聽還要問她祖母，丫蛋立刻搖手。「這事不用問我奶了，我自己可以作主！」

沈君兮沒想到她的反應會這麼大，心下也生疑。

「這裡面是不是有什麼我不知道的事？」沈君兮看著丫蛋的眼睛道：「妳若不同我說實話，我是不會帶妳走的。」

丫蛋一聽這話，臉色大變，便跪到沈君兮跟前，道：「您就發發善心帶我走吧！您要是不帶我走，我奶就要把我嫁給鎮上的傻子了！」

「怎麼會？」看著丫蛋一臉急色，沈君兮瞧著她不像在說謊，細細詢問起來。

「我奶說，女孩子生下來就是賠錢貨，不如早些嫁人，換些嫁妝回來。」說話間，丫蛋便急得要哭起來。「我奶想將我嫁給鎮上的傻子，因為那傻子家願意出一百兩銀子做聘禮，我奶就動心了……」

一百兩銀子做聘禮，這對尋常人家而言算得上是很大一筆錢了，也難怪那張婆子會心動。

一想到像丫蛋這麼聰明伶俐的女孩子卻要嫁給一個傻子，沈君兮心裡自然有些不捨。

「既然這樣，那我直接將妳要到身邊來如何？」沈君兮便詢問丫蛋道。

丫蛋一聽，激動地膝行至沈君兮跟前，一連磕了三個頭。「丫蛋感謝主子的再造之恩！丫蛋一定會盡心服侍好主子，絕不敢有二心的！」

聽了丫蛋說這些，沈君兮笑著直搖頭，然後讓紅鳶將丫蛋帶下去，教她一些規矩，以免將來入了府有什麼不適應的地方。

與此同時，她將那張婆子叫過來，開門見山道：「我要將妳的孫女帶到京城去。」

那張婆子一聽便激動起來。

她在黑山鎮住了這麼些年，最羨慕的就是那些能為沈大善人做事的人，因此也就滿口應承下來。

而黑山鎮的居民們也從張婆子口中得知沈大善人要回京的消息，於是大家又自發地聚到一起，送了一堆家中自製的乾貨給沈君兮；加上之前沈君兮讓徐長清登記在冊的那些，竟整整裝了三大板車。

沈君兮不好白拿居民們的東西，讓徐長清將登記好的帳冊交給邵青，並囑咐邵青按照帳冊上記錄的折價補給村民，就當這些乾貨是她從他們手裡買來的。

邵青自然不敢怠慢，就在沈君兮的車隊離開黑山鎮後，便命人挨家挨戶地給人送起錢來。

那些乾貨本就不怎麼值錢，邵青便以高於市價的金額折算給他們。

有些人前一刻還在家中咒罵家裡的婆娘或是漢子不懂持家，收到錢了，又開始抱怨家人怎麼不再多送點？

對於這些，已經離開黑山鎮的沈君兮自然什麼都不知曉，只是為那幾車乾貨發起愁來。

就連趙卓在路上都忍不住打趣。「瞧妳這個樣子，可真像個地主婆了。」

馬車裡的沈君兮卻對他一瞪眼，不服氣地道：「什麼叫做像？我本來就是！」

她沒想到邵青和邵雲竟然將大黑山的田莊經營得如此好，現在黑山鎮最大的田莊便是她名下的沈家莊，收成最好的也是她的沈家莊。

「妳打算怎麼處置這些東西？」趙卓有些懶洋洋地靠在車裡的大迎枕上，有一句、沒一句地同沈君兮說話。

「這我還真沒想好。」被趙卓這麼一問，沈君兮還真犯了難。

之前看著鄉民們熱情，她也沒想那麼多，一門心思地回應著鄉民。現在回過頭來，看著那三大板車的鄉下乾貨，她也不知道該怎麼辦才好？

「送些給紀府，再送些到長公主府，惠王府也可以送一點……」沈君兮一個人坐在那兒扳著手指算著。「然後我們自己留下一點，剩下的全部送到天一閣去。」

趙卓聽了就直發笑。

「妳這若是三大板車珍寶拉到天一閣去，我還能理解。」趙卓滿是不解地道：「三板車的乾貨，妳送給秦四管什麼用？」

「誰知道呢？」沈君兮卻是滿臉不在乎。「他總是辦法多，說不定這些東西給他，他還真能處置好呢！」

夫妻倆一路說著話，馬車慢慢悠悠地進了京。

之前趙旦曾命人盯著壽王府，可一連盯了好幾日都沒有什麼異常後，又把那些人悉數撤走了。

因此，沈君兮的馬車才能大搖大擺地駛進壽王府。

只是她的人剛回了雙芙院，還沒坐定，府裡回事處便派人過來報。「昌平侯府的富三奶奶前幾日生了一個女兒，咱們府裡是不是要送份禮過去？」

沈君兮一聽，忍不住嘆了口氣。

三年前，鄔雅在族人的安排下嫁到昌平侯府，嫁給庶出的富三公子為妻。

因為感念上一世富三奶奶對自己的恩情，這一世，沈君兮待那鄔雅特別親厚，希望二人還能像上一世那樣成為好友。

可惜，事與願違。

鄔雅總是顧念著沈君兮的王妃身分，相處時不是太過拘謹，就是盡可能地討好，很難做到上一世的交心，也失了她們前世相處時的輕鬆隨意。

如此一來，鄔雅覺得累，沈君兮也覺得累。

這或許就是自己身分上的改變而帶來的改變吧！

想清楚其中的關節，沈君兮便不再強求，只是在她心中對鄔雅依然多有關照，並且在她大婚時，特意開了庫房，挑了一座一尺來高的福祿壽三公的玉石擺件做添箱。

也正是因為這座福祿壽三公的玉石擺件，讓昌平侯夫人對新進門的富三奶奶高看了一眼。

前世不被看重的庶子、庶媳，這一世倒是多了幾分和顏悅色，富三公子也因此在府中得了一份差事，不再像前世那般遊手好閒。

因自己的關係，能夠給鄔雅今生的境遇帶來些好改變，沈君兮也知足了。至於她和鄔雅之間那不能延續的友情，也算是有得必有失吧！

憑著鄔雅的本事，上一世在逆境中都能過得風生水起，這一世有了自己當她的「靠山」，又有昌平侯夫人的看重，日子只會越過越好，也算得上是自己對她上一世的回報吧！

沈君兮這樣自我安慰地想著。

「讓席楓家的去庫房裡挑一些上好的人參和燕窩送過去吧！」上一世，鄔雅第一胎生的也是女兒，取名叫做珍姊兒，是個聰明伶俐又嘴甜的小姑娘，上一世的沈君兮很喜歡她。

只可惜，上一世不得婆婆看重的鄔雅，女兒自然也不討祖母歡心，在家中也沒少遭白眼。好在那小丫頭生性樂觀，從不自怨自艾。

一想到這兒，沈君兮的目光也變得柔和起來，同回事的管事道：「再讓人去榮升記打套長命百歲的赤金小鎖送給那孩子。」

回事的管事一併應著退下了。

慈寧宮中，總是斷斷續續傳出一陣陣的咳嗽聲，教人聽了就心焦。

曹太后病了一段時間，宮中的太醫只說是偶感風寒，可這藥天天喝著，卻不見好轉。

昭德帝在得空的時候，便過來探視一番。

可往往這個時候，曹太后總會拉扯著他說太子的事。

真要算起來，昭德帝從不認為趙旦是繼承皇位的最佳人選，只因為他是曹皇后的兒子，生下來便注定是太子，將來要繼承大統的人。

他原本應該要比其他皇子更努力，可因為與生俱來和理所當然，他竟比其他皇子都要懶。讀書不如三皇子，拳腳不敵四皇子，哪怕是玩也沒有五皇子、六皇子來得有新意，老七就更不用比了……

只是這些話，他是無論如何也不能同曹太后說的。

聽昭德帝說了聲「挺好的」，曹太后滿意地點點頭。

「太子耳根子軟，聽誰的話都覺得有道理。」曹太后交代道：「可他本性不壞，皇帝為他留幾個能臣，將來好好輔佐他，他也能做好一代守成之君。」

第一百二十八章

昭德帝聽了，沒有接話。

雖然打江山難，可坐江山更難；想要守成，也要有成可守才行。

可現在的北燕，看似風平浪靜、歌舞昇平，實則暗流湧動。

北方的韃子對北燕一直虎視眈眈，以至於他不得不將大部分兵力都壓在北境；也正因如此，之前的南詔才會毫無顧忌地侵擾南境之地。

雖然老七帶兵收服了南詔，可北境的威脅依然還在。這個時候做個守成之君，恐怕不是什麼最好的選擇。

這些日子，自己特意讓趙旦代掌朝政，發現趙旦喜歡親文臣、疏武將，這雖然也算得上是一種策略，但不適用於當下。不知如何平衡文臣、武將的關係，他遲早得在這件事上吃大虧！

這也是昭德帝最大的憂慮。

這麼些年，他一直想做一名中興之君，可中興又不是一句話的事，往往需要幾代人的努力，他也才知道裡面暗藏的風險和艱辛。

可趙旦卻不懂，也不願意去懂。他是泡在蜜罐裡長大的孩子，能對世人存有一份悲憫之心已屬難得，想要他為天下人吃苦，怕是很難。

最讓昭德帝心焦的是，趙旦並沒有容人之量。

這些日子，趙旦在朝堂上搞的那些小動作，他都一清二楚。

自己還沒有傳位於他呢，竟敢黨同伐異，這天下真要是給他坐了，還不知會怎麼樣！

一想到這兒，昭德帝的心裡就焦躁起來，更不欲與曹太后談及此事了。

曹太后一見著昭德帝的神情，便在心裡嘆了口氣。

自己算計了一世，唯獨算漏了自己這個兒子。

早在曹皇后去世的時候，她就曾想過要不要再選一個曹氏女入宮來？可那時候，宮中的四妃皆有人，紀貴妃和黃淑妃的風頭正健，自己若是再弄個曹氏女入宮，也是屈居這二人之下；與其靠個低位的曹氏女與這二人爭風吃醋，還不如以自己的太后之尊去壓制二人。

只是沒想到的是，自己身體竟然倒得如此快，身邊又沒有個可以相託的人。

「讓成年的皇子們就藩吧！」曹太后在心裡一番衡量後，同昭德帝道。

昭德帝意味深長地看向曹太后，只聽曹太后緩緩道：「天下的皇位只有一個，而你膝下已經成年的皇子就有七個，想必你也不想在百年之後，看到他們兄弟鬩牆吧？要知道，當年你們兄弟六個，現在只剩下你和晉王了……」曹太后悠悠地嘆著，將昭德帝的思緒拉回先帝駕崩後那段風雨飄搖的日子。

他不是先帝穆宗的嫡長子，天下寶座原本也輪不到他來坐，可偏偏他的兄弟們質疑當時太子的能力，才讓他的母后——身為穆宗皇后的曹太后——有了可乘之機。

一番你爭我鬥後，曹太后以雷霆之勢，用「謀逆」之名斬殺其他幾位皇子，只有早先已經向曹太后投誠的晉王逃過一劫。

昭德帝自是不願當年的事還要在自己的皇子們身上重演一遍。

「早些為他們定下名分，也好絕了他們的非分之想！」見兒子遲遲沒有表態，曹太后的目光變得狠戾起來。「我不知道這件事有什麼地方值得皇帝再猶豫的？」

昭德帝依舊沒有說話。

在他看來，就藩也不是一勞永逸的事。皇子們就藩去了，自然就遠離京城，可他們有了自己的藩地，卻可以養馬屯兵，成為另一種禍患。只怕到時候的局面更加不受控，還不如就像現在這樣，把他們都拘在眼皮子下面，有個什麼風吹草動，也好及時知曉。

可見著曹太后很急切的樣子，昭德帝只好道：「這事容我再想想，哪怕就藩，也不是一蹴而就的事，需要從長計議。今日母后說的話太多，也該靜養了。」說著，昭德帝便站起來告退。

曹太后的神色更陰鷙了，待昭德帝走後，她又是一陣劇咳，即便含了太醫院配的鎮咳丸也不抵用。

見昭德帝心事重重地出了慈寧宮正殿，福來順趕緊命人抬了龍輦上前。

昭德帝看了一眼，卻是揮揮手。「難得今日天氣好，你就陪朕在這宮裡走一走吧。」

福來順揮退了龍輦，躬著身子跟在昭德帝身邊。

慈寧宮離御書房不遠，平日裡，坐著龍輦來去不覺得，可今日走在這紅牆黃瓦間，昭德帝卻覺得異常壓抑。

「朕有多長時間沒去皇貴妃那兒小坐了？」昭德帝突然問道。

「有些日子沒去了。」福來順不好直說，委婉地道。

這宮裡每隔幾年就會進一批新人小主，皇上去新人小主那兒的時間多了，貴妃、淑妃這邊自然就來得少了。

從來只有新人笑，又哪會聽見舊人哭？皇上這會兒能想起皇貴妃來，已是難得了。

「那擺駕延禧宮。」昭德帝也沒多想，腳下便往延禧宮而去。

一早就得了消息的紀蓉娘候在宮外。

雖然被封為皇貴妃，可紀蓉娘平日的打扮依舊樸素不誇張。

她穿著一身孔雀藍立在高牆旁，像個盼望丈夫歸來的婦人一樣向外張望著。

在她的頭上，一枝掛了果的青杏伸出牆來，平添了一份歲月靜好之感。

瞧見這一幕，昭德帝原本還有些煩雜的心一下子靜下來，臉上也不經意地多了幾分笑意。

紀蓉娘領著宮人遠遠地行禮。

昭德帝笑著道了聲「免禮」，大踏步地進了延禧宮正殿的次間裡，很嫻熟地往臨窗的火炕上一躺，才瞧見紀蓉娘隨手擱在炕頭上的碎布頭。

「這是要做什麼？」昭德帝隨手拿起一塊碎布來，拿在手心比劃一下，不過才巴掌大，瞧不出能幹什麼。

紀蓉娘笑著從昭德帝手裡抽走碎布，遞過來一杯參茶，笑道：「前些日子葳哥兒入得宮來，說他想要布老虎，我就尋思著親手給他做一個。」

葳哥兒是趙瑞的兒子，剛好兩歲上下，正是好玩的時候。

一說到這個孫兒，昭德帝的嘴角也浮起了笑。

「這些東西還用得著妳動手做？他身邊就沒有會做針線活的嬤嬤？再不濟還有針工局呢！」昭德帝有些不滿地道。

「那怎能一樣？」紀蓉娘笑道：「這可是祖母做給他的。只不過我已多年不拿針線，手法都有些生疏了，就怕他到時候嫌我做得難看。」

說起這個，紀蓉娘雖是滿臉的笑，卻也聽出了歲月的滄桑感。

不知不覺，他們都老了，這也是為什麼，昭德帝總喜歡到那些年輕的妃子們那兒去。看著她們，他才不會覺得自己已經老了。

可她們到底年輕，在他跟前只會撒嬌邀寵，不能像紀蓉娘這樣，好好地坐下來談心。

昭德帝感慨地啜了口茶，然後給一旁候著的福來順和王福泉使了個眼色，二人趕緊帶著宮裡的人都下去。

紀蓉娘一見這架勢，便知道昭德帝有話要同自己說，放下手裡的碎布頭。

果然是聞音知雅。

昭德帝看在眼裡，卻沒有說太多，而是說起自己剛從慈寧宮過來。

曹太后病了不止一天、兩天了，她們這些後宮妃子們也想過要去侍疾，卻都被曹太后趕出來，因此慈寧宮裡的事，她知道得並不多。

「太后娘娘的病好些了嗎？」她低垂著眼問。

「時好時壞，總是反覆。」昭德帝皺眉道：「莫說是太后娘娘，我瞧著都心煩。」

「要不要換個大夫試試？」紀蓉娘不懂醫，這件事本也沒有她說話的餘地，只是她看著昭德帝心焦的樣子，忍不住道。

「太醫院的太醫們都沒了辦法，這天下還能有誰？」昭德帝苦笑。

他自然也想過為曹太后換個大夫來瞧瞧，可太醫院裡聚集的本就是天下最厲害的大夫，他們都束手無策，還有誰能有辦法？

「要不要試試傅老太醫？」紀蓉娘出著主意。「當年傅老太醫在宮裡也算得上是一位聖手，就沒有他瞧不好的病。」

沒想到昭德帝卻一臉不屑。「別跟我提這個投機的老匹夫！當年他覺得醫治先皇后無望，便提出致仕。為了這事，母后耿耿於懷多年，會不會同意讓傅老太醫醫治還是個問題。」

「可總歸要一試啊！」紀蓉娘勸道：「太后娘娘總這樣咳下去也不是辦法。」

聽紀蓉娘這麼一說，昭德帝便嘆了一口氣。

「今天朕去探望她，她那樣子，卻像在交代後事。」昭德帝頗無力地道：「妳也知道，自從先皇后走後，她最牽掛的只有太子。為了給太子掃平障礙，她今日竟要求朕讓皇子們就藩。」

紀蓉娘聽了臉色瞬間大變。

所謂就藩，是把皇子們發配去遠離京城的地方，如果沒有皇帝的詔書，那便是一輩子也不能回京。

也就是說，自己可能到死都見不到兒子了。

「皇上！」紀蓉娘一臉乞求地看向昭德帝，她根本不敢想像再也看不見兒子的日子。

昭德帝自然也懂紀蓉娘的心情。

「這件事我會從長計議的。」昭德帝凝色道：「但這件事也提醒了我，那幾個孩子都各有封地是不錯，可老七……卻是沒有封地的。」

昭德帝遂把當年趙卓來求自己賜婚的事告訴紀蓉娘，紀蓉娘才一臉恍然大悟。

「我說皇上怎麼會突然想到將守姑許配給老七，原來裡面還有這層關係。」紀蓉娘掩嘴笑。「真沒想到這孩子倒是個膽大心細的。」

昭德帝跟著讚許地點頭。「他們七兄弟裡，老七算得上一個很有主張的人，知道自己要什麼。這樣的要求，擱在其他幾個皇子身上，他們多半是不敢開口的。」

這樣的人，若肯偏居一隅還好，不然的話，本就會領兵打仗的老七真要是起兵，其他幾個兄弟能不能制住他還真的兩說。

如此一來，昭德帝陷入兩難的境地。他總不能現在就以一個「莫須有」的罪名壓住老七吧？

「妳說，我讓老七接管內務府怎麼樣？」昭德帝突然道。

紀蓉娘卻是一驚。內務府的事，這些年一直是黃淑妃的哥哥黃天元經手，昭德帝突然說這話是什麼意思？是要將黃天元給捋下來嗎？

不能領會昭德帝的意思，紀蓉娘不敢輕易搭話。

這麼些年了，昭德帝也知道她的個性，對自己不瞭解的事，她從不輕易發表意見。

於是昭德帝道：「內務府可是個肥差，這些年經手過內務府的人，誰不是賺了個盆滿缽滿？黃家是時候收手了。」他意味深長地看了眼紀蓉娘。「有些錢，朕讓他賺，他才能賺；朕不想讓他賺，他便賺不著。黃家以為我不知道，其實我只不過是睜隻眼、閉隻眼而已。只是沒想到他們的手那麼長，竟然還將主意打到軍糧上！之前因為顧忌著老七還在戰場上，我不好動他們，原本想趁老七回來後再好好收拾他們，沒想到太后娘娘這邊病倒，反倒耽擱下來。」

聽了昭德帝這麼一說，紀蓉娘也知道這事絕不是一時興起，想必也是經過一番深思熟慮。

「只是內務府的事，老七一個人能應付過來嗎？」紀蓉娘還是擔心。

「有什麼應付不來的？」昭德帝卻輕笑道：「歷年的帳本都在那兒，只要他照葫蘆畫瓢便成。當年選了黃家，也是因為朕的身邊剛好沒適合的人選而已。」

紀蓉娘聽了，微微放了心，但還是道：「這事是不是要找老七過來，問問他的意思？若是他志不在此，怕也是幹不好這份差事的。」

昭德帝覺得紀蓉娘說得也有道理，第二天便把趙卓召進宮裡，密談了一個時辰後，才將他放出宮。

沒想到宮外的人卻是聞風而動，也不知是誰洩出了消息，那些皇商便開始到壽王府登門拜訪。

趙卓自然懶得應付，讓小寶兒將人都回絕了。沒想到周子衍竟也找上門來，趙卓只得好酒好菜地招待著。

「你不會是來給某家皇商當說客吧？」他笑著給周子衍斟了杯酒。

天氣已經轉暖，他命人將酒菜擺在聽風閣外的石桌上，一面看著湖水的碧波蕩漾，再聽著身後竹林的沙沙聲，周子衍覺得他這日子過得還真安逸。

只是聽了趙卓的話，他卻生出了些愧色。「我是來給自己當說客，想在你這兒謀個差事。五城兵馬司和禁衛軍這種遊手好閒的地方，我不太想去，所以想到你這兒來碰碰運氣。」他苦笑道。

功勛世家的孩子，像紀晴那樣立志科舉的很少，多數都是等著朝廷的蔭恩，然後謀個閒職，可即便這樣，也不是人人有份。他們之中的大部分，運氣好的還能管管家中的庶務，運氣不好的只能像寄生蟲一樣依附於家族一輩子。

趙卓自然是懂的，而且周子衍作為昭德帝的外甥，真想去謀個閒差並不是什麼難事。

「你真想好了？」趙卓意味深長地看向周子衍。「父皇讓我去內務府，可不是讓我去享福的。」

那日，昭德帝將他叫進宮，雖然只聊了一個時辰，可昭德帝同趙卓說的話卻很多，只是現在的他不好同周子衍明說而已。

「自然是想好了！」周子衍豪言壯語道：「既然是兄弟，怎忍心看你一人去乘風破浪？不管怎麼樣，也得與你齊頭並進才是。」

第一百二十九章

趙卓同周子衍在聽風閣裡對飲成歡，沈君兮則和紀雯去了紀老夫人那兒。

見著紀雯帶回來的曾外孫，紀老夫人自是歡喜得不得了。

文氏和謝氏也一同過來作陪。文氏在生了芝哥兒後又生了兩個兒子，而謝氏生了榮哥兒後，又添了一個女兒，一時間紀老夫人的院子裡滿是小孩子在跑在鬧，反倒是紀芝和紀榮現在都是已經進了學堂的小童了。

紀老夫人自然喜歡屋裡人丁興旺的樣子，命人拿來窩絲糖逗曾孫們。幾個小輩也不爭搶，而是頗為大度地讓給來作客的周琪，紀老夫人瞧了就更高興了。

要不怎麼說娶妻要娶賢，這幾個曾孫就被孫媳婦們教導得很好。

幾個小孩在紀老夫人跟前撲騰了一陣後，吵著要去院子裡玩，身邊的奶娘自然跟著，紀老夫人又命屋裡的丫鬟們出去看著點。

和珊瑚同年的珍珠已經被家裡的老子娘領回去嫁人，現在在紀老夫人屋裡管事的是個叫芍藥的大丫鬟。

她笑盈盈地應聲而去，在院子裡就張羅起由誰來照看哪位少爺。

瞧著她那股麻利勁，沈君兮不免有些羨慕地道：「外祖母身邊的丫鬟總是這樣個頂個地厲害！」

幾個小輩出去玩鬧了，紀老夫人身邊的位置總算空出來，沈君兮就像以往那樣湊到紀老夫人跟前撒嬌。

紀老夫人瞧著她這副長不大的樣子，既無奈又歡喜，但看著她如嬌花一樣，仍是滿心欣慰。

自從壽王從南詔回來後，原本還像花骨朵似的外孫女一下子就長開了，眉眼之間自帶著一股風情，一看就是已知情事的樣子。

只是這閨房裡的事，紀老夫人不好問太多，可也不能完全不過問，因此旁敲側擊地問起了沈君兮。「妳和壽王殿下在一起這麼久了，身上可覺得有什麼和往常不一樣的地方？」

「沒有啊！」沈君兮起先並未過腦地應了一句，可話一說出口，她才意識到紀老夫人在問什麼，不禁滿臉通紅道：「能有什麼變化呀？還不是和往常一樣……」

紀老夫人聽了嘆口氣。「你們兩個少年夫妻，屋裡又沒一個有經驗的管事嬤嬤，真要有什麼事，光憑你們兩個怕也是應付不過來。」

當初沈君兮出嫁時，想著她屋裡有個余嬤嬤，自己便沒有另外再給她配管事嬤嬤。可沈君兮嫁過去之後，她才記起來，余嬤嬤也是一生未嫁之人，在這種事上的指點實在有限。

但她想著趙卓答應過，在外孫女及笄前是不會與之同房的，也就沒有急著往沈君兮的身邊派人。現在看來，倒顯得有些刻不容緩了。

「外祖母再給妳房裡添個人怎麼樣？」紀老夫人試探地問。「妳和壽王殿下都還年輕，有些事也不知輕重，將來萬一和雪姊兒一樣鬧出什麼事來，再後悔也來不及了。」

沈君兮一聽，知道紀老夫人指的是什麼。

現在傅家承爵的事，在京城裡儼然成了一個笑話。因為正室無子，不得不認了妾室的孩子為嫡宗，可又擔心妾室將來會在其中作梗，便將妾室趕回娘家。

紀雪這麼做，雖是殺伐果決，可到底還是落人口實了。

不過既然紀老夫人提起，一旁的紀雯忍不住問道：「怎麼，讓傅瑨承爵的帖子還沒有下來嗎？」

紀老夫人搖搖頭。「這事哪會這麼容易？之前傅辛承爵的時候，便因其德行有失而費了一番周折。他這個爵位才承下來多久，就出了這樣的事，而且他又死得那樣骯髒，死因到現在也沒能查出個子丑寅卯來，誰知道他在外面是不是欠了什麼風流債！」

沈君兮聽了沒有搭話。

傅辛是為什麼而死，她比任何人都清楚，可她覺得傅辛死得一點都不冤枉，任憑誰家的妻子被人那樣惦記著，做丈夫的都會和趙卓一樣。

紀雯卻嘆了口氣。「真沒想到大伯母平日那麼挑剔，竟然會讓雪姊兒嫁給這樣的人。」

「這事怎能怪得了妳大伯母？當初若不是雪姊兒與傅辛珠胎暗結，妳大伯母也不至於選個這樣的人家。」紀老夫人的神色淡淡的，恍若在說一個與自己不怎麼相關的人一樣。

護國寺裡當日發生的事，紀雯也是知道的，在她看來，紀雪與傅辛的這段孽緣，根本是紀雪自找的。

「這事禮部怎麼說？難道就這樣一直耗著不成？」紀雯還是不免為紀雪擔心。

「誰知道呢？妳大伯母也在愁這件事，還讓妳三哥拿著妳大伯的名帖跑了幾趟禮部的衙門。可那邊回的話，也是要看皇上的意思。」紀老夫人飲了口茶道。

在場的人都心知肚明，現在昭德帝哪還有心思管這些事？

昭德帝一日不發話，難道這事就無限期地等下去？

紀雯好似想起什麼道：「這段時間不是太子理政嗎？要不要試著同太子殿下說說此事？而且三哥當年做過太子的伴讀，想必由三哥去求太子，這件事也不會太難吧？」

經紀雯一提醒，眾人也覺得這個辦法可以試一試。

沈君兮卻從始至終未置一詞，眾人以為是因為紀雪的關係，她才不願意說話。

想著她們二人以前相處的點點滴滴，倒也沒有人說她的不是，都覺得是紀雪太不懂事。

那邊周子衍和趙卓喝了個醉醺醺的，小憩半日之後，便結伴來紀老夫人這兒共進晚餐。

待紀雯和周子衍帶著兒子周琪離開後，沈君兮才和趙卓手拉著手回了壽王府。

中午和周子衍喝的酒還未醒透，晚上又再喝了些，即便有好酒量，趙卓也覺得有些暈乎。

他拉著沈君兮的手，恨不得整個人都貼到她身上，灼熱的氣息打在沈君兮的脖頸，像一隻發情的貓。

今日周子衍揶揄他，問他成親多年卻無子嗣，是不是他不行？

趙卓立即懟他：自己在外打仗四年，若是有子嗣才奇怪吧！

可在他的心裡，卻真的想要個孩子，一個只要是沈君兮生的，他不在乎男女的孩子。

他想看看這個融合了自己和沈君兮血脈的孩子會長什麼樣子？是像沈君兮多一點，還是像自己多一點？

一想到這兒，趙卓便忍不住熱血沸騰。

他第一次覺得通向秦國公府的雙角門離雙芙院竟是如此遠，好像不管他們怎麼走，都走不到頭一樣。

趙卓停下了腳步。

被他扯住的沈君兮不明就裡地回頭，感覺自己突然騰空而起，然後被趙卓像麻袋一樣扛在肩上，飛奔起來。

「你這是發什麼瘋?!」沈君兮嚇得嬌嗔，又不得不摟住趙卓的脖子。因為趙卓跑得很快，聽著耳畔的呼呼聲，她擔心自己一個不小心就會栽倒下去。

「快點放我下來！」她心裡又氣又急。

自己被趙卓這樣扛著走像什麼樣子！要是被府裡下人見到了，自己還有什麼威信可言？就更別說什麼御下了。

可壽王府這些下人又豈是那些沒眼力的？遠遠地瞧見自家王爺像山大王一樣扛著王妃過來，紛紛躲避，根本沒有人敢往前湊。

就連看門的婆子都知道早早地將門打開，然後避到一旁，待他們經過後，再悄悄把門關上。

自從府裡去年鬧過一次賊後，趙卓直接處死了兩個怠忽職守的看門婆子，從此以後各處守門的婆子都上了心，白日緊盯著門禁不說，到了晚上，更是隨時落鎖，生怕一個不小心就賠上性命。

如此一來，他們就如入無人之境，一路暢通無阻地回到雙芙院。

雙芙院的丫鬟、婆子們也不敢怠慢，急急地收拾好屋裡的一切，便悄無聲息地退下去，屋裡只剩下沈君兮和趙卓二人。

對於趙卓的無禮，沈君兮心裡生氣，因此背過一張臉去，不肯瞧他。

趙卓也知道今日自己鬧得有些過分，於是藉著酒意裝乖賣巧。可沈君兮正在氣頭上，根本不想理他，揚起腿就是一腳踢過去。

趙卓雖然喝醉了，依舊眼疾手快地抓住她的腳，不一會兒便褪去她的鞋襪，也不嫌埋汰地抱在懷裡揉捏起來。

「妳知道嗎，今天子衍跟我說，他兒子快兩歲了，不知道為什麼，我的心裡特別羨慕他。我今天都在想，如果我也有個兒子，會是什麼樣子？」趙卓一邊幫沈君兮輕輕揉捏腳掌，一邊柔聲道，話語裡充滿了羨慕，沈君兮心裡的怨氣竟這樣被他化去，腦海中浮現上一世那個在自己懷裡死去的孩子。

雖是新生，可那時的沈君兮也瞧得出孩子長得像自己，一點也不像傅辛。

只可惜，她同那個孩子的緣分竟是那麼淺……

親手埋葬那個孩子的時候，她就許願，希望他們來世有機會再做母子。

現在她重生了，沒有嫁給傅辛，自然就不會有上一世那個孩子，可她想要一個屬於自己和趙卓的孩子。

她收回了腳，不再同趙卓鬧，而是坐起身來，有些俏皮地在趙卓的耳邊吹氣。「那我們趕緊抓緊時間生一個吧！」

前一刻，趙卓還在後悔今日行事太過魯莽，突然聽她這麼一說，心裡便湧上一陣狂喜。他正要吻上沈君兮時，卻見她微微皺眉，很不悅地將頭扭到一邊。「你身上的味太重了，我聞著不舒服。」

趙卓趕緊低頭，確實聞到衣衫上不怎麼好聞的酒味。

「我去洗洗就來。」他便低聲在沈君兮耳畔說道。

沈君兮微微點頭。

就在趙卓準備起身的時候，他轉念一想，把沈君兮打橫抱起，笑道：「不如我們一起洗吧！我看妳身上也是潮潮的，想必也不舒服。」

沈君兮驚得摟住趙卓的脖子。這一次，她沒像之前那樣大叫，只是將頭靠在他肩上，聞著那股酒味，覺得很惱人。

這不是趙卓第一次幫沈君兮沐浴了。

每每二人歡愛後，她便軟得像灘泥，又不喜身邊的丫鬟來幫自己清洗，因此事後清潔的重任便落到趙卓身上。

因此，他做得很嫻熟。

沈君兮躺坐在盛滿溫水的大澡桶裡，另一頭有根通了心的大竹篙，將外間燒熱的水源源不斷地注入澡桶內，因此不用擔心水變涼。

這還是趙卓自溫泉宅子回來後突然想到的，便找人做了這樣一個澡桶。

丫鬟們不需要提著水桶從他們的臥房穿進穿出，只需在淨房後面新搭的一間小屋裡燒熱水，再透過那根大竹篙把熱水輸送到淨房裡，這樣一來，倒是免了彼此尷尬。

趙卓用木杓舀了溫熱的水自沈君兮的背脊沖下，她便覺得全身很舒爽；他又用軟軟的紗布抹了香胰子，幫她擦拭起來。

若在平常，沈君兮自是很享受趙卓為自己擦背的時刻，可今日總覺得自己聞到一陣陣似有似無的酒味，讓她不舒服。

一開始，她儘量讓自己不去想這件事，可越到後面，她越發忍得難受，胸中像是聚集了一股濁氣，隨著她哇的一聲，竟然全部吐了出來。

前一刻還興高采烈的趙卓瞬間變臉。

他擔心地為沈君兮洗去吐出來的污穢之物後，又七手八腳地用乾淨的衣服將她裹起來，碎唸道：「是不是剛才洗澡的時候凍到了？」

天氣雖然已經轉暖，可畢竟才四月，晚上依舊有些涼。

吐過之後的沈君兮覺得舒服多了，趙卓卻緊張地將她塞進錦被裡，高聲吩咐外面候著的人。「快，拿我的名帖去太醫院請杜太醫！」

「哪裡用得著這麼麻煩。」被他強行捂在被子裡的沈君兮有些哭笑不得。

此刻的趙卓卻處在深深的自責中。若不是自己剛才太過貪戀她無瑕的肌膚，故意磨磨蹭蹭，她也不會因此著涼。

「還是讓大夫來瞧瞧的好。」趙卓幫沈君兮掖了掖被角，又用手探了探她的頭。還好沒有發熱。這讓趙卓微微放寬了心。

瞧著他這一本正經的模樣，沈君兮只覺得好笑。

就在她想要取笑趙卓時，一陣噁心襲來，她趴在床邊乾嘔起來。

幸好趙卓早有準備，一手飛快地端起備在一旁的銅盆，另一隻手則在沈君兮後背輕撫著，要幫她理順氣息。

這次沈君兮並未嘔出什麼東西，可心口的感覺讓她很難受，一張臉也因為嘔吐而脹得通紅，讓趙卓瞧了就說不出的心疼。

恰在此時，有人來回話，太醫院的太醫們全被昭德帝圈在慈寧宮裡，哪兒也不准去。

「那清河堂的傅老太醫呢！」趙卓幾乎是用吼的。

在屋外回話的人自然也感受到趙卓的怒氣，回起話來有些戰戰兢兢。「回王爺的話，傅老太醫也被人請進宮裡去了！」

聽了這話，趙卓為之氣結。

「難道全京城的大夫都被請進宮了？我就不信偌大的京城，你們連個大夫都找不著！這樣的話，我養著你們有何用！」說到後面，趙卓竟是目露凶光。

沈君兮躺在趙卓身邊，自是感覺到他的怒氣。她拉住趙卓的手，輕柔道：「我不過是著了些涼，哪裡用得著你大動干戈？可別平白將人嚇到了。」

「他們會怕我？要真是怕我，辦差就不會這麼敷衍了。」趙卓捏著沈君兮的手忿忿地道：「竟然還要我這個王爺教他們如何當差，真是在王府裡的好日子過多了。」

沈君兮知道他只是在抱怨，微笑地拉著趙卓的手，有一句、沒一句地同他說話，竟然就這樣睡了過去。

當她再次被人搖醒時，在滿室的燈光中，卻瞧見了杏林堂陳大夫的臉。

只見他皺著眉頭，正襟危坐，幾根細長的手指搭在她的手腕上，卻不敢輕易下結論。

沈君兮也知道大夫診治的時候最好不要說話，因此靜靜地等著。

約莫過了一盞茶工夫，陳大夫才收手，謹慎地說道：「王妃的脈象，我診斷像是滑脈。這是有孕的徵象，只不過現在看來月分尚淺，不太好確定……」

一聽這話，一旁的趙卓忍不住瞪大眼睛。

他這意思，是說自己要當父親了嗎？

第一百三十章

這晚，趙卓心懷忐忑地護著沈君兮睡下。

可每當她翻身或是夢囈時，他都會警覺地醒過來，因此第二天，他的眼下就多了一片青紫。

沈君兮瞧著他這樣子，很是心疼。

「我這才到哪兒呀！」用早膳的時候，她同趙卓打趣。「後面可還有八、九個月呢！」

昨晚，王妃懷了身子的消息就在王府裡傳開了，余嬤嬤特意起個大早在廚房裡張羅，不但讓人做了開胃的薑絲雞肉小米粥，還親手做了山藥酸棗糕，為的就是讓沈君兮吃得舒服。

趙卓也覺得自己太過緊張，反倒是沈君兮比他淡然得多。

「妳就一點不緊張、在意嗎？」瞧著一臉淡定的沈君兮，趙卓才發現從昨晚到今晨，她的反應都是淡淡的，恍若那個懷孕的人不是她一樣。

沈君兮差點將含在嘴裡的那口小米粥給噴出來。

她哪能不在意？只是上一世的經驗告訴她，越是瞎緊張，孩子越容易掉，反倒是以平常心待之，等到瓜熟蒂落的時候，孩子便會平安降臨。

「我當然也緊張呀！」沈君兮白了他一眼。「只是之前周福寧懷孩子的時候，外祖母便告訴她不能太嬌氣，不然孩子也養得嬌氣，生產的時候就麻煩了。你都不知道，她那時候三天兩頭往我們府裡跑，要生的那天，還跟著我一起去茶樓看你凱旋而歸，結果一不小心就把孩子生在茶樓裡了。」沈君兮語帶羨慕地同趙卓說道：「要是我生孩子也能像她那麼輕鬆就好了。」

周福寧在茶樓生孩子的事，趙卓也是知道的。好在事後皆大歡喜，反倒讓人忽略了事情本身的驚心動魄。

「我可不想妳把孩子生在外面。」趙卓撇嘴道：「這種事，也就福寧那種傻大姊才做得出來。」

沈君兮沒想到趙卓竟會稱福寧傻大姊，她笑容狡黠地道：「這話你敢不敢對著福寧說一次？」

趙卓一臉難色地嘟囔。「這不是我們私底下說話嘛，誰敢跟她說這個？就她那鬧騰脾氣，怕是沒得安生日子過了。」

夫妻倆在這邊歡快地聊著，宮裡卻來了消息，昭德帝宣趙卓進宮覲見。

「是不是為了內務府那事？」沈君兮叫人進來給趙卓換衣服。

若是平常，這事自己也就代勞了，可她現在畢竟懷著身子，不知道還好，既然知道了，還是有了顧忌。

「大概是吧！」趙卓像個衣架子似地站在那兒，任由丫鬟們給他換上進宮的朝服。「之前父皇只是放出風聲，就有這麼多人聞風而動，這次約莫是要定下來了。」

沈君兮一聽這話，便聽出了幾分端倪。

「這麼說，你打算接管內務府了？」之前趙卓就說過這事，只不過那時候她覺得這件事還未落定，便沒怎麼放在心上。

趙卓凝重地點點頭。

「在京中立世，還是要有一官半職傍身才行。」他同沈君兮笑道：「不然我的後世子孫吃什麼？」

說完，他便笑著出門。

宮裡剛下朝，昭德帝像以往一樣，沒有親自上朝，而是在下朝之後將趙旦召到御書房，問起他今日在朝堂上大臣們都廷議了些什麼？

趙旦一聽就犯難。

這些天，朝臣們都在為要不要增加賦稅而爭論不停，文武群臣更是分成兩個派系。一派說這些年風調雨順，莊稼的長勢也好，早就該加了；另一派的意見卻認為該讓百姓趁此機會休養生息。

他們各說各的理，吵得趙旦的頭都大了。

反正知道他們也討論不出什麼，趙旦便坐在一旁沒有仔細聽，滿腦子都在想著太子府新進的那個舞姬身段不錯。

現在被昭德帝問起，他也不好回答，支支吾吾地道：「還不是之前那事，兩批人爭來吵去的沒完，都半個多月了，也不見有個結果。」

「這事你怎麼看？」昭德帝卻沒管那麼多，直接看著趙旦的眼睛。「你覺得這個稅，該不該加？」

被昭德帝這麼一問，趙旦的一雙眼睛就六神無主地亂睃了起來。

他看向昭德帝身後的福來順，想知道父皇對這件事是怎麼想的？可福來順卻雙手交疊在身前，兩隻眼睛盯著鞋尖，根本沒瞧向他。

福來順都是這樣一副德行，其他人更別說了，一個個都把頭低下去，生怕被他瞧見一樣。

加稅這事是謝玄提出的。

這些年，與韃子兵在北境的磨擦不斷，那邊的軍費一直不敢削減；加之皇子們陸續成婚，皇子府的修葺更是一大支出；隨後又同南詔一戰，歷時四年，那銀子更像是潑水一樣地潑出去。

朝中所行之賦稅，還是早年間定下的那一套，面對現下的情勢，多少就有些入不敷出了。

倘若只是加收普通老百姓的賦稅，此事的阻力可能還沒這麼大，可關鍵是謝玄在他的上書中提出，要對官紳也抽取一定比例的賦稅。

要知道在北燕朝，為了鼓勵讀書人，只要是考得功名在身的人，便可免除一定數額田畝的賦稅；級別越高，免除的田畝數也越多。為了免除賦稅，不少農人就將自己家的地寄放到族中那些有功名的人名下。

如此一來，他們交的錢是少了，可朝廷收上來的賦稅也少了。長此以往，對朝廷而言可不是什麼好事。

因此，謝玄才特意在他的上書中指明這一點。

朝廷若想增加賦稅，必須讓那些官紳和有功名的人也上繳賦稅，而不是單純只從那些平頭百姓身上薅羊毛。

不涉及自己利益的時候，往往容易誇誇其談，可真要觸及自己的利益，那又是另外一番嘴臉。

所以謝玄的提案，自然遭到朝中大臣的反對。

這種議而不決的事，便只能一議再議。

太子的東宮就在宮內，作為皇儲，太子及其后妃的吃穿用度由內務府負責，而內務府的錢，自然也是來自國庫，因此作為太子，趙旦自然希望國庫越充盈越好。

既然得不到提示，他把心一橫，說出自己心裡的想法。「在兒臣看來，普天之下，莫非王土。既然當年是因為大災年，出於休養生息的需要，朝廷減賦減稅；現下四海昇平，大家就該多為朝廷分擔，這也是無可厚非的。兒臣就是不明白，如此淺顯的事，有什麼值得一而再、再而三地討論？」

昭德帝聽了並沒說話，臉上的神色卻是舒緩幾分。

趙旦不禁在心裡慶幸自己下對了賭注。

如此一來，他的膽子就更大了，順著自己之前說過的話，大說特說起來。

昭德帝的神色也越來越好，到最後竟是撫著下巴上的鬍子，同趙旦點頭道：「你能這麼想是最好的。只可惜這些有功名的文臣都好似忘了，讓他們免田賦也是朝廷的恩賜，現在在他們看來，反倒覺得理所當然。得了恩惠不知感恩，這可不是什麼好事。」

趙旦一副很受教的模樣，頻頻點頭，最後滿面春風地退出御書房。

一出御書房，他便遇著了在此等候多時的趙卓。

趙卓畢恭畢敬地拱手行禮。

趙旦一見到趙卓，便想到一個月多前那個病入膏肓的他，於是上前佯裝關心道：「看樣子那南詔的草藥還真神奇，之前你病得太醫們都束手無策，沒想到竟痊癒了？」

趙卓躬身道：「謝謝太子殿下掛念。我那病看似凶險，可在南詔也算不得什麼，因為醫治的草藥隨處可尋，當地的百姓也只是當成小毛病而已。只是我發病的時候在京城，所以才看起來嚇人。」

聽趙卓這麼一說，趙旦也無心思去辨別他說的是真是假。

倒是這幾日，他一直聽聞父皇有意將內務府交給老七掌管，這樣一來，自己以後的吃穿用度豈不都老七抓在手上？

趙旦心裡覺得不太舒服，只是這件事他完全插不上手，正想再同趙卓多說上兩句時，福來順卻從御書房裡笑盈盈地走出來，對趙卓道：「壽王殿下，皇上正等著您呢！」

再沒眼力的人都知道這個時候應該做什麼。因此趙旦同趙卓拱手，示意道別。

趙卓同福來順隨意地寒暄兩句，便一前一後地進了御書房。

御書房裡，昭德帝正拿什麼東西看著，待他進來，便放下手中文書起身。「昨夜怎麼回事？聽說你三番兩次進宮請太醫，可是府中有什麼人不妥？」

趙卓沒想到昭德帝竟是為了這事問自己，又想著自己昨夜鬧出的那些動靜，便微微臉紅。

可昭德帝的問話又不能不答，只得支吾道：「昨夜清寧突覺不適，兒臣一時心急，便想請宮中太醫去瞧病……沒想到父皇卻下令，將他們全都拘在宮中，兒臣只好在京城裡另外尋了大夫……」

聽到是兒媳的身子不適，昭德帝也關心起來。「可查出清寧是何病症？嚴不嚴重？可需要太醫再診？」

一想到自己鬧出的烏龍，趙卓紅著臉道：「是清寧害喜了……我卻誤以為她是著涼……所以才……」

昭德帝和福來順聽到這裡，忍不住互相看了一眼，隨後都笑起來。

趙卓一臉窘態地站在那裡。這事不能怪他呀，這不是沒有經驗嘛！

昭德帝伸手在趙卓肩上拍了拍，笑道：「朕知道清寧對你而言很重要，可你如此緊張她，卻不像咱們皇家人該有的作派。」

「我不知道什麼叫做皇家人的作派，」對於昭德帝的話，趙卓顯然不認同。「我只知道她是我好不容易求來的妻子，我要視她如珍寶一輩子。」

看著兒子堅毅的表情，昭德帝頗為認同地點頭，甚至有些羨慕起趙卓來。

他年輕的時候，若也有趙卓一半的堅持，有些事情會不會就變得不一樣了？

不過現在想這些又有什麼用，俱往矣！

昭德帝微微感慨一番，便同趙卓笑道：「到時候還是讓杜太醫陪你回一趟府吧，讓他去瞧瞧，也好讓你放心。」

如此說笑一番，才同趙卓說起接管內務府的事。

趙卓從皇宮回來後，變得異常忙碌起來。

接管內務府不是一天、兩天便能完成的事，沈君兮又幫不上什麼忙，因此儘量做到不去擾他。

其實真正說來，她也沒有什麼工夫去搭理趙卓。

自從懷上孩子，她覺得自己一下子變得懶起來，常常睡到日上三竿才起，用過午膳後又繼續倒頭大睡，彷彿人生只剩下吃飯和睡覺兩件大事。

為此，趙卓不免擔心她。

「總這樣睡，怕是不太好吧？」瞧著剛剛起床就呵欠連天的沈君兮，趙卓很擔憂地道：「妳不是說要多動，生孩子才容易嗎？」

道理都懂，可她就是覺得犯睏，全身都打不起精神。

「宋嬤嬤和田嬤嬤都說無事。」說話間，她又打了個呵欠，摀著自己的嘴懶懶地道：「她們說有的人懷孩子就是這樣，過了前三個月就好了。」

紀老夫人得知沈君兮懷孕後，便給她送來兩位經驗豐富的嬤嬤，生怕沈君兮因為年輕和紀雪一樣落了胎。

沈君兮也恭恭敬敬地收了兩位嬤嬤，為了方便照顧自己，還特意在雙芙院打掃了一間廂房供二人居住。

既然宋嬤嬤和田嬤嬤都說無礙，趙卓也放下心來，叮囑沈君兮趁還有精神的時候多在院子裡走走，活動筋骨也好。

交代完這些，他便去了宮裡的內務府。

因為孩子剛上身，沈君兮並未顯懷，行動也沒什麼不便，用過早膳的她，便想去院子走一走。

四月的壽王府正是鳥語花香的時候，再加之昨夜下過淅淅瀝瀝的小雨，整個院裡都是濕漉漉的，空氣顯得特別清新。

「王妃，院裡的石板路濕滑……」宋嬤嬤在她身後小心提醒。她和田嬤嬤就是專程來伺候王妃的，可不能生出什麼意外來。

「我省得。」沈君兮瞧著一臉緊張的宋嬤嬤，笑道：「兩位嬤嬤在我這院子住得可還好？若有什麼不周的地方，可千萬別憋在心裡不說。」

說話間，她圍著雙芙院的抄手遊廊慢慢走動起來。

兩位嬤嬤見了很欣慰。她們之前也沒少來過壽王府，不過那時候是為了伺候南平縣主，也就是紀家的紀四奶奶。

南平縣主的精力明顯要比壽王妃好，從懷孩子到生孩子，一直都是生龍活虎的。壽王妃卻一直沒什麼精神，補氣的膳食也吃了不少，可好似沒有什麼效用。

既然今日王妃有了走一走的興致，她們便在身後一直陪著，希望能讓王妃藉此多走上兩圈。

沈君兮豈會不知兩位嬤嬤的用心良苦？之前周福寧懷孕的時候，就沒少跟自己吐槽這兩位「管得太寬又管得太嚴」的嬤嬤。

因此，她有一句、沒一句地同兩位嬤嬤聊著，腳下也沒歇著，慢悠悠地在院子裡的抄手遊廊走起圈來。

忽然間，眼前一道白影一晃，嚇得她趕緊停下來。

她撫著受驚嚇的心口看過去，原來那團白影是早已長大的小毛球。

小毛球在她面前伸了個懶腰，叫了兩聲，大搖大擺地進了牠的屋子，趴在自己的窩裡，呼呼大睡起來。

現在負責照顧小毛球起居的是個叫杏兒的小丫鬟，她是秦四介紹入府的，從鸚哥手裡接手這個活兒也有四、五年了。

見王妃過來，她不敢輕怠，趕緊上前行禮。

沈君兮衝她揮了揮手。

「小毛球什麼時候出去的？怎麼瞧著倒像是一夜未睡的樣子？」

杏兒趕緊道：「小毛球也不知怎麼回事，以前也喜歡出去撒歡地跑，可不到三更天總會回來。但這些日子卻一日比一日回得晚，若是將牠裝在籠中不讓出去，又會變得特別急躁，不停撕咬著籠子。後來我問過師傅，師傅讓我隨牠去，說若是拘著，牠反倒容易跑掉不回來了。」

沈君兮一聽，既然杏兒問過秦四，秦四也說沒有什麼問題，那就應該不要緊。她笑著出了屋子，又在院子裡走兩圈，這才回正屋歇了。

第一百三十一章

因為懷孕，之前想為紅鳶她們找婆家的心思也淡了。

說來奇怪，為珊瑚說親的時候，幾乎沒遇到什麼困難，可到了給紅鳶說親時，總感覺遇不上對的人。

之前她倒是想和珊瑚一樣，撮合紅鳶和徐長清，無奈自己這邊在黑山鎮給他們製造了不少機會，可他們始終沒能擦出火花來。

她也知道強扭的瓜不甜，便不再強求他們二人，反倒在她試探紅鳶同徐長清的時候，發現邵青、邵雲兩兄弟好似對春夏和秋冬兩個有興趣。只是那時候她在黑山鎮本就事多，趙卓還在一旁時不時地鬧，倒教她沒有顧及得過來。

若實在不行，就先把春夏和秋冬先嫁了吧！

沈君兮打著呵欠地想，然後靠在窗邊的大迎枕上就睡了過去。

當趙卓中午回來時，見到的就是沈君兮一臉睡相。

想著她是為了給他生孩子才變成這副沒精打采的模樣，趙卓的眼神便溫柔了幾分。

他彎下身子，輕輕湊到沈君兮的肚子上，悄聲道：「臭小子，看你把你娘親折騰成什麼樣了，你要是將來不孝順，爹會揍得你屁股開花！」

趙卓在那兒絮絮叨叨地唸著，聽到動靜的沈君兮醒過來。

「你在做什麼？」她靠在大迎枕上，瞧著趙卓正神情詭異地對著自己的肚子說話。

「沒什麼，我在同兒子說話而已。」被抓了個現行的趙卓有些尷尬地直起身子，訕訕地道。

沈君兮好像聽到笑話一樣，撐著身子坐起來，看著趙卓笑道：「他才多大？而且你怎麼知道是個兒子，如果是個女兒呢？」

「只要是妳生的孩子，兒子、女兒我都喜歡。」趙卓握住她的手道：「只要他這一生平安喜樂，我也沒有什麼其他要求了。」

只要他平安喜樂，這大概是所有為人父母者，最真實又樸素的情感吧！

沈君兮也反握住趙卓的手。「今日怎麼想著回來了？平日不都是在宮裡用午膳嗎？」

一聽到這兒，趙卓卻變了臉色。「紀昭為了傅瑨承爵的事去求太子。妳說在這件事上，我們是不是就此算了？」

沈君兮卻很意外。

「傅瑨承爵的事與我們有什麼關係？」她不解地問。

「妳不會真以為傅瑨承不了爵，是因為傅辛不討皇上的歡心吧？」趙卓挑眉看向沈君兮。

「整個京城的權貴那麼多，妳還當皇上能記住每個人？」

「這麼說……這事一直是你在作梗？」沈君兮瞧向趙卓。

趙卓的唇角掛了一絲蔑笑。「這難道不是他應得的？我從不認為惡人的家人是無辜的，一個人之所敢行惡，那一定是他的家人長期縱容的結果。」

沈君兮也跟著沈默下來。

因為人生際遇不同，這一世的傅辛更為猥瑣無恥。歷經了前世的怨和今生的仇，她自然是那個最不想要傅辛好過的人，特別他的遺孀還是那個從小就與自己處處作對的紀雪。

可一番細想後，她還是對趙卓道：「算了，不管怎麼說，紀雪都是紀家的人，她若過得不好，紀家人不免要被她拖累，就連外祖母這麼大的年紀也不免要為她擔心。我不想因為她而讓所有紀家人都過得不開心。」

儘管如此，可直到端午節後，禮部的承爵文書才姍姍下發。傅辛的庶長子，年僅四歲的傅瑨承了延平伯的爵位，而年紀輕輕的紀雪也成了延平伯府的太夫人。

這大半年來，懸在齊氏心口的石頭終於落地。

可紀雪卻將原本養在身邊的傅瑨送到延平伯府老太夫人王氏那裡，自己過起了深居簡出的生活。

齊氏得知後，不免上門去勸解她。「這個時候，妳怎能將那孩子送走？妳不知道這孩子都是誰帶的跟誰親嗎？妳後半輩子可都指望這個孩子呢！」

因為月子裡就遇著太多糟心事，紀雪養得並不太好，原本一張白裡透紅的臉，現在瞧上去卻是血色全無，一雙手更是瘦得骨節分明。

齊氏瞧著就說不出的心疼。

她現在最後悔的事，就是讓紀雪嫁給傅辛這個短命鬼！

原本想著傅辛再不濟也是延平侯世子，雖然家底薄了些，可紀雪有著豐厚的嫁妝傍身，想來日子也不會過得太差。

沒想到傅辛先是降級承爵，到後來乾脆一命嗚呼，讓雪姊兒年紀輕輕就守寡，這以後的日子怎麼過呀！

齊氏一想到這事，就忍不住為女兒流淚痛哭一番。

反倒是紀雪很淡然。

「有什麼不能過的？反正以前他一年也來不了我這兒幾次。」紀雪一臉無所謂地冷笑道：「現下倒落得清靜，再也不用瞧著他和王可兒那個賤人說說笑笑了。」

齊氏知道自己這個女兒的脾氣就是倔強，若不是這樣，她一個堂堂秦國公府的嫡女，又怎會有今天？

只是紀雪態度堅決，齊氏陪著她掉了些眼淚，又囑咐她幾句要將身體養好之類的話，便回了秦國公府。

國公府裡，覺得自己精神好些的沈君兮便過府來陪紀老夫人，周福寧也命人抱著兒子紀茗過來了。

因為是在茶樓所生的，紀晴便給他取了個「茗」字。

如今紀茗已有七個多月，正是見了誰都會咧開嘴笑的年紀，紀老夫人也稀罕他，見著了總要抱到手裡逗逗。

只是紀茗卻是沈得很，紀老夫人抱不了多久，便把他放到身旁的榻上，任由他爬。

周福寧則是以過來人的身分，頭頭是道地同沈君兮說起孕期的注意事項。聽聞沈君兮這些日子總是在睡，她便驚道：「那怎麼可以！妳得和我一樣多走動才行！」

說著，她就拖著沈君兮去紀老夫人的院子裡走圈。

因此，齊氏一來便瞧見紀老夫人這兒熱熱鬧鬧的氣氛，相比之下，紀雪那兒卻是冷冷清清，她的心裡全然不是滋味。

她原本也沒想到來紀老夫人這兒的。

不管怎麼說，紀雪總是紀老夫人嫡親的孫女，而且前些日子，紀老夫人在無意間也問起了紀雪的近況，齊氏便覺得自己應該過來替女兒訴一訴苦。

可她見到一臉幸福的沈君兮和周福寧，到了嘴邊的話又嚥下去。

這些年，沈君兮與紀雪的關係一直不算好，她可不想讓沈君兮瞧紀雪的笑話。

因此，齊氏只當自己像往常那樣來請安，關於紀雪的話，隻字不提。

可紀老夫人卻主動問起了紀雪。

嫁到紀家這麼多年，婆婆的脾氣齊氏也是瞭解的，當婆婆主動問及的事，自己若是閃爍其詞，那她以後絕不會再問第二遍。

自己若是顧忌沈君兮她們在場而說女兒的日子過得好，恐怕以後再訴苦，老夫人也不會再聽了。

齊氏心一橫，眼淚說來就來地在紀老夫人跟前哭訴起來。「雪姊兒現在真是啞巴吃黃蓮，有苦說不出啊！延平伯府的太夫人，說起來好似是無上的尊榮，可這其中的苦楚，只有雪姊兒自己知道啊……」

紀老夫人聽了便沈默下來。

她也是孀居多年的人，守寡是什麼滋味，沒有人比她更清楚。

沈君兮和周福寧也停了說笑，屋裡只有紀茗偶爾發出的咿呀聲。

「這都是她自己選的路。」良久之後，紀老夫人淡淡地道：「怨不得別人。」

齊氏聽了這話，只能咬咬唇。

她看向沈君兮和周福寧，擦去臉上的淚，道：「妳們兩個也算得上是雪姊兒從小到大的玩伴，雖然妳們之間有過不愉快，可不管怎麼說都是一家人，打斷了骨頭還連著筋，以後若是雪姊兒遇到什麼事，妳們也該幫襯一把才是。」

周福寧在一旁聽了，心裡直翻白眼。

這些年，她們本與紀雪無冤無仇，偏生每次都是紀雪在那兒無事生非。現在她落了下乘，卻又想著要她們幫襯一把？她怎麼不去找以前玩得好的黃芊兒和福成呢？

若是以前，這樣的話，周福寧自然是有一說一了，可嫁給紀晴之後，她知道這樣有傷和氣的話不能再像以前那樣隨意出口。

她正想說兩句漂亮話應付過去，卻聽身旁的沈君兮道：「我們以前與紀雪也沒少生嫌隙，現在回想起來，不過都是些孩子間的鬥氣而已，並沒有什麼真正的深仇大恨。只是這些年，一直是紀雪放不下，我們自然也沒有熱臉去貼冷屁股的道理。她今日的境況是木已成舟，本沒有什麼值得再說道的地方，今後她若再遇到什麼事，只要是我們能幫得上忙的，但凡她開口，我們自然沒有置之不理的道理。」

那夜與趙卓長談之後，之前對紀雪的心結已解了大半。傅辛對自己欲行不軌，已經搭上性命，而當年紀雪想要算計自己，也已經賠上自己的一生。

紀雪若懂得悔改，她自然沒有長久揪著的道理，可若紀雪還執意同她過不去，她是不介意將紀雪當一輩子的陌生人。

之前同紀雪的關係鬧得很僵，因此太過漂亮的話，沈君兮也不會說，願意讓步已是她最大的誠意了。

齊氏自是聽了出來，先替紀雪謝過沈君兮，隨後又在紀老夫人跟前訴了一陣苦，這才離去。

齊氏離開後，紀老夫人同沈君兮嘆氣道：「妳大舅母老來得女，待紀雪從小便是寵著她。我瞧著這樣下去不是辦法，才將紀雪留在我身邊親自教養。誰知妳大舅母卻捨不得，總想著把紀雪接回她的院子裡。這事也怨不得她，妳大舅要駐守軍營，長年不在家，她一個人也寂寞……」紀老夫人一下子打開了話匣子，說起當年的事。「正好那時候妳又到了京城，我便順水推舟地將紀雪送回去，心想著再不濟，紀雪也是她的親閨女。」

可是沒想到，後來的紀雪變得那樣肆意妄為。

可以說，紀雪之所以有今天，根本是因為她的咎由自取。

雖然平日紀老夫人總是說不管齊氏院子裡的事，也不管紀雪的事，可作為長輩，到底還是有些於心不忍。

只是這樣的話，紀老夫人不好同沈君兮直說，只好道：「真要有萬不得已的那一天，妳們能幫襯還是幫襯一把吧。」

沈君兮聽了，便在紀老夫人跟前點頭。「真要有那麼一天，我和七哥是不會置之不理的。」

紀老夫人欣慰地拍拍她的手，並留她在翠微堂用晚膳。

得了消息的趙卓從宮裡出來後，直接來秦國公府，陪沈君兮一起用完膳，夫妻二人才往壽王府走去。

李嬤嬤瞧見了，很羨慕地同紀老夫人道：「沒想到王爺和王妃的感情這麼好。」

紀老夫人卻笑著感慨道：「到底是青梅竹馬一起長大的，自然與旁人不同。」

壽王府內，走得有些累的沈君兮在荷花池邊的迴廊裡坐下來，暫時休息。

天上掛著上弦月，卻也將這壽王府的花園照得清朗一片。

聽著草叢裡的蟲鳴蛙叫，沈君兮便生了小坐的閒情。

自覺白日沒有工夫陪她的趙卓自然沒有異議，言聽計從地貼著沈君兮坐下來。

一群頗有眼色的丫鬟、婆子則是避到三丈之外，這樣既能聽到主子的吩咐，又不用在他們跟前礙眼。

沈君兮今日穿著件荷花色繡銀線牡丹的訶子裙，肩上只隨意搭著素紗薄衫，池上時不時有微風吹來，讓她好似仙子般衣袂飄飄。

趙卓的嘴角噙著笑，攥著沈君兮的手，放在手心細細地摩挲著。

藉著月色，他瞧出沈君兮的氣色和精神還算不錯，也就是說，孩子今天沒有鬧她。看來是個乖巧的。趙卓很滿意地想。

「兩天後就是休沐了，正好可以陪陪妳。」他執起沈君兮的手，放到嘴邊輕輕一啄。

「怎麼，你在內務府的事都忙完了？」沈君兮的眼睛亮晶晶的，滿是俏皮。

「沒有。」趙卓長長地吁了一口氣。「內務府的事亂得像團麻，那黃天元卸任的時候故意給我留了幾個坑，以為這樣就能難住我，他還真是太小瞧了我。」

趙卓去內務府後，沈君兮並未問過這些事，今日突然聽他提起，多少也起了些興趣。

「他幹什麼了？」沈君兮奇道。

趙卓冷哼一聲，道：「這些年不知有多少人盯著內務府，想要成為皇商，而內務府又是由他一個人說了算，收誰的、不收誰的，全憑他的喜好，大家免不了就要多巴結他，銀子好處什麼的也沒少給。可他既不辦事又不把話說死，一直都吊著那些人。」他冷笑道：「可這次卸任，他竟然收了幾十家的貨，卻給人打白條，現下這些人就天天候在宮外，等著我給他們兌現。」

「那你怎麼辦？兌給他們嗎？」在沈君兮看來，買東西給錢，這是天經地義的事。

「怎麼可能這麼容易！」趙卓笑道：「妳又不是不知道，國庫並不充盈，一時哪裡拿得出這麼多錢？黃天元在內務府這麼多年，肯定也知道這點，他故意這麼弄，就是想看我焦頭爛額、疲於應付的樣子。」

「那你有沒有中他的計？」沈君兮眉眼彎彎地瞧向趙卓，語氣中滿是戲謔。

趙卓捏了捏她的鼻子，小示懲戒地道：「這件事也就只有妳幸災樂禍得起來。」

沈君兮誇張地叫了一聲，隨後揉了揉自己的鼻子，辯解道：「這怎能算我幸災樂禍？我不過就是想知道黃天元的奸計有沒有得逞嘛！」

「算是他得逞了吧。」同沈君兮說話，趙卓比較沒有顧忌。「內務府收人東西卻打白條的事，並不是一年、兩年，這群人卻在這時候聯合起來要給我難堪，若說這後面沒有黃天元的手筆，我是怎麼都不會信的。既然他們抱成了團，我就得將他們個個擊破，可這過程中，我卻不能急，越急就越掉進黃天元的圈套裡。」

「所以，你想使出『拖』字訣？」沈君兮眨著眼睛看向趙卓。

趙卓把她緊緊地摟進懷裡。

「果然只有妳最懂我！」他在沈君兮的額頭上印下一吻。「這時候最忌諱沈不住氣，誰先跳出來，誰就先輸了。我故意晾著他們，就是想看看他們是不是真的都是鐵板一塊？總會有人先來找我的。」

瞧著趙卓一臉自信滿滿，沈君兮便沒有多說什麼，將頭枕在他腿上，同他有一句、沒一句地聊起來。

忽然間，沈君兮眼角餘光瞟到廊簷上有個白影一閃，待她定睛追著那團白影看去時，卻發現胖乎乎的小毛球正盤坐在廊簷的屋頂上，身邊還伏著一團黑不溜丟的東西。

第一百三十二章

「那是什麼？」沈君兮瞧了一陣也沒能辨認出那團黑影來，坐起身子，推了推趙卓。天上只是上弦月，照得並不怎麼真切，即便像趙卓這樣的習武之人也只能辨認出那是個活物。

「貓？」他猜測道。

「怎麼可能！」沈君兮給了他一個白眼。「小毛球從不與貓狗為伍，牠覺得那樣很掉價。」

趙卓表示不信地挑眉。

他悄悄起身，提了一口真氣，往屋頂上躍去。

小毛球是認得趙卓的，有時候還會在趙卓的懷裡打滾撒嬌，一點都不怕他。

因此趙卓躍上屋頂後，小毛球雖然抬了抬頭，倒也不以為意。沒想到牠身邊那團黑影卻跳起來，擺出一副要戰鬥的模樣，嘴裡還不斷發出嘶嘶的恐嚇聲。

「咦？」一聽這聲音，沈君兮也站起來。和小毛球相處那麼久，她早就熟悉雪貂發出的各種聲音。

她再朝屋頂上看去，依稀辨認出那團黑影竟是另一隻雪貂獸。

「七哥，那好似也是隻雪貂！」她衝著跳上屋頂的趙卓道：「你可小心點，別傷了牠們！」

「怎麼，在妳心中，這兩隻雪貂竟比我還重要？」趙卓有些吃味地道，可到底還是放輕了手腳。

這一次，小毛球並沒有乖乖等在那兒，而是跟著另一隻雪貂一起躥上旁邊的一棵樹，不一會兒就跑得不見了蹤影。

「牠跟著情郎跑了。」趙卓一個翻身跳下廊簷，同沈君兮說笑道。

「情郎？你確定剛才那是一隻公雪貂？」沈君兮瞪大眼睛道。

好幾年前，她曾託秦四為小毛球找公雪貂配種，那時候，秦四還真弄來好幾隻品相極佳的純白公雪貂。誰知小毛球要麼是非常高冷地置之不理，要麼就像個小潑婦一樣將對方咬得遍體鱗傷。

漸漸地，沈君兮便息了這樣的心思，隨牠去了。

這件事，趙卓也是知道的。當時他就笑沈君兮是鹹吃蘿蔔淡操心，給人作媒作上了癮，就連雪貂也不放過。

「看，我說得沒錯吧！」他挑眉衝沈君兮笑道：「牠根本不用妳跟著瞎操心，時候到了，自然會去找伴的。」

「那可不一樣！」想著剛才那隻公雪貂的模樣，沈君兮有些氣鼓鼓地道：「之前秦四找的那些雪貂多漂亮啊，毛色油得發亮，哪裡像這隻雪貂，黑乎乎一團，都瞧不出是什麼顏色。」

見她這個樣子，趙卓笑著搖頭道：「但願咱們生的是個男娃兒，不然就妳這樣給人當岳母娘，還不得把人給嫌棄死？」

沈君兮起先還沒明白趙卓的意思，後來才反應過來，趙卓這是笑自己像是岳母娘挑女婿。

她瞋了趙卓一眼。「我還不是想著讓小毛球能生出毛色純正的後代來嘛！」

趙卓卻只是看著她笑道：「有必要嗎？難道不應該是打心眼裡喜歡，才能開開心心地在一起？將來我的孩子，就一定要讓他們找到和自己情投意合的人，不然一輩子那麼長，還要對著一個自己不喜歡的人，日子得多難熬？」

說著，他將手放在沈君兮的小腹上，然後道了一聲。「兒子，你說對不對？」

沈君兮瞧著他那一本正經的樣子，忍不住噗哧一笑，打掉趙卓的手。「他才多大，哪裡能聽到你在說什麼？」

「他現在或許不懂，可只要我說得多了，遲早有一天也會明白吧！」趙卓自信滿滿地說道。

兩人在一起說說笑笑，倒也沒太把小毛球私會情郎的事放在心上。

一入夏，這天氣便一日熱過一日。

懷著身孕的沈君兮更是懶得動彈，除了早晚涼快點的時候在院子裡走走，其餘時間也只能窩在屋裡。

正覺得有些無聊的時候，卻聽杏兒來報，說是小毛球突然產下三隻幼崽。

小毛球居然產崽了？

聽了這個消息，沈君兮哪裡坐得住，連忙靸了鞋子往安置小毛球的廂房而去。

剛剛生產完的小毛球很虛弱，即便如此，牠還是將剛生出來的三隻幼崽都護在懷裡。

三隻幼崽小小的、粉粉的，窩在小毛球懷裡瑟瑟發抖，光溜溜的樣子瞧上去竟像三隻小老鼠。

聽到了動靜，小毛球睜了睜眼睛，一見是沈君兮便挪了挪身子，繼續閉上眼。

沈君兮不忍心打擾牠休息，便吩咐杏兒好生照顧小毛球，準備轉身離去時，卻發現對面屋頂上立著一隻毛色發灰的雪貂獸。

正是她之前在迴廊上看到的那隻。

沈君兮見著這隻小東西，笑道：「你是來看你的妻兒嗎？牠們好得很，母子均安。」

說話時，她調侃的意味多一點，並沒指望雪貂獸能聽懂她說什麼。

可神奇的是，那隻灰雪貂從房頂上一躍而下，並試探地跑到沈君兮跟前。

瞧著牠呆萌的樣子，沈君兮想到了還窩在屋裡休息的小毛球，便讓人撩開門簾子。

那隻灰雪貂幾乎沒有遲疑，一溜煙地竄進去。

基於好奇，沈君兮也跟在牠身後入得室內，只見那灰雪貂很小心地立在小毛球的身旁，舌頭不斷地梳理著小毛球的毛髮，彷彿安撫著剛剛生子的妻子一樣。

沈君兮便笑著退出來，囑咐杏兒道：「多準備點吃的備在那兒，也別急著趕那隻灰雪貂走，牠若是願意留下，便讓牠留下吧。」

杏兒屈膝應下了。

沈君兮如沐春風地回了房。

夏日就是熱，不過微微動了動，便覺得渾身是汗，黏得她不舒服，因此她習慣地喚了一聲「紅鳶」，可上前服侍的卻是春夏。

沈君兮起先也沒在意，身邊的丫鬟是輪值的，也許紅鳶剛好不當班。

可她一邊換衣裳，一邊回想著，好像這幾日當班的不是春夏就是秋冬，紅鳶除了上半晌會在自己跟前露個臉之外，下半晌倒是很少能見到她。

「妳們最近的輪值有些奇怪呀，為什麼下半晌總是見不著紅鳶？」沈君兮便關心地問道。

沒想到春夏卻開始支吾起來。

「這是怎麼了？」發現有些不對的沈君兮奇道：「妳們是不是有什麼事瞞著我？難不成紅鳶還真的有什麼不妥？」

被沈君兮這麼一詐，春夏嚇得跪在她跟前道：「紅鳶姊姊說她有事要出府，讓我幫忙頂一頂，可是她到底幹什麼去，我就不清楚了……」

紅鳶跟在自己身邊多年，沈君兮自認待她如親姊妹般親密，這件事她本也沒那麼在意，可看著春夏臉上的神情，她突然覺得有些蹊蹺。

她不動聲色地讓春夏退下去，又讓人悄悄叫來游三娘。

「妳可知道紅鳶這些日子在忙什麼？」沈君兮裝成不經意地問起游三娘。

自從之前出了傅辛那件事後，游二娘和游三娘便擔負起雙芙院的安防。

聽王妃突然問起紅鳶，游三娘只得據實以答。「這些日子紅鳶姑娘大概會在午後出府，在日落之前總會趕回來，見她每次都是行色匆匆的模樣，我們一直以為她是奉王妃的旨意出府辦事，因此也未曾多問。」

沈君兮聽了就皺眉。

紅鳶從不是不知輕重的人，這麼些年也從未對自己隱瞞過任何事，怎麼最近變得如此怪異？午後出府，日落才歸府，也就是說她有大半日都在府外。

「她這樣有多長日子了？」沈君兮問道。

「大概有七、八日了。」游三娘回想道。

沈君兮聽了就更是奇怪，到底府外有什麼事絆住了她？

「這件事咱們都先別聲張，明日妳悄悄跟上去瞧一瞧，回來稟我。」她交代游三娘。

她倒不懷疑紅鳶會做出什麼不忠於自己的事，只是紅鳶行事素來穩重，從前與自己也是無話不說，這次卻弄得神神秘秘，讓人不免為她擔心。

然而游三娘帶回來的消息更讓沈君兮吃驚，原來紅鳶每天出府竟是為了照顧一個瘸了腿的男人。

紅鳶和鸚哥是跟著沈君兮一塊兒進京的，可以說，她在京城根本就是舉目無親，怎麼會突然跑去照顧一個與她無親無故的人？

這也引起了沈君兮的好奇。

因此隔日，沈君兮故意拖住當值的紅鳶，跟她東拉西扯地說些無關緊要的話題，悄悄觀察紅鳶臉上的神色。

紅鳶一開始還能像往日那樣淡然，可慢慢也出現了些急躁。

「怎麼了？」沈君兮明知故問道：「妳可是身上有些不適？」

紅鳶不敢明言。

之前春夏悄悄告訴她，王妃好似留意到她每天都往府外跑了，要她收斂些。

紅鳶雖口裡應著，可每日依舊我行我素，今日突然被王妃問起，紅鳶心中一緊，知道自己這次大約是瞞不過。

沈君兮也不為難她，將屋裡的人都遣出去，獨留下紅鳶一人。

「說吧，城西那宅子裡住著的人是誰？」她也沒打算打啞謎，輕聲細語道。

「他……他是我幼時的鄰居……」紅鳶一聽，王妃連這都知道了，自己再不說實話也是瞞不過去，於是低頭道：「那時候家裡窮，經常吃了上頓沒下頓，方山哥會時不時從家裡偷個饃饃給我和妹妹吃……」

紅鳶和鸚哥並不是沈家的家生子，是因為家中添了幼弟，父母無力養活而賣到沈家當丫鬟的。

「前些日子，我去集市上買些針線時，遇到有人行乞，我無意中發現那人竟是幼時施捨過饃饃給我的方山哥……」紅鳶低著頭，絞著衣衫道：「他那副樣子，我不敢把他帶回王府來，便在城西幫他找了間屋子暫時落腳，然後每日給他送些吃食過去……」

紅鳶是沈君兮身邊的大丫鬟，每個月的月例銀子就是五兩，還不包含平日的一些小賞賜。這些年，她吃穿用度的開銷都在府裡的帳上，手頭便攢了一筆不小的銀子，所以這些花費對她而言算不得什麼。

沈君兮一聽，紅鳶這是把昔日的方山哥當恩人，這麼做只是在報恩。

「可妳以後打算怎麼辦？就這樣照顧他一輩子？」她也不論紅鳶這麼做的對錯，只問她打算將來怎麼辦？

紅鳶一時答不上來。

這個……她還真沒想過，方山哥的腿上有傷，她想著先讓他養好傷再說。可她找過郎中給方山哥看過，那腿傷得有些時日了，當時沒有及時治療，以後恐怕要瘸上一輩子。

現在這京城裡，只要不是死懶，不少店鋪都願意收學徒，可一個瘸子，願意收留的人就不多了……

沈君兮瞧著她那樣子，不免嘆了一口氣。紅鳶太實心眼了，遠不及妹妹鸚哥聰明。

「我知道妳的心結在哪兒。」沈君兮便同紅鳶道：「既然妳想幫他，我也不攔著妳，不過與其到外面去亂找郎中，不如讓府裡的杜大夫瞧一瞧。」

紅鳶一聽，滿心歡喜地衝著沈君兮磕頭。

沈君兮便將杜大夫叫過來，讓紅鳶大致說了說方山的情況。

杜大夫細想一會兒，道：「沒見到人，我還真不好說。若是那腿還沒長好，反倒容易治一點；可若是長好了，想要再治好，恐怕就得把腿再打斷才行……」

沈君兮聽了，眉頭一皺。長好了還得再打斷……未免也太殘忍了些……

「這也是沒有辦法的事。」杜大夫一五一十道：「但具體要用哪一種，還得我見過了人再說。」

沈君兮點點頭，讓紅鳶將杜大夫帶去城西。

見紅鳶又帶了人來，方山先是一陣惶恐，得知是紅鳶特意請來為他醫腳的，他有些不好意思地道：「怎麼好意思讓妳為我破費這麼多。」

紅鳶便安撫他。「方山哥何必跟我說這些？小時候，你遞過來的饃饃是我和妹妹吃過最好吃的食物。」

沒想到紅鳶一直記掛小時候的事，方山有些不好意思地低下頭。

杜大夫給他仔細查看過受傷的小腿後，道：「這腿已經傷了些時日，骨肉都開始長到一起了，以後必會留下瘸腿的毛病……」

方山聽了，有些認命地低頭。他已拖著這條殘腿過了月餘，早就知道了。

「不過，倒是有個斷骨再續的療法……」杜大夫悠悠地道：「將長好的腿骨再次折斷，然後重新固定，或許能恢復到之前的正常模樣……」

紅鳶一聽臉色都變了。已經長好的腿卻要打斷再接一次，那得多痛啊！

「就沒有其他辦法了嗎？」她皺著眉頭問杜大夫。

杜大夫微微搖頭。「想要完全治癒，或可一試……」

「大夫，你有幾成把握？」坐在床上的方山眼中卻閃出希望。

「兩成。」杜大夫有些心裡發虛地道。

這個療法是他在醫書上看到的，並未親自操作過，就連這兩成都是壯著膽子說出來的。

「兩成就兩成，哪怕是一成我也要試一試。」沒想到方山卻艱難地坐起來，眼神堅定地道：「反正最慘也不過是下半輩子都拖著這條殘腿過日子而已。」

與方山有了共識後，杜大夫便回了壽王府。

斷骨重續，並不像說起來那麼簡單，前期要做大量準備，而且他也需要同沈君兮報備一下，他希望將方山接到府中來，一是為了方便治療，二來也方便照顧。

對此，沈君兮自然不會反對。

俗話說幫人幫到底，送佛送上西，壽王府的外院空置的房子很多，隨便騰出一個院子也不算什麼難事。

「這件事就由杜大夫看著辦吧。」她笑道：「倘若真能醫治好那人的腿，也算得上是功德一件。」

杜大夫這邊得了沈君兮的允許，也就放手幹起來。

他自然不敢真在壽王府再開一間院子，只是讓人將自己住的那間小院的東廂房騰出來，然後將西廂房佈置成藥廬，又去清河堂拉了不少藥材，再叫上兩個幫忙製藥的小藥童。

他的動靜如此大，也驚動了清河堂的傅老太醫。

第一百三十三章

因為曹太后的病情已有好轉，不需要他在宮中守著，昭德帝便將傅老太醫放出宮。

「給人斷骨再續？」傅老太醫聽了也吃驚。「你的膽子倒是不小。」

「徒兒不過是覺得可以一試。」杜大夫卻正色道：「既然前人將其記錄在醫書裡，肯定希望這個方法可以透過醫書一代一代往下傳。」

瞧著這個關門弟子一本正經的模樣，傅老太醫不禁捋著鬍子，搖頭道：「所以當年我才說，你的兄長適合考太醫院，而你不行。」

一說起這個，杜大夫的心好似被針扎了一下。

當年他和堂兄同期投到傅老太醫的名下進修，可傅老太醫只肯推薦堂兄去考太醫院。對此他不是沒有抱怨過，可傅老太醫一直說他的機緣未到，這件事也就一直拖延至今。雖然他如今心裡不似當年那般有執念了，可一想起這件事，多少還是藏著一個結。

傅老太醫瞧著杜大夫的神色，知道他的心裡並沒放下，只好道：「論醫術，你自是超過你兄長許多，可是你有個習慣，總喜歡標新立異，嘗試新東西。」

見杜大夫要張口辯駁，傅老太醫抬手示意他讓自己說完。

「我不是說這習慣不好，可在求穩的宮廷中，卻是大忌。而且如果把你也送到太醫院，很可能會扼殺你這特性……」傅老太醫看著他，意味深長道：「我相信，那不是你希望的，也不是我想見到的。所以這些年，我都將你留在身邊，將一身本事盡授於你。現在將你送進壽王府，也算得上是最好的安排了。無論壽王還是壽王妃，為人都隨和，你留在王府，將來不管是研讀醫書還是想立書著作，都是對你有所裨益的。」

聽到這裡，杜大夫才明白師傅的用意，因此退後一步，跪在傅老太醫跟前行了大禮。「真是知我者師傅也！」

傅老太醫笑道：「這件事，你心知肚明就行。你還有那麼多師兄呢，為師的不能讓他們詬病厚此薄彼吧？」說到這兒，傅老太醫話鋒一轉。「等你真想動手給那人治腿時，記得告知為師一聲，我也去觀摩。」

杜大夫乘機道：「不如師傅同徒兒一併醫治？」

傅老太醫笑著搖頭。「這怎麼行，他是你的病人，師傅怎好貿然插手？」

待杜大夫這邊一切準備妥當，便派人去接方山入府。

他們自然不能走壽王府的正門出入，而是走了直通杜大夫小院的角門。即便如此，方山也被眼前的景象驚呆了。

他曾經去過晉王的府邸，裡面的奢華讓他覺得皇宮也不過如此，可今日見到的這個府邸，不敢說與晉王的府邸相媲美，可是亭臺樓閣各有特色，而且整座園子裡處處都透著生機綠意，倒比那處處顯得肅穆的晉王府要勝上幾分。

「這是哪兒？」方山靠在車窗上，瞪大眼睛看著窗外的一切，吞著口水道。

「這兒是壽王府。」趕車的人很自豪地說道：「你也真是運氣好，竟然認識咱王妃身邊的紅鳶姑娘，王妃看在紅鳶姑娘的面子上，讓府裡的杜大夫去瞧你，要不你怎麼有機會讓他出手救你？你現在腿腳不好，自然不會亂跑，但我還是要提醒你一句，這王府可不比外面那一般的地方，將來你的腿若是好了，可千萬不要在府裡亂跑。」那小廝提醒道：「若是被府裡的護衛瞧見，砍手砍腳還算是輕的，稍不留神就把腦袋給砍了。」

方山靠在車廂上，嘿嘿一笑。「我就是個鄉下人，就是借我一百個膽子，也不敢在這王府裡亂跑呀！」

他口裡說著，神色卻凝重起來。只不過他一人坐在車廂裡，並沒有人留意，待他被人攙扶著進到杜大夫的小院時，紅鳶早就候在那裡。

「方山哥，這事你可想好了？」紅鳶還是忍不住上前勸道。長好的腿骨要再次打折，她一想就覺得疼。

方山卻衝她咧嘴一笑。「不怕，我扛得住！」

可是要將長好的腿骨自原先斷裂的地方再打斷一次，也不是那麼容易的事。

為此，杜大夫特意找來府中負責護衛的席楓。

一聽聞要將人的腿打斷，席楓忍不住挑了挑眉。這簡直就是殺雞用牛刀嘛！可是杜大夫帶著他摸了摸方山的腿骨後，又覺得這事不是那麼簡單。

「容易的話，也就用不著席護衛出手了。」杜大夫笑道。

席楓聽了這話，很是受用。

他站在方山的床前，看著那條腿，比劃了半天，就是不下手。坐在床上咬著布巾的方山卻是煎熬，拔了嘴裡的布巾道：「這位壯士，給我一個痛快吧！」

「嘿嘿，大兄弟，那你可忍好了！」席楓示意方山將布巾重新咬好，然後雙手抓住他之前折斷過的小腿，左右各一擰，只聽咔嚓一聲，之前長好的腿骨再次斷了。

原本席楓還以為自己會聽到方山的大叫，誰知他只是悶哼一聲，卻疼得汗濕了身上的衣衫。

「我敬你是條漢子！」席楓拍了拍方山的肩道：「待你的腿好了，我請你喝酒。」

方山咧嘴笑了笑，疼得說不出話來。

隨後杜大夫趕緊為他上藥、夾板，再纏好布條，待這一切完成，大家均是一身熱汗。

這時，小寶兒叫人送冰塊過來。「王妃說了，天氣炎熱，這位壯士又是斷骨再續，必是難耐，因此送些冰來消暑。」

杜大夫聽了，感慨道：「寶爺，這傷筋動骨一百天，難道也要往這兒送一百天的冰塊？」

小寶兒卻笑道：「有何不可？王妃說了，咱們府裡不在乎這點錢，杜大夫將人的腿治好，才是大功德一件。」

杜大夫自是要謝過沈君兮，而他帶來的那兩個小藥童卻都一臉驚喜。

在夏天能吃上一碗加了冰珠的酸梅汁都不易，而他們這個夏天能待在有冰的屋子裡，想想都覺得涼快。

方山這邊斷腿再續後，紅鳶每日都要來瞧一瞧。她還特意請廚房裡的余嬤嬤每日做一道黑魚湯，為的是能讓方山腿上的傷能早日癒合。

其間，沈君兮也來小院看過一次，見杜大夫將一切都收拾得井井有條，滿意地點頭離開了。

就這樣，日子轉眼到了紀老夫人六月的生辰。

原本依照紀容海的意思，是想為紀老夫人大辦一場的，可老夫人卻覺得那樣太過興師動眾，只肯讓家人聚一聚，熱鬧熱鬧就行。

到了正日子那天，因為趙卓還要去內務府點卯，沈君兮便趁著天還涼快，先回了紀家。

讓她奇怪的是，以往都會尋各種藉口不歸家的紀雪，卻突然帶著傅瑨回了紀家。

沈君兮還是第一次瞧見傅瑨，忍不住多打量他兩眼。

如果她沒記錯的話，傅瑨應該快五歲了，可個頭小小的，神情瑟縮，一點都沒有那種世家之子的氣勢。

這孩子到底讓紀雪給養廢了。她不動聲色地想著。

她搖著宮扇，將頭扭到另一邊，當成根本沒有看見這孩子一樣，更別說給什麼見面禮了。

瞧著沈君兮的樣子，紀雪也只冷哼了聲，讓傅瑨給紀老夫人請過安後，便帶著傅瑨去了齊氏的院子。

東府來的是三太太唐氏。李老安人因為年事已高，已經不再出來走動。

她瞧著變得豐腴的紀雪和那瘦瘦小小的傅瑨，忍不住搖頭道：「她自己還是個孩子呢，又哪裡懂得帶孩子？」

紀老夫人聽了，卻嘆了口氣。「個人都有個人的緣法，這就是她的命，她若真能守著這個孩子好好過日子，將來未必沒有好日子，怕就怕……」

紀老夫人沒有往下說，屋裡的人卻都聽得出來。

怕就怕紀雪太找死，孩子又這麼小，倘若再出點什麼意外，還真沒有人能救得了延平伯府了。

沈君兮只是聽著，未置一詞。

她不想同傅辛的事扯上任何關係，因此延平伯府的興衰榮辱也與她無關。

她轉而問起唐氏有關紀霞和紀霜的近況。

昭德十三年，唐氏將兩個女兒都遠嫁了，一個嫁到餘杭的李老安人娘家，另一個則是嫁到了泉州。

一聽她問起紀霞和紀霜，唐氏滿臉都是笑。「她們的日子過得都還不錯，公婆慈愛，妯娌間和睦，半個月前紀霞使人給我報信，她生了一對雙胞胎兒子呢！」

瞧著唐氏打從心底溢出的燦爛笑容，沈君兮便知道紀霞和紀霜一定都過得非常好。

待過了紀老夫人的壽誕，天就變得越發熱了，就連樹上的知了，都熱得沒了聲息。

紅鳶像往常一樣帶著好吃的去了杜大夫的小院，卻發現廂房裡早已沒了方山的蹤影。

自杜大夫幫他斷骨再續後，方山終於又可以下地走動，所以紅鳶也沒有多想，以為他不過又是圍著院子繞圈去了。

可等了好長一段時間也不見他回來，她覺得有些不對勁，在房前屋後細尋了一番，又去門房問了當值的人，都說沒見著方山的人，這才覺得出了事。

「妳說什麼？方山不見了？」聽到這個消息，席楓也很吃驚。

他召集手下護院的人詢問一番，竟沒有人留意到方山的去向。

這些護衛都是席楓親自挑選的，他們的能耐他自然清楚，方山竟然能不驚動他們而離開王府，可見也不是個泛泛之輩。

更嚴重的是，他們這些人都失職了！

席楓就去趙卓和沈君兮的跟前領罪。

「這事怎麼能怨你們？」知曉了前因後果的沈君兮倒也沒有怪罪他。「那方山來的時候正瘸著腿，誰也沒想到他竟有這麼好的本事，你們對他沒有設防，這才會一時疏忽。」

「這件事就到此為止吧，對外就說他同我辭行了，千萬不要再說府中守衛失職一類的話。」趙卓皺著眉頭思量一番，慎重地道：「之前府中就來過宵小，若讓江湖人士覺得咱們壽王府門禁不嚴，三天兩頭上門來搗亂也煩。」

聽了趙卓如此一說，席楓還真不敢把這事再往自己身上引，也就暫且掖過不提了。

沈君兮卻發現紅鳶突然變得古怪起來，每天都是一副心事重重的樣子。

她正想找個機會問一問紅鳶時，沒想到紅鳶卻選擇上吊了；好在發現得及時，眾人一通好忙之後，終於將她給救回來。

「妳這是幹什麼？」見到紅鳶醒過來，沈君兮便遣了身邊的人，毫不留情地斥責道：「是我對妳不夠好嗎？妳竟然在府裡自殺，這話要是傳出去，別人還會以為是我苛待妳呢！」

紅鳶一聽，嚇得跪到地上。「紅鳶從未想陷王妃於不義，實在是紅鳶做下了醜事，無臉再繼續活下去了……」

做下了醜事？

沈君兮吃驚地看向紅鳶，而紅鳶則將自己和方山私下裡做過的事都說了。

「妳真是糊塗！」沈君兮聽了就直搖頭。「為了這麼點事就想不開？妳連死都不怕，為什麼就怕活下去？」

紅鳶愣愣地看著沈君兮，半晌都說不出話來。

她原本以為王妃會罵她不知羞恥，沒想到王妃卻不在意此事，反而更關心她的性命，教她如何不感激涕零？

她對沈君兮磕頭道：「王妃以後不必再為紅鳶相看人家了，紅鳶願一輩子不嫁，永遠陪侍在王妃左右。」

沈君兮很驚訝紅鳶這麼說，但也反應過來，小心地試探道：「是不是因為這個原因，才讓妳想不開的？」

紅鳶遲疑了一會兒，然後點點頭。

沈君兮笑道：「真是個傻姑娘！妳既然不願意，那我今後不再為妳張羅便是。」

又想著她剛在鬼門關轉了一圈回來，便囑咐她不必急著當差，先休息幾日再說。

紅鳶聽了，又感激地給沈君兮磕了幾個頭。

因為方山帶來的這場風波，總算平定下來。

過沒幾日，聽人來報，樂陽長公主府的周二奶奶過來了。

紀雯？

隔著遮陽簾都能感受到屋外那火辣辣的太陽，紀雯卻在這個時候趕過來，是為了什麼事？

沈君兮趕緊讓人將紀雯迎進來。

滿頭大汗的紀雯身著一件家常、半新不舊的焦布比甲，頭髮也只是隨意綰了個髻，簪了支普通的鑲白玉金釵，一看就是急著出門，連衣裳都沒來得及換。

「妳這是怎麼了？」沈君兮趕緊下炕，並命春夏她們去打水來，好讓紀雯梳洗一番。

紀雯哪裡還顧得上這些，拉著沈君兮的手，避到一旁小聲道：「妳聽說了沒？紀雪今兒個一早就搬到田莊去了。」

沈君兮一聽，不以為意地笑道：「我還以為發生了什麼大不了的事，天這麼熱，她去田莊小住幾天也沒什麼吧？」

「她要是小住就好了！」紀雯卻是急道：「我可是聽說她搬了十幾車的東西，把延平伯府的正院都給搬空了，一看那樣子，是沒打算再搬回來。」

「可這又怎樣？」沈君兮不覺得有什麼好奇怪的。田莊是紀雪的，延平伯府也是紀雪的，她想住哪兒自然就住哪兒。

「可是她卻把傅瑨和婆婆王氏留在延平伯府了！」紀雯瞧著沈君兮一副不上心的模樣，嘆道：「她這個樣子，是打算放手不管延平伯府的事了嗎？」

「不可能吧？」沈君兮想著紀雪在紀老夫人壽宴上的作派，那可是一派母慈子孝。而且瞧她那樣子，好像還挺喜歡「延平伯太夫人」這個名頭的。

她勸慰著紀雯道：「她都那麼大的人了，哪裡就輪得到讓咱們為她操心？再不濟，她身邊不還有大舅母幫她頂著？這事大舅母怎麼說？」

「我擔心祖母知道此事後會跟著操心，因此沒有回紀府去，而是直接過來了。」紀雯覺得自己的嗓子眼都快要急得冒煙了。

「要我說，妳這是皇帝不急太監急。」沈君兮瞧了，便讓人端了冰鎮蓮子湯來，親手舀了一碗給紀雯。「身為延平伯太夫人，紀雪自己都不在乎了，倒把妳急得火燒火燎的。」

紀雯聽了就嘆口氣。「不管怎麼說，都是自家姊妹，她現在一個人過成這樣，多少有些不忍心。」

第一百三十四章

沈君兮垂了眼沒說話。

紀雪平日那麼愛鬧，也就紀雯還會惦記她了。

沈君兮是恨不得與延平伯府劃清界線，更別說讓她再管延平伯府那攤爛事。

紀雯瞧著她的反應便勸解道：「怎麼，妳的心結還沒解開？妳之前不是在祖母面前答應了她……」

「我是答應外祖母沒錯，」沈君兮搖頭道：「可我也說了，那必是紀雪開口，我才會幫她。像現在這樣，不就是我拿熱臉貼她的冷屁股？」

紀雯也知這話不假，可要放著紀雪的事不管，總讓她有些良心不安。

「放心吧，她都這麼大的人了，什麼事能做、什麼事不能做，難道她自己心裡一點數都沒有？」這次輪到沈君兮勸慰紀雯。「日子都是自己過出來的，妳總不能事事都替她拿主意吧？」

「真不知道紀雪的心裡都在想什麼？」她說的道理，紀雯又何嘗不懂。「現在那傅瑨就是整個延平伯府唯一的希望，她不好好帶著這個孩子，反倒在那兒瞎折騰，也不知道圖的是什麼？傅瑨是她婆婆的娘家姪女生的，她不趁著孩子小，多籠絡，反倒將孩子丟給她婆婆；等那孩子長大後，與王家親近的話，就有得她哭的時候了。」

「我倒覺得妳這是杞人憂天。」沈君兮卻不同意紀雯的看法。「只要紀家的勢還強過王家，那傅瑨就不敢太過忘本。依照紀雪的個性，真要有那麼一天，她肯定會以『不事嫡母』的罪名去參傅瑨一本，怎麼可能讓自己吃虧？」

被沈君兮這麼一說，紀雯覺得自己確實是杞人憂天。

於是她便同沈君兮一道，待太陽落了山，攜伴去紀府探望老夫人，在紀府用過晚膳後，才分頭離去。

日子轉眼到了九月，天終於涼爽下來。

沈君兮的月分越來越大，行動就變得越發不便，可如此倒教她閒了下來，她就把心思用在春夏和秋冬兩個丫鬟身上。

這兩個丫鬟跟著她的日子不似紅鳶那麼長，可也算不得短，平日總是話不多，也從不與紅鳶、珊瑚她們搶功，默默地幹好自己分內的事，光這份恬靜，沈君兮便覺得很難得，因此也希望她們兩個能有個好歸宿。

她便在自己名下的那些田莊和店鋪裡挑挑選選起來。田莊和店鋪裡的年輕管事倒是不少，可是讓她覺得能配得上春夏和秋冬的人卻不多。

她希望春夏和秋冬在出嫁後，還能像珊瑚一樣回來做個管事娘子，可又不想讓小夫妻兩個兩地分居，於是便將田莊裡的那些人淘汰，只剩下那些在鋪子裡管事的人。

秦四的名字第一個跳入她的眼簾。

沈君兮想起了鸚哥和自己定下的一年之約。算算時間，也差不多了，也不知那小丫頭片子有沒有搞定秦四？

她正想著是不是哪天要把鸚哥叫回來好生詢問一番，鸚哥卻自己紅著眼回了府。

「妳這是怎麼了？」懷孕已經七個月的沈君兮大腹便便地坐在炕頭上，瞧著滿臉委屈的鸚哥道。

「王妃，您隨便將我配個人吧！」鸚哥滿臉沮喪地道：「一年之期的約定，我輸了。」

沈君兮瞧著她的樣子，有些啞然失笑。

「這才九月，我和妳約定的是十月吧，妳急什麼？」她看著鸚哥笑道。

可鸚哥臉上的神情卻像是要哭出來。

「秦大哥說，在他心裡，我只是他的妹妹而已，他不可能對我生出什麼男女之情來，讓我不要在他身上再浪費時間了。」說話間，鸚哥的淚水就不爭氣地滑落下來。

「他真是這麼說？」沈君兮回想起上一世，名動京城的秦四好像一直都是孤身一人，難不成是有什麼隱疾不成？

可這樣的話，她自然不好同鸚哥直說，只好先將鸚哥留在府裡，並道：「妳暫且先住下來吧，有什麼事，以後再說。」

沈君兮讓鸚哥去尋了紅鳶。

兩姊妹雖然從小就在一處當差，可能擠在一張床上說悄悄話的機會不多，因此她們就這樣絮絮叨叨地說了一夜的話。

沒想到第二日，秦四便親自登門。

「秦四哥是來接鸚哥的嗎？」沈君兮一見著他，忍不住打趣。

「不、不是，」秦四連忙為自己辯解。「我來，是有一事要相求於王妃的。」

「哦？」瞧著秦四那一本正經的樣子，沈君兮收起了玩笑的心。

「如今鸚哥姑娘年紀大了，再跟在我身邊就不適合了。」秦四拱手道：「還請王妃為她擇一良配嫁了吧！」

沒想到沈君兮還沒說話，躲在外面偷聽的鸚哥風風火火地衝進來對秦四喊道：「王妃一早就答應了我，我的婚事自己作主，不用你管，也不用你來做好人！」

沈君兮見鸚哥就這樣闖出來也是一臉尷尬，拍著茶几站起來。「誰讓妳這麼不懂規矩的？紅鳶，還愣著幹什麼，還不趕緊把她帶下去？」

原本跟著鸚哥一起躲在外面的紅鳶這才露面，將鸚哥拽走了。

沈君兮吁了一口氣，故作鎮靜地道：「秦四哥也看到了吧，這丫頭倔得很，這個忙我怕是幫不上了。」

秦四只好搖頭告辭了。

可他一回天一閣，卻發現鸚哥竟比自己還先回來。

秦黑子更是一臉焦急地跑過來，拉著秦四的衣角道：「爹、爹，鸚哥姊姊在收拾東西說要走，您快點想想辦法把她留下來呀！」

這丫頭，終於決定要走了嗎？

心願好不容易達成，可秦四一點都高興不起來。

「爺，是不是要給鸚哥姑娘辦個餞行酒？」就有人來討主意。

這是天一閣裡有一個不成文的規矩，只要是在天一閣做過事的人，無論是管事還是小廝，只要不是被逐出，在離開時，秦四都會為他辦一桌餞行酒。

「行啊！」他故作爽朗地應道。

即便如此，秦黑子卻是一臉不捨地同秦四道：「爹爹，能不能別讓鸚哥姊姊走？她要是走了，就沒有人陪我玩了！」

「你都多大的人了，竟然還整日想著玩？知道怎麼區分黃玉和蜜蠟了嗎？」秦四瞪著秦黑子。「以後走出去別說是我秦四的兒子，丟人！」

聽了這話，秦黑子不但沒有心生害怕，反倒嘿嘿一笑。一見求不動秦四，他又轉頭去求鸚哥。

為了給鸚哥餞行，天一閣特意提早打烊，在大堂裡擺了好幾桌。

有不少人想給鸚哥敬酒，沒想到人剛走到鸚哥身邊，就被秦四擋回來。「鸚哥可是個姑娘家，你們灌她酒是想幹什麼？」

下面的夥計瞧了，嘟囔道：「自然是想給鸚哥姑娘餞行了。」

鸚哥瞧著，不忍拒絕他們的好意，端了酒盅就要喝，沒想到杯子剛拿到嘴邊，就被秦四奪去。「這酒我替她喝了。」

一杯、兩杯之後，天一閣的夥計們都瞧出了端倪。

因為經營天一閣，秦四平日為了待客的需要，也許會小酌，但絕不會豪飲，因此他們紛紛藉著給鸚哥敬酒的機會來灌酒。
若是平日，秦四自然適可而止，可今日既然大家都是敞開了喝，他也沒了推辭的道理。這一場酒，一喝就喝到了外面響起二更鼓。
一番熱鬧過後，大多數人就這樣醉趴在桌子上。
秦四也不例外，就連秦黑子也因為偷喝了酒，躺到桌子底下。
在秦四的保護下滴酒未沾的鸚哥，不忍心看著秦黑子就這麼躺一夜，因此躬身抱起他，想把他抱上樓。
只可惜秦黑子已長成了半大的小子，鸚哥抱著也很吃力，走兩步已是不易，更別說要把他抱上樓。
「還是我來吧！」喝得醉醺醺的秦四不知什麼時候站起來。
鸚哥有些意外地看了他一眼，卻沒有猶豫，將懷裡的黑子交給他。
秦四輕鬆地抱起黑子，可到底因為酒喝得有點多，走起路來，前後踉蹌。
鸚哥不放心，跟著一塊兒上樓。
看著鸚哥安置黑子的時候，秦四倚在門邊，心裡的情感卻與理智較量著。
鸚哥跟在他身邊多年，他自然知道她是個好姑娘，也正因為知道她是個好姑娘，他便不想害了她。
自己都要三十了，覬覦一個十多歲的小姑娘，真要說出去，肯定會被人笑老牛吃嫩草；而且自己一把年紀，又憑什麼讓她來陪自己？

有自知之明的秦四就退了出來，往露臺邊走去。

今晚的月色很好，露臺上照得銀光一片，好似打了層霜一樣。

秦四坐在露臺，有些無力地靠在廊柱上，努力壓著心裡那些不該有的那些念頭。迷迷糊糊間，他便覺得酒勁有些上頭，脹得他有些頭疼。

他想舉手揉一揉太陽穴時，另一雙輕盈的手卻捷足先登。一股熟悉的味道鑽進他的鼻腔，然後他感覺到溫香軟玉跌落在懷，兩片軟軟的唇更是吻上他的。

小丫頭想幹什麼？

秦四那殘存不多的理智發出了短暫的警告後，又完全被他的情感淹沒了……

第二日，秦四睜開眼時，素來偏愛整潔的他，發現屋裡四處都是散落的衣服，還若有若無地飄散著歡愛過後的氣味。

他想到了昨晚，臉上變得有些不自在。

待他轉過臉去時，卻發現床上空空如也，昨晚和他一起共度春宵的鸚哥早就不見蹤影。

他起了床，先是去鸚哥的房裡查看一番，發現房裡已被收拾一空，早就沒了鸚哥的蹤影。

他心裡莫名覺得空落落的，有些魂不守舍地下樓。

因為昨晚喝醉了酒，不少夥計就在大堂湊合一晚，睡得不怎麼好，便早早醒了過來，開始收拾店面，準備開門營業。

「掌櫃的早。」

秦四像往常那樣同他們點頭，裝成渾不在意地道：「有人見著鸚哥姑娘了嗎？」

一個正在大廳抹桌子的夥計便抬頭道：「天剛剛亮的時候，鸚哥姑娘便帶著包袱走了。」

他點點頭，回屋換了一身衣裳，策馬往壽王府去了。

因為時辰還早，沈君兮和趙卓雖然醒了，卻依然窩在被子裡沒有起身。

隨著月分越來越大，沈君兮也越發睡得不安穩起來，原本纖細的腳踝也因為懷孕而變得有些水腫。

趙卓瞧著就是滿滿的心疼，在被子裡抓過沈君兮的小腿揉捏起來。

沈君兮也樂得舒服，閉著眼睛很享受地讓他按著。

就在小夫妻兩個躲在被子裡膩歪的時候，卻聽屋外有人稟報。「天一閣的秦掌櫃求見。」

沈君兮一聽，便知是杜鵑的聲音。

自從丫蛋跟著他們回京，沈君兮便給她改名叫杜鵑，並且交給春夏和秋冬帶著，讓她盡快熟悉王府的事務。

如今半年過去了，沈君兮將她提為二等丫鬟，開始近身服侍。

「怎麼這麼早？」連趙卓都覺得有些意外。「而且他不是昨天剛來過嗎？」

沈君兮卻隱隱覺得秦四應該是為了鸚哥而來，因此叫趙卓別多管閒事，獨自一人去了前廳。

今日的秦四明顯比昨日要焦躁，像個涉世未深的小愣頭青一樣，在前廳裡來回踱步。

「我昨日不是把鸚哥調回王府了，秦四哥今日又是所謂何事？」沈君兮故意裝糊塗。

秦四的臉上出現一絲尷尬，紅著臉道：「我想求王妃將鸚哥姑娘下嫁於我。」

發生了什麼事？怎麼一夜之間，秦四判若兩人？

沈君兮好奇地打量他，故弄玄虛道：「這事我得先問過鸚哥，看她願不願意嫁你？」

說完，她便打發了秦四，去尋了鸚哥。

「妳對秦四做了什麼？」沈君兮開門見山問道：「不過才過了一夜，那秦四竟向我求娶妳？」

鸚哥聽了就激動起來。

「他真的要求娶我？」她有些不太相信自己的耳朵。

「妳不願意？」沈君兮嘴角含笑地看著鸚哥，反問道。

「自……自是願意的！」害怕自己一個遲疑就錯過這段姻緣，鸚哥連忙應道。

沈君兮臉上的笑意就更濃了。

這兩姊妹中，終於有一個修成正果了！

她高興地想著，對鸚哥道：「那妳就乖乖等著做新娘子吧！」

沈君兮就叫人去天一閣傳話，讓秦四去請媒婆，自己也開始張羅起鸚哥的嫁妝來。

幾日之後，席楓帶來好消息，珊瑚生了個七斤的大胖小子。初為人父的他喜得在王府裡見人就發紅雞蛋，更是給雙芙院送了一大籃子。

瞧著那一籃紅雞蛋，趙卓也隱隱對自己即將出生的孩子生出幾分期盼來。

日子轉眼到了十一月，沈君兮的產期也變得越來越近，而天空開始洋洋灑灑地飄起雪。雙芙院裡的地龍早在立冬的時候就燒起來，因此屋裡都是暖暖的。

沈君兮將一側耳室佈置成產室。

說是產室，卻一點也不簡陋，她讓人開了庫房，挑了一架黑漆鑲百寶的竹報平安架子床，配上了豆黃色的床幔；因瞧著太過單調，又讓人去花房搬了幾盆開得正好的菊花過來，高高低低地裝點著，看上去才有了些生氣。

只是這樣一來，耳房哪裡還像什麼產室，倒是像閒未出閣姑娘的閨房。

隨著日子一天天臨近，整個王府裡的人嚴陣以待，就連穩婆也早已請好兩個住在府裡；紀蓉娘更是給沈君兮派了個姓馮的醫婆過來，有備無患。

因為之前沈君兮聽了田嬤嬤和宋嬤嬤的建議，要多走動，生產時才會輕鬆，也不知是否走得太多，還是那個小傢伙急著想出來，算算日子還沒足月的時候，她的肚子便開始隱隱作痛起來。

杜大夫和馮醫婆瞧過後，都建議她靜養一下，雖然要生得輕鬆，可也不能早產不是？

沈君兮便乖乖在屋裡養起胎來，不再四處走動。

第一百三十五章

周福寧怕沈君兮在家待得無聊，便時常帶著紀茗過來串門子。

「妳看看我，不過是喝杯茶的工夫就把茗哥兒生了。」周福寧有些得意地同沈君兮道：「妳呀，到時候就憋住一口氣，好似出恭似地用勁，就把孩子生出來了。」

因為自小相熟，周福寧同她說話的時候並沒有什麼禁忌，什麼話都敢說。

沈君兮聽了就忍不住掩嘴笑。這是好了傷疤忘了疼，她在茶樓生孩子時，也不知是誰哭得那樣鬼哭狼嚎的。

瞧著沈君兮有些揶揄的眼神，周福寧也知道她在想什麼，有些不好意思地嗔怪了她一眼。

沈君兮卻笑得更盛了。

可是這一養，孩子又完全沒了動靜。

倒是趙卓每天都會不厭其煩地趴在沈君兮的肚子上問一句。「乖兒子，時候差不多了，是不是該出來了？」

而沈君兮肚子裡的調皮孩子卻只會在她肚皮上鼓出一道弧線來，然後又馬上消失不見。

如此一來，無論是沈君兮還是趙卓都習慣了這種等待。

因此，他們又照往常一樣地歇下了。

睡到半夜的時候，沈君兮卻被一陣陣的腹絞痛疼醒。

她悶哼了聲，把身旁的趙卓驚醒了。

自從沈君兮進入產期後，趙卓便睡得警醒，生怕她這邊遇著了事，卻叫不醒自己。

「怎麼了？」趙卓握了握她的手，發現她的手又冷又潮。

「肚子痛……」雖然才疼了一會兒，沈君兮便覺得有些有氣無力了。

「可是要生了？」雖然這些日子都在盼著這個孩子降生，可真遇著了，即便是上戰場殺過敵的趙卓多少也有些緊張。

這畢竟是他和沈君兮的第一個孩子！

趙卓摸下了床，點了燈，這才瞧見沈君兮早已疼得滿頭大汗。

「我去叫人！」他滿滿心疼，可除此之外，又因自己不能為她分擔半分而懊惱不已。

此刻的沈君兮早已疼得自顧不暇，又哪裡管得著趙卓此刻的神情是什麼？只是摳著床單道：「讓春夏和秋冬她們進來，我要先梳洗……」

聽了沈君兮這話，趙卓卻是滿臉擔憂。他可不覺得沈君兮現在這個樣子能夠去淨房。

可沈君兮卻堅持得很。要知道生孩子後一個月都不能洗澡、洗頭，她可不願意就這樣臭著。

趙卓只得嘆了口氣，用寵溺的語氣道：「妳先忍一忍，等我叫人來再說。」

說完，他安撫似地在沈君兮的額頭印下一吻，自己隨意披了件衣裳便出屋去。

不一會兒，整個雙芙院都熱鬧起來。田嬤嬤、宋嬤嬤、兩個穩婆還有馮醫婆都入得內室，就連杜大夫都被安置在雙芙院的廂房裡，以防萬一。

覺得第一輪陣痛已經過去後，沈君兮便深吸一口氣。

相較上一世在一間破廟裡生孩子的經歷，這一世的情況已經好上太多。她自我安慰地想著。

馮醫婆過來給她把脈，道：「應該是發作了，先去產室吧！」

可沈君兮還惦記著自己沒有沐浴更衣，便可憐巴巴地看向趙卓。

趙卓在心裡微微嘆了口氣，然後在眾人驚愕的目光中，抱著她去了淨房。

「這都什麼時候了，妳是要命還是要乾淨呀！」沈君兮忍痛坐在澡盆裡，趙卓又是憐愛又是責備地幫她擦背。

「要乾淨！」因為肚子疼，她咬牙切齒地道。

趙卓無奈地搖搖頭，趕緊幫她擦乾身子，套上乾淨的衣裳，又在眾目睽睽之下將人一路抱到產室。

自家王爺對王妃的寵愛，田嬤嬤和宋嬤嬤早已見怪不怪，只是把那兩個來接生的穩婆還有馮醫婆嚇得不輕。

先不論王爺這樣做是不是離經叛道，至少有眼色的人一瞧就知道，壽王有多在乎壽王妃，這讓她們做起事來，又多了幾分審慎。

因為上一世生過孩子，沈君兮知道這是一件極消耗體力的事，並不像那些初生的產婦一樣大喊大叫，而是極力控制自己，咬著布巾堅持著。

這倒讓那兩個負責接生的穩婆鬆了一口氣。之前她們一直擔心王妃像嬌小姐一樣，哭哭啼啼地使不上勁；現在看來，擔心完全是多餘的。

守在產室外的趙卓聽見屋裡沈君兮的悶哼，多少就有些心急，想進到產室去，卻被田嬤嬤和宋嬤嬤攔在屋外。

「王爺，這產室裡污濁，男人進去是要倒楣的！」田嬤嬤苦口婆心地勸著。「有我們在，王爺請放心吧！女人生孩子，總是得走過這一遭的。」

壽王爺可是皇子，將來若是因此有什麼不好，她們可是背負不起這個罪名。

看著田嬤嬤和宋嬤嬤那如臨大敵般的神情，他只得放緩語氣。「那行，我就去正屋裡等著。」

兩位嬤嬤這才如釋重負，看著趙卓離開後，才轉身進了產室。

如此折騰一番，天色已經大亮，沈君兮被折騰得筋疲力盡，孩子卻完全沒有要出來的意思。

馮醫婆每隔兩刻鐘就給她號一次脈，並且派人給候在廂房裡的杜大夫報信。

「這才開到二指，看這樣子，恐怕還得等上半日。」兩個穩婆給沈君兮檢查一番後，低聲同屋裡的人道。

婦人生孩子，疼上兩天兩夜的大有人在。

疼得滿頭是汗的沈君兮便拚盡全身力氣道：「我要吃東西……」

廚房裡的余嬤嬤得了消息，一早就帶人守在雙芙院的小廚房裡，得知沈君兮要吃東西後，便讓人用紅糖煮了四個雞蛋送進去，又給屋裡那些嬤嬤、穩婆、醫婆做了早點送進去。眾人也早已飢腸轆轆。

沈君兮趁著陣痛的間歇，讓人扶著坐起來，將雞蛋連湯帶蛋地都吃了；屋裡其他人也趕緊應付著吃了點，繼續嚴陣以待。

然而生產並不順利，到了下半晌的時候，宮口才開到四指，已經疼到發虛的沈君兮真的不知道自己能不能堅持到要生的時候？

馮醫婆便將人參切片，讓她含在舌下。

紀府那邊也聽到消息，紀老夫人更是在李嬤嬤等人的陪同下，拄著枴杖趕過來。

趙卓自是親自出來將紀老夫人迎到屋裡。

「這天寒地凍的，外祖母您怎麼來了？」他立即讓人端了熱茶點來，又命人拿了黃銅手爐來，讓紀老夫人好好地暖暖。

這些年，紀老夫人的老寒腿一到了冬天就有些疼，因此平日也不怎麼出來走動了。

紀老夫人接過黃銅手爐，便放到自己膝蓋上。這一路因為心裡記掛著沈君兮，她走得急，現在一歇下來，腿腳便越發疼起來。

「我在那邊等得不放心，」紀老夫人也知道自己幫不上什麼忙，但她也沒同趙卓繞彎子。「乾脆過來瞧上一眼。」

趙卓便陪紀老夫人坐下來。

只是二人還沒來得及說兩句話，趙卓就聽產室那邊一陣騷動，丫鬟們比之前跑進跑出得更頻繁了。

「這是怎麼了？」他隨手抓住正要給產室送熱水的鸚哥問道。

鸚哥這段時間在王府裡待嫁，聽聞沈君兮要生孩子，也趕來幫忙。

「穩婆說王妃的羊水破了。」沒有生過孩子的鸚哥懂得也不多，只是將自己聽到的說出來。

不知道是好是壞的趙卓瞧向屋裡的紀老夫人。

紀老夫人則是撚著佛珠唸了一聲。「阿彌陀佛，破了水就是快要生了。」

趙卓這才微微放心，放了提著銅壺的鸚哥。

產室裡的沈君兮覺得很不舒服，疼痛一波又一波，好似沒個盡頭，讓人越來越難忍，而身下的被褥也因為剛才破了羊水而變得潮潮的。

這個時候，她真的特別的羨慕周福寧。雖然周福寧生孩子的時候也是鬼哭狼嚎的，可人家從發作到生出來不過才一個時辰的時間，哪裡似她從半夜熬到現在。

「開到幾指了？」她咬牙問著在身下查看的穩婆。

「快了、快了！」那穩婆卻答得含糊，和另外一個穩婆低聲說著什麼，把馮醫婆也給引過來。

幾人一起摸了沈君兮的肚皮，然後又竊竊私語起來。

沈君兮一看這情形便跟著緊張起來。

「怎麼了？發生了什麼事？」她用雙肘半支著身子道。

雖然上一世也生過孩子，可那時候孩子還沒有足月，生起來根本不似這次這麼辛苦。所以，即便心裡早已有了準備，也沒想到自己會痛成這樣。

「沒……沒事……」其中一個穩婆有些心虛地道。

沈君兮卻衝她投去一道凌厲的目光。「妳最好別騙我，不管出了什麼事，最後都是需要我來配合的，因此妳們最好實話實說！」

兩個穩婆有些為難地互相看了一眼，另一個穩婆壯起膽子道：「王妃……我們只是覺得您肚子裡的這個孩子，好像是站在您肚子裡的……」

聽了這話，沈君兮先是面上閃過一絲疑色，隨後才意識到她們說的是什麼。

孩子站在肚子裡，就是人們常說的胎位不正。

一般孩子到了足月的時候，都會頭朝下，只要頭出來了，身子便會順著羊水一道滑出來。

可如果是站在肚子裡，那先出來的必是孩子的雙腳或是臀部，這種情形十有八九都很凶險，很可能在生產過程中，產婦的產道卡住了新生兒的脖子，以致孩子的頭出不來，造成窒息，產婦也有可能因此喪命！

也難怪兩位穩婆會覺得棘手。

想到自己有可能會一屍兩命，沈君兮的心情一下子盪到谷底。

怎麼會讓自己遇上這樣的事？重生而來的她並不怕死，卻有些捨不得。她捨不得趙卓、捨不得他們兩人現在過的小日子，還有他們未出世的孩兒……

想著自己和趙卓相處的日日夜夜，想著趙卓趴在她肚子上，與腹中孩兒遊戲，不捨的淚水就從眼角滑落下來。

莫名地，她想到上一世那個在自己懷裡沒有挺過三天的可憐孩子。

難道這就是命？可是重活一世的她，並不信命。與其把自己的一生都寄託在那虛無縹緲的事情上，還不如珍惜每一個當下，順勢而為。

天一閣是如此，黑山鎮是如此，在泉州的海貨生意更是如此。

她不能就這樣耗著！沈君兮的心裡有個聲音道，再這麼繼續下去，浪費的將是她和孩子的時間，在這件事上，她自己必須要有所抉擇！

「我要見王爺！」想明白了這些，她大聲道。

屋裡的眾人都嚇了一跳。因為污穢，男人們都是被拒在產室之外的。

「王妃！王爺怎能到這種地方來？」田嬤嬤大驚道：「您有什麼話，老婆子幫著去傳話也是一樣的！」

「不，我要見他！」沈君兮卻斬釘截鐵地拒絕道。

有些事，她必須當著趙卓的面說清楚，如果有人在中間傳來傳去，她一是擔心傳話變了味，二也害怕中間傳話的人做什麼手腳。

只是這樣的話，她不能直接說出來而已。

見著幾位嬤嬤還在推三阻四，一直打著下手的鸚哥也不知哪來的勇氣，她大聲對沈君兮道：「王妃您等著，我這就去叫王爺來！」

說完，她像陣風似地跑出去，教人攔也攔不住。

鸝哥腿腳很快，跑到正房給趙卓跪下來，帶著淚地抬頭道：「王爺，王妃想見您！」

趙卓一見她這副模樣，一句話也沒有多問，就往產室奔去。

田嬤嬤和宋嬤嬤跟在鸝哥身後跑出來，只是她們剛張了張嘴，話還沒來得及說出口，就被趙卓推到一旁。待站穩時，趙卓已從她們身邊匆匆而過，頭也不回地進了產室。

田嬤嬤看著鸝哥道：「妳這丫頭片子是怎麼回事，行事怎麼這麼莽撞？王爺的萬金之軀怎能進到產室去？」

鸝哥卻睥睨地看了田嬤嬤一眼，道：「我只知道這兒是壽王府，除了王爺，我就只聽王妃的話！」

說完也不再與那田嬤嬤多話，急匆匆地趕回產室。

待她入得產室，只見趙卓坐在沈君兮身邊，讓沈君兮將頭枕在他的腿上。沈君兮正同趙卓說著什麼，而趙卓卻是皺著眉，一臉難以抉擇的模樣。

「不行，這事我不能同意。」沈君兮的話音剛落，趙卓便皺眉回絕了她。「我要妳好好的！即便沒有孩子，我們也能開開心心地過完這一生，可若是沒了妳，妳讓我怎麼活？」

趙卓越說，眉頭就皺得越深。沈君兮想要留下孩子，卻要他忍受喪妻之痛，這是趙卓絕不能接受的。

「一定還有其他辦法對不對？」趙卓一邊安撫她，一邊道：「我們別那麼輕易下結論……」

說完，他便抬頭看向那兩個接生的穩婆。「都說妳們兩個經驗老到，不可能連這種事都沒遇過吧？」

那兩個穩婆相視一眼，不約而同地給趙卓跪下來。

「回王爺的話，這種事，我們確實也見過不少……可……可是……」其中一個穩婆有些戰戰兢兢地道。

「可是什麼？」趙卓不怒自威地問道。

那穩婆嚇得打了個哆嗦。「可……他們都是選擇保小的……因此，我們一般都是直接用剪子劃開產婦的肚子……」

說到這兒，那穩婆便不敢再繼續往下說了。

用剪子劃開肚子，孩子自然能安全無虞地取出來，可產婦呢？趙卓瞪大眼睛瞧著那穩婆。

那穩婆不敢隱瞞地說道：「那自然是沒得救了……」

聽了這話，趙卓只覺得那畫面比自己在戰場上殺敵還要血腥。

怎能活生生地劃開別人的肚子？而且那個要被劃開的人還是沈君兮！

他想也沒想地就搖頭。

趙卓緊緊地抱住沈君兮。「不行！這個法子不行！」

「可是我現在好疼……」沈君兮求著趙卓。「我怕自己堅持不了太久，到時候孩子也……」

「不！不會的！」趙卓當然知道她想說什麼，趕緊打斷她道：「我絕不允許那樣的事發生！」

說到這兒，他惡狠狠地瞪向跪在地上的兩個人。「今日王妃安康則罷，否則的話，我定會教妳們二人陪葬！」

第一百三十六章

另一個穩婆聽出話裡的意思，王爺這是要保大棄小！

想著王妃若是出事，自己也是死路一條，還不如現在搏一搏。

那個穩婆便獻計道：「其實還有個辦法，就是讓王妃肚子裡的孩子轉過來。不過這樣做的話，風險比較大，孩子生下來不是死就是殘……」

在她的認知中，一般人家都是子嗣更重要，至於產婦，死了就死了，大不了再娶一個。她之前一直沒有說話，是因為她也覺得王爺會選擇那個剪開肚子取孩子的辦法。

非死即殘？沈君兮一聽到這話，頻頻衝趙卓搖頭。

上一世，她就親手埋掉了一個孩子；這輩子，她不想再做同樣的事。

「有些事，我們總要試一試！」趙卓則是脫了鞋，跪坐在妻子身邊，不斷親吻她的額頭為她打氣。「即便是個傻子，以咱們壽王府的實力，也能教他一世衣食無憂的。」

說著，他便給那兩個穩婆使了個眼色，示意她們趕緊動手。

那個獻計的穩婆趕緊站起來，先是用手摸了摸沈君兮的肚子，找著了孩子的頭和屁股，然後隔著肚皮一點一點地轉動起來。

轉胎自然是痛的，可是和之前的陣痛夾雜在一起，卻也讓沈君兮分不清。她只覺得自己太愧對這個孩子，因此躺在那兒，淚如雨下。

肚子裡的孩子顯然也不喜歡這種轉動，即便穩婆轉得很小心翼翼，也能隔著沈君兮的肚皮看到那孩子在掙扎。

看著時不時不規則鼓起的肚皮，趙卓便想到之前他和孩子「遊戲」的時刻。那是多麼美好……

濕潤了雙眼的趙卓將頭撇到一邊，不想讓沈君兮看到自己流淚的模樣。

賭上運氣的穩婆咬著牙，小心翼翼地揉著沈君兮的肚子；而沈君兮躺在那兒，好似被抽了靈魂一樣地雙眼發直。

也不知過了多久，她感覺到有一股滾燙的熱流自下腹湧出，整個人好像如廁後一般的舒暢。

「生了！生了！」一個穩婆很欣喜地喊道。

不一會兒，產室裡就響起一陣響亮的嬰兒哭聲。

「恭喜王爺、恭喜王妃，是個小公子！」那個接生的穩婆趕緊端了孩子去清洗。

在清洗過程中，那孩子一直哭個不停，反倒讓沈君兮生出一絲期盼。

她聽老人們說過，新出生的孩子哭得嗓門越大，身體越好。上一世那個孩子生下來卻是不知道哭的，所以沒能熬過三天。

「孩子……孩子還好嗎？」剛生了孩子的沈君兮面無血色，全身大汗淋漓，被汗水浸透的長髮纏繞在臉上，她心裡想著的卻只有孩子。

「小公子好著呢！」負責接生的穩婆將孩子洗淨後，裹上襁褓送到沈君兮身邊。「我接生過這麼多孩子，還沒有聽過比小公子哭得更響亮的。」

穩婆這話自然有誇張成分，只是這時候也沒人與她計較這些。

趙卓將沈君兮微微扶起，讓她靠在自己身上，這才小心翼翼地從穩婆手裡接過襁褓中的兒子。

和所有新生兒一樣，那孩子長得小小的，紅紅的皮膚皺皺的，巴掌大的小臉上，五官都擠在一起，唯有頭髮又黑又密。

「他怎麼這麼紅？」還是第一次見到新生兒的趙卓忍不住皺眉道。他總覺得這孩子長得有點醜，就憑他和沈君兮的長相，不該生出這麼一個像猴子的小孩兒來。

「都是這樣的、都是這樣的！」那穩婆連連解釋道：「小孩兒生下來紅，長大了才能白。」

趙卓一臉將信將疑。

「給我抱抱孩子。」雖然覺得虛弱，沈君兮還是想親手抱一抱這個折磨自己快一天的小傢伙。

趙卓便將兒子輕輕地端到她跟前；又擔心她抱不起，便一隻手摟著沈君兮，另一隻手托著孩子。

沈君兮感激地抬頭看了他一眼，這才扭頭看向懷裡的嬰兒。

上一世，因為她沒有奶水，她便在破廟裡抱著孩子枯坐三天，心酸得將一輩子的眼淚都流盡了。

這一世看著兒子紅通通的小臉，她便想也沒想地解開羅衫，開始給孩子餵奶。就像是天性一樣，當她湊近兒子的小嘴時，眼都沒有睜開的孩子便迫不及待地張著小嘴找吃的。

當他含住自己的那一刻，沈君兮才覺得自己真正地成為母親。

屋裡的田嬤嬤和宋嬤嬤見了，卻是欲言又止。

在北燕，只有那些身分低賤的女子，因為請不起奶娘，不得已才自己餵養。可這王府裡，光奶子府送來的備選奶娘就有四個，哪裡用得著王妃親自哺育？要是傳出去，還不教人笑掉大牙。

兩個嬤嬤在那兒猶豫著，而趙卓卻沒覺得這有什麼不妥，只是好奇地盯著自己兒子使勁吃奶的小嘴，心想，原來餵小孩兒是這個樣子呀！

沈君兮滿眼慈愛地盯著兒子，直到他喝飽了奶，睡了過去。

趙卓見了，把孩子輕輕抱著放到床裡側，然後很輕聲地同沈君兮道：「累不累？要不要睡上一覺？」

一聽這話，剛才還笑盈盈立在一旁的穩婆連忙上前道：「使不得、使不得！王妃這時候千萬睡不得。」

趙卓滿臉困惑地瞧向穩婆。那穩婆臉上閃過一絲尷尬之色，委婉道：「王妃剛生了孩子，正是體力最虛的時候，倘若這個時候睡著，怕就這麼睡過去了……」

趙卓立即明白了，柔聲地同沈君兮道：「那我陪妳說一會兒話吧！」

沈君兮雖然覺得累，可聽了剛才穩婆的話，也不敢睡過去，靠著趙卓道：「我身上潮潮的，我想換身衣裳。」

而且整個產室裡滿是血腥味，她聞著也不是很舒服。

趙卓就想把沈君兮抱回正屋去。

「不行、不行！」宋嬤嬤見了，趕緊上前道：「王妃剛生產，不能吹風，得在產室先住上兩日才行。」

沈君兮和趙卓互相對視一眼。

這些事他們都不懂，還是聽從嬤嬤們的安排要好一些。

因此趙卓把沈君兮抱上一側的美人榻，讓人趕緊將床上收拾，鋪上新的被褥；又用過了熱水的帕子將她身上擦拭一番，換了乾淨的衣裳後，才重新抱回床上。

如此一番折騰，便到了掌燈時分。

沈君兮用了些雞湯，可實在抵不住睏意，迷迷糊糊地睡著了。

再醒來便到了半夜。屋裡靜悄悄的，好似沒有一個人。

她有些驚恐地想要坐起，沒想到卻驚動了伏在床腳休息的趙卓。

「怎麼了？」見著驚坐而起的沈君兮，他也警覺地坐起來。

見趙卓還陪在屋裡，沈君兮便放下一半的心來，看著趙卓道：「屋裡的人呢？」

「我把她們都放回去休息了。」見沈君兮恢復了些精神，趙卓笑道：「畢竟她們也跟著我們熬了一整天，我瞧著妳這邊好似也沒什麼事，便讓她們都去休息了。有事，我再喚她們。」

「那……孩子呢……」沈君兮又滿屋子找了找，沒瞧見兒子的身影。

趙卓便從床腳抱起孩子，放到沈君兮身邊。「他正睡得香呢！」

沈君兮瞧著兒子的樣子，發現同他剛出生時的樣子又有些不同。

她細細看著兒子的眉眼，發現他的眉毛長得像趙卓，雖然淡淡的，卻是向上；鼻子卻像自己，一張小嘴嘟嘟的，讓人瞧著就想親上一口。

她想起生產時穩婆的推拿，多少有些不放心起來。

趙卓一見她那樣子，便親暱地在她的鼻子上輕輕一刮。「放心吧，我都檢查過了，孩子的手啊、腿啊都沒什麼事，妳不用太擔心。」

聽了這話，沈君兮一顆懸著的心終於放下來。

她原本想親自餵養這個孩子的。

因為上一世沒有奶水，成了一件讓她心存遺憾的事。

可是才餵兩、三日，沈君兮便覺得有些力不從心，特別是過了洗三禮後，孩子總是吃不得幾口就呼呼大睡，可將他放在一旁睡下不久，又會哇哇大哭。

這到底是怎麼了？沒有帶過孩子她，多少有點慌了神。

田嬤嬤和宋嬤嬤瞧見了，便猜測道：「想必是王妃的奶水不多，小公子吃著費力，所以吃不得幾口就累得睡著；可是肚子又沒有吃飽，所以睡不了多久又給餓醒了。」

沈君兮一聽還有這事，便為自己的任性懊惱起來，趕緊喚了府裡一早就備下的幾個奶娘，略微掃過一眼後，留下一個低眉順眼的。

許是真的餓慘了，沈君兮瞧見兒子被奶娘抱起後，就不斷往那奶娘的懷裡拱。那奶娘也不敢怠慢，趕緊解了衣裳餵起奶來。

瞧著兒子大口大口地吃奶，不像自己平時餵他那樣，總是吃著吃著就睡著，沈君兮懸著的一顆心才放下來。

那奶娘給孩子餵了奶，又嫻熟地將孩子伏在肩頭，輕拍著他的背，直到孩子輕輕地打出幾個飽嗝後，才將孩子打橫抱在懷裡，輕聲哄他睡覺。

大概是因為吃飽，孩子不一會兒便睡著了。

沈君兮瞧著便輕輕拍了拍床側，道：「將孩子放到這來兒，咱們來好好說說話。」

那奶娘有些拘謹地放下孩子，然後手足無措地立在沈君兮的床前。

她一早就聽說了，壽王妃是個頂和善的人，可到底因為二人地位懸殊，她還是覺得緊張。

沈君兮也在靜靜地打量她。

京城裡有專門的奶子府，就是供他們這樣的人家生了孩子後去挑選奶娘的。能進奶子府的人，都是經歷過嚴格挑選和身體檢查的，沈君兮倒不用擔心府裡的奶娘來路不正。

剛才之所以願意留下她，也是因為看中她低眉順眼、老實的樣子。

現在再看，卻發現她生得壯實，大手大腳的，一看就是慣於幹活，可膚色又不似普通農婦那樣黝黑粗糙，一時倒讓沈君兮猜不出她的身世來。

「妳叫什麼？今年多大？家裡還有什麼人？」沈君兮怕嚇到她，輕聲問道。

即便這樣，那奶娘好像還是被嚇了一跳，雙肩微微一聳，抓緊自己的衣襬道：「奴家、奴家叫春娘，今年剛好二十，家裡除了我閨女外，還有公公、婆婆和小叔……」

沈君兮挑了挑眉。聽她這話，好似是個孀居女子。

「妳閨女多大了？」沈君兮便問道。

「七歲了……已經能幫家裡幹不少活……」說起女兒，春娘那原本有些拘謹的臉上便有了溫柔。

沈君兮很意外。還以為春娘的女兒最多也就一、兩個月大，沒想到竟然已經七歲。

「那妳的這一胎……」沈君兮打量著春娘的腰身，明明還是剛剛生產不久的樣子。

「沒了……」春娘紅了眼道：「我是個童養媳，十二歲的時候就與當家的圓房。我當家的是個貨郎，幾個月前去外鄉進貨時翻了船，掉到江裡沒了性命。當時我懷著孩子，因為太難過就早產了……」她抹了抹淚，道：「是個男孩兒，可是卻沒能養活……婆婆嫌棄我不能幹活，便將我送到奶子府……」

聽到這兒，沈君兮知道這個叫春娘的年輕婦人是個可憐人，於是道：「妳在府裡安心帶著小公子，我必不會虧待妳。」

春娘感激地跪下來，給沈君兮磕了幾個響頭。

沈君兮瞧著她身上還穿著奶子府的衣服，便讓春夏將她領下去，換了府裡的衣裳，又賞了她五兩銀子讓她捎回家去，以免她的婆婆苛責女兒。

春娘的婆婆拿到五兩銀子，有些不敢置信地用老黃牙咬了一口。待她確定那是真的銀子後，便讓那報信的人給春娘託話道：「在府裡好生伺候小少爺，老婆子一定會拚了性命看好妞兒的。」

春娘聽到這話，倒也在王府裡安心住下，每天盡心盡力地服侍小公子。

趙卓這邊喜獲麟兒後，便將此事上奏給昭德帝。

昭德帝大喜，不但賞了大批金銀珠寶，還親自給趙卓的孩兒賜名為「嘉」。紀蓉娘知曉後，也讓人帶了一把小金鎖給趙卓，當成是她的賀禮。

為此，趙卓還專程去了趟延禧宮。

因為在他看來，若沒有皇貴妃娘娘，就沒有他趙卓的今天，因此在心裡，他對皇貴妃很感激。

紀容娘看著如今已經長成青年的趙卓，心中也滿是感慨，囑咐趙卓好生與沈君兮過日子，就比什麼都強。

沈君兮在產室裡小住了十日，便搬回正屋。

平日無事，她就會把兒子趙嘉放在床上，哪怕只是看著他睡覺，她也有莫大的滿足。

每每這個時候，春娘就會陪坐在一旁做些針線活。

沈君兮告訴她府裡有針線房，要做什麼，只需讓人帶話過去即可，可春娘卻是支吾道：「這是我給妞兒做的衣裳，我不能陪在她身邊，便想著給她多做幾身好衣裳，讓她穿出去也體面些。」

沈君兮也理解春娘的那顆慈母心，便讓人去庫房挑了幾疋上好的淞江飛花布來，讓春娘給女兒妞兒做衣裳。春娘自是感激不盡。

可白日裡還好辦，到了夜裡趙卓回來後，就有些不方便了。

因為沈君兮捨不得孩子，想讓趙嘉睡在自己身畔，這樣一來，春娘也要歇在他們房裡，以防趙嘉半夜醒來要吃奶。

可她和趙卓的屋裡向來不留人，這會兒突然多了個奶娘，便顯得處處礙手礙腳。

沈君兮原本想著在房裡再豎個屏風，讓春娘睡在臨窗的火炕上，卻遭到趙卓反對。

沒有辦法，她只好將春娘安置在外間，待趙嘉哭鬧的時候抱出去，餵飽後再抱進來。

沈君兮剛生過孩子，必須要好生休養一百天，趙卓自然不會對她做什麼，可是摟摟抱抱什麼的，卻一天也沒有放過。

第一百三十七章

因為坐月子，她自是錯過了秦四和鸚哥的婚禮，便命紅鳶開了庫房，挑了不少好東西賞給鸚哥當補償。

待沈君兮出了月子不久，又到了要過年，壽王府也開始掃塵土、貼對聯，掛起大紅燈籠。

臘月二十三，宮中傳下旨意，昭德帝召眾皇子大年三十回宮吃年夜飯。

這一下又把壽王府的針線房給忙壞了。

生過孩子，沈君兮的身形較之前多少豐腴了些，往年做的衣裳自然穿不了，而她又想著今年不用去串門子，便沒讓針線房做過年穿的新衣裳。這樣一來，反倒鬧得她沒衣裳可穿。

還有趙嘉，平日的衣裳都是以柔軟舒適為主，可這樣的衣裳要穿進宮去就顯得有些不適合。

沈君兮讓紅鳶開了庫房，給自己挑了一疋大紅如意紋妝花緙絲緞，又給趙嘉挑了一疋寶藍色梅蘭竹暗紋緙絲緞，隨後想了想，又給趙卓挑了疋湖色的雲錦緞，給針線房送去。

因為時間緊，平姑姑那邊只能帶著針線房的人挑燈夜戰。

「記得給她們多撥些燈油過去。」沈君兮叫來小寶兒。「趕工是趕工，可別讓她們用一盞豆油燈熬壞眼睛。」

隨後又遞話去廚房，讓余嬤嬤晚上幫忙安排些吃食送過去，讓她們不至於大晚上的還要餓著肚子幹活。

針線房的大姑娘和小媳婦們感受到沈君兮的善意，幹起活來越發用心細緻，也提前將衣服都趕製出來。

到了臘月二十八，各處衙門都封了印，只有內務府依舊忙碌著。

趙卓接管內務府這大半年，雖然也碰了不少軟硬釘子，可到底還是教他和周子衍一一應付了過去，沒有出什麼岔子。

宮中宴飲雖是大事，倒也不必讓趙卓時時刻刻盯著，自有御膳房的掌事太監管著，他便樂得逍遙，回府來陪沈君兮和兒子。

見她正對著屋裡的落地水銀鏡歡天喜地試著新衣裳，身旁的春娘則頗有些緊張地拿著新衣服，道：「連……連我也要進宮嗎？」

「妳當然要隨我們進宮呀！」感受到春娘的緊張，沈君兮細聲同她開導道：「妳若不跟著我們，嘉哥兒萬一餓得鬧起來怎麼辦？妳也不必太擔心，只要抱著嘉哥兒跟在我們身後就不會有事的。」

雖然沈君兮這麼說，但春娘多少還是有些擔心。

那可是要進宮見皇上呀！若是一個不小心行差踏錯，是不是要砍腦袋？她膽戰心驚地胡思亂想了一晚。

第二天，沈君兮瞧著春娘眼下的一層青紫，便知道她晚上沒有睡好。

沈君兮瞧了直搖頭，押著春娘又補了個覺，到了申時才坐馬車入宮。

每一次的宮宴都是各皇子分桌而食，今年也不例外。

只是往年，皇子們都是按照齒序論座，今年卻成了昭德帝欽點，除了趙旦和趙瑞之外，就數趙卓排得最靠前，自然引來其他皇子和皇子妃的側目。

沈君兮卻不想理會這麼多，拉著春娘在趙卓身側坐下來，逗弄著春娘懷裡的兒子。

不足百天的孩子，睡的時候多，醒的時候少。今日，趙嘉卻很給面子地沒有睡著，而是瞪著一雙眼睛，四處打量這燈火輝煌的地方，一張小嘴還做吃驚狀地哦了起來，彷彿看到什麼不得了的東西一樣。

這倒把鄰桌的楊芷桐瞧得直稀罕。

「葳哥兒小時候可不這樣！」楊芷桐看了眼身邊的兒子一眼。

已經三歲的惠王世子趙葳看上去竟像個小大人，雖然心裡也好奇，但還是正襟危坐著。

沈君兮就掩了嘴笑。

正當她和楊芷桐低聲交談時，卻聽見殿外響起了靜鞭聲，就聽內侍們扯著嗓子喊道：

「皇上駕到——皇太后駕到——皇貴妃駕到——」

屋裡的眾人連忙起身，伏在地上行大禮。

不多時，就瞧見昭德帝和紀蓉娘一左一右地攙扶著曹太后入得大殿來。

曹太后的病時好時壞地熬了一年，看上去自是蒼老許多。

以前的曹太后只是頭髮有些灰白，一張臉因為保養得當，並沒有什麼皺紋。這次再見，不但頭髮白了，眼眶凹陷，臉上的皺紋也變得多起來，那微微佝僂的身影更是撐不起身上的金絲線鳳袍，看上去就是個風燭殘年的老人。

顯然，曹太后是不喜歡別人打量她的，因此一落坐，目光便凌厲地掃過來。因為瘦，她的目光較以前更顯陰冷，嚇得一眾人都收回打量的眼。

皇太孫瞧見了，卻是一點也不害怕，從太子妃曹萱兒的身邊站起來，走到曹太后跟前磕頭道：「曾孫兒願太奶奶吉祥！」

一聽到皇太孫的聲音，曹太后就高興得不得了，連連招手道：「來，好曾孫，跟太奶奶坐一起。」

曹太后雖對旁人很嚴厲，對皇太孫卻是千依百順。

皇太孫一蹦三跳地來到曹太后身旁坐下。

下邊的莊王妃瞧見了，有些不服地撇撇嘴，並用手肘撞了撞身邊的兒子道：「你也上去給皇太后請安去。」

莊王世子卻是極不情願。

要知道，在太后娘娘眼裡，只有皇太孫才是她的曾孫，他們這些人，太后娘娘從不拿正眼瞧上一眼。

以前他是不懂事，可遭到冷遇的時候多了，心裡多少也生了些牴觸。

見兒子不肯去，莊王妃就和他在那兒擰巴了起來。

莊王府的席位雖然靠後，但也不是全然讓人瞧不見的地方。昭德帝在高臺上便看見兩人間的拉扯。

「老五媳婦，妳在幹什麼呢？」昭德帝便皺眉道。

莊王妃自然不好說母子為了太后在鬧情緒，只得隨口編了個兒子覺得餓，想吃東西的藉口。

昭德帝聽後，哈哈大笑，趕緊讓人上菜。

說話間，他眼神就瞟到坐在莊王妃前排的沈君兮以及懷裡的嬰兒。

昭德帝看著趙卓道：「老七，這就是你的兒子嗎？」

趙卓和沈君兮便站起來，趙卓更是拱手道：「回父皇的話，正是。」

昭德帝一聽就來了興致。

「哦，趕緊抱來給朕看看！」昭德帝不斷招手道。

趙卓便從沈君兮懷裡接過兒子，不假手於人地抱到昭德帝跟前。

趙嘉此刻依舊沒有睡，而是瞪著一雙水靈靈的大眼四處瞧。

昭德帝抱過他，他便瞅著昭德帝，眼睛都不眨一下。祖孫倆就這樣你瞅著我、我瞅著你。

忽然趙嘉衝著昭德帝咧嘴一笑，可把昭德帝給樂壞了。

昭德帝便抱著趙嘉一會兒對著這個妃嬪道：「妳看，他對著朕笑。」一會兒又抱到另一個妃嬪跟前。「看，長得多乖巧！」

紀蓉娘自然知道昭德帝這是真歡喜，像是忽然得了件珍寶似的，忍不住炫耀給人看。

黃淑妃卻是坐在那兒，嫉妒得手裡的帕子都要絞斷了。

無論是福成還是趙喆，到現在都還膝下無子，這教她如何嚥得下這口氣！

「這些年，你不是一直懷疑當年是有人陷害你生母嗎？你就不想知道是誰？」黃淑妃便尋了個四下無人的機會，悄悄攔住趙卓道。

趙卓睥睨地瞧向黃淑妃，不知道她同自己說這些是什麼意思？

「我知道，這些年你一直懷疑我。」黃淑妃冷笑道：「可你也不想想，當年與她交好的可不是我，她也不會聽我使喚，讓我為所欲為啊！」

趙卓一愣。

黃淑妃說得有道理。以她當年和張禧嬪的關係，必定使喚不了生母去鋌而走險的。在這個宮廷裡，能夠讓生母願意為其捨命的人又是誰？

難道說……是紀蓉娘？怎麼會？

可這樣一想，這麼些年一直縈繞在心中不得解的謎團卻突然間都有了答案。

以前，他便覺得生母張禧嬪完全沒有毒害太子的必要。不管是生母的位分還是他在皇子中的排位，一旦太子出了什麼意外，都不可能輪到他。也就是說，他完全看不出生母要去做這件事的動機。

可這件事如果換成當時便是貴妃的紀蓉娘，一切都說得通了。

論位分，她僅次於曹皇后，而她的兒子趙瑞的排位僅次於太子；而且這些年，他們母子在父皇跟前一直是盛寵不斷，若是太子出了什麼事，最有可能得益的就是他們。

一想到這兒，趙卓只覺得渾身被一桶冰水澆透一樣。

難怪從小到大，他總覺得母妃看自己的眼神很複雜，他一直以為那是憐惜，現在想來，竟像是一種愧疚……

懷疑，就像是顆種子，開始在他心裡生根發芽。

他開始每日早出晚歸，行事也變得神秘起來。

起先，沈君兮並未留意，以為只是內務府的事務太忙，畢竟他們管著皇宮裡所有人的吃喝拉撒。

可漸漸地，她卻察覺出一些不對勁。

內務府的事務就算再忙，也不至於讓他忽然對自己冷淡下來吧？而且他還破天荒地跑去書房睡！

容忍了一些時日後，她也覺得這樣下去不是辦法，便想找趙卓開誠布公地好好談一談，看看問題到底出在哪兒？

然而夜深了，趙卓卻不在聽風閣。

她問起小寶兒和小貝子，兩人卻都支支吾吾地不肯說實話。

想著這二人平日對自己不曾有所隱瞞，今日這副模樣，定是受了趙卓囑咐。

沈君兮也不想為難他們，而是坐在聽風閣裡等趙卓。

沒想到這一等，就等到差點天亮。

一身夜行衣歸來的趙卓在席楓和徐長清的陪伴下走進來，就瞧見了雙眼熬得通紅的沈君兮。

「我要與你談談。」一見到趙卓，她也顧不得一夜未睡的疲憊，對上了趙卓的眼。「為什麼你待我和以前不一樣了？」

「我哪有！」趙卓眼神飄忽地辯解著。

開始懷疑紀蓉娘後，他確實變得不知該如何同沈君兮相處。

沈君兮也不與他爭辯，而是死死地盯住他。

趙卓首先就敗下陣來。

「這些年，我一直在暗地查我生母當年的事。」他揉著自己的太陽穴道：「之前我一直以為當年是黃淑妃從中做手腳，可從我這些日子所查到的事來看，卻發現她真的與此事無關。」

沈君兮就皺了眉。

她知道趙卓想替生母翻案，從來沒有阻撓過他，這件事有什麼好對自己隱瞞的？

既然他覺得黃淑妃與此事無關，那誰又與此事有關？

電光石火間，她不敢置信地看向趙卓。「你在懷疑我姨母？當年到底發生了什麼事？這麼些年，我只聽聞過張禧嬪毒害太子的事，可她到底是怎麼毒害太子的？你又是怎麼懷疑到我姨母身上的？」

聽沈君兮這麼一問，趙卓的臉上露出痛苦之色。

「宮裡知道當年那件事的人不多，他們不是被打殺，就是被逐出宮……」趙卓便道：「剩下的那些人，對此更是諱莫如深，我還是好不容易在一個白頭宮女那裡得知了一些。」

說著，他眼神便黯淡下來。

他也是透過這些天的暗中調查才得知當年的一些事。

自昭德帝繼位後，曹太后便以皇太后之尊，逼迫昭德帝立曹皇后的兒子趙旦為太子。

但是宮裡的人都知道帝后不和。

若不是曹太后，當年還是皇子的昭德帝並不願意娶表姊為正妃，因為他鍾情的一直都是青梅竹馬一起長大的紀蓉娘。

可惜那時的曹太后太強勢，剛剛登基的昭德帝除了默默接受，根本沒有反駁的餘地。

趙旦就這樣成為太子。

可就在趙旦成為太子後不久，宮裡卻突然傳出流言，稱昭德帝覺得趙旦天資愚鈍，算不得繼任皇位的最佳人選。

當時正在坤寧宮養胎的曹皇后得知，氣得動了胎氣，藉此懲處了一批以訛傳訛的宮人。即便是這樣，也沒能止得住謠言。

後來謠言越傳越盛，甚至有人猜測，這樣的話根本是昭德帝放出來的。

曹皇后去找昭德帝理論，昭德帝卻指責曹皇后幼稚，聽風就是雨，關係好不容易緩和的二人，再度交惡。

曹太后覺得這樣下去不是辦法，便設了宮宴想替昭德帝和曹皇后說和，豈知就在那次宮宴上，趙旦飲了幾口奶漿，便開始口吐鮮血，嚇得曹太后一時慌了神。

她便宣了時任太醫院院使的傅老太醫，和掌管太子醫案的傅小太醫前去診治，卻得知有人在太子飲用的奶漿中下毒。

竟然有人要謀殺儲君！

一石激起千層浪，在場的妃子們更是人人自危，因為除了曹家人，誰都有嫌疑。

曹太后一聲令下，將所有參加宮宴的宮妃都拘在大殿裡，然後派人在宮裡搜查，沒想到最後在張禧嬪的寢宮裡搜到藏毒的瓷瓶。

那時候，年輕貌美的張禧嬪是昭德帝跟前最得寵的，所有人都以為她至少會為自己辯解一二，可她一見到那個瓷瓶後，便認了罪。

張禧嬪就這樣被下了大獄。

兩天後，她在獄中自殺。得知這消息的曹皇后激憤得將張禧嬪宮裡的宮人盡數打殺，從那之後，再也沒有人知道張禧嬪為什麼要毒殺太子，而這事也成了宮中的禁忌，以至於後來趙卓想要瞭解當年的真相時，幾乎沒有人能告訴他，到底發生了什麼事。

第一百三十八章

聽完這一切，沈君兮完全沈浸在震驚裡。

在她看來，這事太匪夷所思了。

先不論張禧嬪為什麼要毒殺太子，光是曹皇后的舉止就讓人心存疑惑。有人要毒害自己的孩子，作為母親，難道不想查清楚這其中的理由嗎？可為何她像滅口似地殺掉張禧嬪宮中所有的人？她那時候還懷著孩子，難道不覺得自己的行為很殘暴嗎？

帶著這些疑慮，她看向趙卓，不解地道：「可你剛才同我所說的這些，又從哪裡看得出我姨母與之有關呢？」

趙卓微微抬頭道：「我的生母當年雖然是父皇跟前最得寵的人，可她的位分不高，只是個嬪，連妃子都算不上，她去謀害太子，於她何益？我曾害怕自己囿於這念頭，因此也想過我的生母是不是對曹皇后懷恨在心，才會對太子下這樣的狠手？可查來查去，我只查到她與黃淑妃有嫌隙，與宮中其他妃嬪相處一直都平安無事。」趙卓看著沈君兮的眼睛很認真地道。

既然排除了私仇，那就真如趙卓所說，是利益之爭了。

可在宮廷中，最大的利益之爭無非就是帝王的寵愛。

得到更多寵愛的人，就能為自己，以及自己的後代爭取更大的利益，獲取更好的生存。

然而這些爭寵，並非只發生在帝王家，在那些妻妾成群的人家，後宅同樣也會發生這樣的殺戮，無非是大家都想得到更多。

因此，他從「太子遇害」這件事去尋找得利最多的那個人，以此確認真凶的做法便沒有錯，野心勃勃的黃淑妃也因而成為他最懷疑的對象。

同樣的道理，當年還是貴妃的紀蓉娘所得的利，只會比黃淑妃多，而不會少。正如黃淑妃所說，紀蓉娘同張禧嬪的關係更好，比她更容易唆使張禧嬪。

而且在出事後，其他妃嬪對此事避之唯恐不及，只有紀蓉娘悄悄去監牢探視張禧嬪，第二天，張禧嬪就在獄中自盡了。

若說這其中沒有發生什麼，任憑是誰都不會相信吧？

趙卓將自己發現的疑點一條一條地說給沈君兮聽。

沈君兮聽了，眉頭也越皺越深。

倒不是她認同趙卓所說的，而是在她看來，趙卓從始至終好像一直忽略另外一個重要的人。

「你有沒有想過，當年在那場事件中獲利最多的那個人，一不是黃淑妃，二不是我的姨母紀蓉娘，而是那個在后位上岌岌可危的曹皇后？」她提醒趙卓道。

「那不可能吧！」趙卓卻是想也不想地道：「趙旦可是她的親兒子，倘若趙旦發生什麼不測，她的皇后之位坐不坐得穩還兩說，她又怎麼會拿自己兒子的性命開這種玩笑？」

「可如果她一早就知道那毒藥並不會要了太子的性命呢？」沈君兮繼續提醒道：「你之

前也說了，曹皇后當年在宮中的地位也是岌岌可危，反倒透過這件事對妃子殺雞儆猴。這樣看來，曹皇后才是當年得利最多的那一位！而且我們也不知道當年太子中毒之後，是不是真的凶險？會不會只是看上去嚇人，其實救治的難度一點都不大？」她順著自己的思路大膽地猜測起來。「能不能將宮裡的杜太醫叫過來詢問一番？若是能看到當年救治太子的醫案就更好了。」

沒想到趙卓卻搖頭。

「太子中毒是昭德元年發生的事，杜太醫則是昭德三年才進太醫院，而且太子的醫案一直在孫院使手上，尋常人根本就見不著。」

「太子是昭德元年中毒？我好似聽外祖母說過，傅老太醫也是昭德元年離開太醫院。」沈君兮好似隱隱察覺了什麼。「你說傅老太醫會不會知道當年的事？」

傅老太醫?!他怎麼沒有想到！

趙卓的腦子飛快地轉起來。

其實按年紀算起來，孫院使比傅老太醫年輕不了多少，已過花甲的他卻依舊留在太醫院，而傅老太醫不過才五十出頭便從太醫院請辭。

而且據說在傅老太醫請辭後，曹皇后產子時發生血崩之症，當時眾太醫都束手無策，就有人提議請傅老太醫回來醫治。

沒想到傅老太醫卻以年老體弱為由拒絕進宮。沒多久，曹皇后便香消玉殞，那新生的孩子也早夭。

自那之後，曹太后便將傅老太醫記恨上了，以至於前段時間咳得半死，也不肯讓傅老太醫出手救治。後來還是昭德帝苦口婆心地勸了兩天兩夜，曹太后才勉強肯服用傅老太醫開的湯藥。

如此看來，這其中莫不是真的有什麼故事？

「而且還有一件事，我不知道你留心過沒？」沈君兮悄聲道：「無論是杜太醫還是杜大夫，好像都不願意在人前表露出他們與傅老太醫有關係。」

在北燕朝，如果說自己師承一個極有名望的人，別人也會跟著高看一眼，因此才有那麼多讀書人喜歡給京城有名望的大儒們遞交名帖，就是希望有機會能拜在這些大儒名下，將來說出去，也能說自己是師出名門。

可杜太醫和杜大夫卻好似逆其道而行，除了在他們府上表明過身分，好似從不對外宣稱他們與傅老太醫的關係。

這樣也太過匪夷所思了！趙卓便決定親自去拜訪傅老太醫。

一想到自己這些日子故意冷落妻子，他心裡也滿是歉疚。

「清寧……妳怨我嗎？」他有些試探地問。

沈君兮一聽這話，這幾日被壓在心底的委屈一下子就湧出來。

她自然是怨的，不僅怨，而且還怕，怕兩世為人的自己總是跳不出宿命，怕自己一腔熱血再度空付。

她的眼淚不爭氣地流了出來。

心底縱有千言萬語，此刻也只化成了一聲嚶嚶哭泣。

這樣的沈君兮是趙卓從來沒見過的。

在自己面前，她或大聲哭，或大聲笑，肆意得很，可如今這般壓抑的樣子，真真教他瞧著都心疼。

趙卓輕輕拉了沈君兮的手，將她拖到懷裡，擁住她柔聲道：「是我不對，我本就不該亂懷疑人，也不該不信妳。」

聽了趙卓的這話，沈君兮更是痛哭起來。「我以為你不要我了！我還想著若是真有那天，我便帶著嘉哥兒離開，再也不回來了……」

此刻聽了沈君兮如同訴苦的話，趙卓心中苦笑。

他早就該知道，沈君兮絕不是那種逆來順受的女子，自己一個行差踏錯，真有可能會失去她。

可對於心中那個疑問，趙卓卻想知道答案。

「清寧，我是說如果……如果真的查出皇貴妃當年也與這事有關的話，妳會怎麼辦？」

趙卓輕輕地圈住她，很猶豫地道。

然後他明顯感覺到懷裡的沈君兮背脊一僵。

「我不知道。」沈君兮先是低頭想了想，又抬頭看著趙卓，正色道：「如果真有那麼一天，我大概真的會離開吧。我都想好了，先帶著嘉哥兒去黑山鎮小住一段日子，然後跟著黎掌櫃去泉州看看。如果可以，我還想去雲南尋我的父親……」

沈君兮越說越來勁，而趙卓的一張臉卻越聽越黑，心裡也越來越窩火。

他之前以為沈君兮只是說說而已，沒想到她真的細想過離開自己；更讓他惱火的是，她的打算裡竟沒有他！

「所以……妳想放棄我？」趙卓挑眉看向沈君兮。

在他的注視之下，沈君兮低頭碎碎道：「可明明是你先放棄了我……」

「那是我不對，」他在沈君兮耳邊輕喃道：「妳怎麼罰我都行，可是不要離開我……」

「真的怎麼罰你都行嗎？」她轉過身看向趙卓，眨巴著眼道。

若是在往日，趙卓一見她這副模樣，便知道她的心裡一定在打什麼主意，可這次他想也沒想地就點頭。

沈君兮很慎重地說道：「我也不知道姨母當年是否與那件事有關，我是說萬一，在萬一的情況下，我希望你能秉著一人做事一人當的道理，不要遷怒紀家人。特別是我外祖母，她老人家年紀大了，經不得事……」

趙卓聽聞之後，半晌都沒有說話，心底卻升起一絲暗喜。

她雖然替紀家人說話，卻沒有為紀蓉娘求情，那是不是說，她其實選擇站在自己這一邊？

「我懂的。」趙卓再次擁住沈君兮。「我知道該怎麼做了，我絕不會讓妳失望的！」

趙卓選在上元節那日去尋了傅老太醫。

傅老太醫那邊得了信，一早就派人在清風堂門口守著，待看到壽王府的馬車後，趕緊去給傅老太醫報信。

傅老太醫迎出來，正好遇上了趙卓和沈君兮從馬車上下來。

「不知道王爺和王妃今日造訪清風堂，所為何事？」待書房裡的小廝上過熱茶後，傅老太醫有些不解地問。

趙卓環視屋裡一圈，並沒說話。

傅老太醫便若有所悟地將屋裡的閒雜人等遣出去，並讓杜大夫到門外幫忙看門。

趙卓這才輕輕開口道：「如果我沒記錯的話，傅老太醫是昭德元年辭官的吧？」

不知道趙卓問這話是什麼意思，傅老太醫很審慎地捋了捋自己的山羊鬍。「老朽確實是昭德元年辭官，不知壽王這是……」

趙卓便正色道：「十七年前，宮裡發生了一件大事，不知傅老太醫有沒有聽聞？」

十七年前的事?!

內心滿是震驚的傅老太醫故作鎮定地瞇了瞇眼，神色也跟著凝重起來。

之前聽聞壽王和壽王妃要來拜訪自己，他便在心裡猜測要來拜訪的各種原因，唯獨沒想過這二人竟是為了十七年前那件事而來。

「十七年前，宮裡發生了很多事，老夫不知道王爺指的是哪一樁？」傅老太醫故意裝迷糊地道。

可趙卓沒打算打太極。「十七年前，宮中確實發生很多事，可我要問的，就只有那一樁與我相關的。」

他剛一說完，就一撩衣襬給傅老太醫跪下來；沈君兮見狀，也跟著跪在趙卓身邊。

傅老太醫嚇了一跳。北燕的七王爺和七王妃就這樣雙雙跪在自己跟前，他可不相信自己有這樣大的福分，能受得起這一拜。

「這……這是做什麼……」傅老太醫彎腰去攙扶二人。

趙卓畢竟是練過功夫的人，傅老太醫又豈能輕易將他拉起？

「今日，我帶著內子前來拜訪傅老太醫，就是想向傅老太醫查證一件事。當年太子中毒，真的是危及生命嗎？」趙卓跪在傅老太醫跟前，放下自己王爺的身分，像個普通的後生晚輩那樣求助。

傅老太醫又怎會不為之動容？

「罷了、罷了，我一個人守著這個秘密這麼多年，原本以為要帶到棺材裡去，沒想到你今日竟然為了這件事而專程登門拜訪，老夫便把當年的事都告訴你吧！」傅老太醫長嘆一聲，同趙卓道：「你們二人隨我來。」

傅老太醫說完，就朝書房的另一頭走去。

不明所以的趙卓和沈君兮互相攙扶著起身，跟在傅老太醫身後走過去。

「來，幫老夫挪一挪這張書案。」傅老太醫站在一張厚重的紫檀木書案前，敲了敲那張書案道。

趙卓聽了傅老太醫的口令，一起將那張書案稍稍挪開兩寸之地。

「行了。」傅老太醫彎腰將地上一塊看上去沒什麼不同的青磚挖起來，然後從青磚下拿出一只油布包裹。

這油布包裹顯然已有些年頭，外面沾了不少蛛絲和塵土。

傅老太醫輕輕拍了拍包裹，將油布一層層打開，露出最裡面一個黑漆匣子。

「我原本以為這輩子都不再有機會打開這匣子了……」傅老太醫有些感慨地自言自語。匣子打開後，裡面放著的竟是一封有些年頭的信。信紙早已枯黃，可紙上的字卻是清晰可辨。

傅老太醫將那封信交到趙卓手上，示意他先看一看。

趙卓接過信，小心翼翼地展開，一頁雋秀的字體便映入眼簾。

信是傅老太醫的姪子寫給他的，趙卓一目十行地掃過那封信，竟是半晌都沒反應過來。

當年傅老太醫的姪子傅小太醫也在太醫院當差，因其精湛的醫術，被譽為是下一任院使的接班人，又因兩人的親緣關係，時任太醫院院使的傅老太醫更是對傅小太醫寄予厚望。

可是傅小太醫卻在這封信裡對傅老太醫說自己做了一件錯事。

當年的傅小太醫很得曹皇后器重，不但經常召他去請平安脈，還將太子的醫案也交由傅小太醫保管。

可有一天，曹皇后突然問傅小太醫，有沒有一種藥，吃了以後可以讓人看上去像假死的樣子，又不會危及生命？

沒有防備的傅小太醫便笑著同曹皇后道，有是有，就是極為難配。

曹皇后便問到底有多難配，她倒是想聽一聽。

傅小太醫想著，皇后反正不懂醫，便笑著說了幾味藥，並告知曹皇后這只是幾味主料，還需要一些輔料才能成。

曹皇后聽了只是笑，並沒有追問下去。傅小太醫便以為這事只是皇后一時興起，也就沒有將這件事放在心上。

可當太子「中毒」之後，他才發現事情好似沒那麼簡單。他覺得太子中毒的樣子，就和自己之前和曹皇后描述的樣子十分相似。

可那時候的他，並沒有報出全部藥方，這一劑假死藥還有許多配伍，劑量稍有不對，藥方可就真成了一劑毒藥！

就在眾太醫都忙著救治太子的時候，傅小太醫突然發現平日都沒有什麼印象的孫太醫，好似也突然得了曹皇后的器重。

孫太醫與他們這些人說話也一改往日的謙卑，變得趾高氣揚起來。

傅小太醫更在偶然間聽到孫太醫與人吹噓，說自己要飛黃騰達了。

第一百三十九章

「這信裡寫的孫太醫，是現在的孫院使嗎？」趙卓慢慢看著信，瞧著有不明白的地方便抬頭詢問。

傅老太醫默默地點頭，他便繼續往下看。

信上說，傅小太醫多留了個心眼，發現孫太醫竟然往太子服用的湯藥裡偷偷下藥。傅小太醫自然就將那孫太醫抓了個正著，誰料那孫太醫卻一點都不害怕，反倒威脅傅小太醫不要多管閒事。

傅小太醫正猶豫要不要將此事稟告曹皇后，卻傳來太子甦醒的消息。

曹皇后大喜，要獎賞他們這些全力救治太子的太醫。

傅小太醫這才意識到事有蹊蹺，他去找孫太醫理論，質問他往太子的湯藥裡加的到底是什麼？孫太醫卻一臉厭惡地說自是治病的良藥，還威脅傅小太醫不要多事，否則這個宮裡沒有人能保住他！

傅小太醫就去找了前段時間孫太醫負責醫治的一些宮人，發現他們在發病前全都被孫太醫灌了湯藥，只是他們這些人裡，有些人救治過來，有些人就這樣病死過去……

問起他們患病前後的一些症狀，他發現同太子昏迷時的樣子極相似，再一查這段時間孫太醫所用的藥方，還有什麼不明白的？

孫太醫將傅小太醫之前隨口同曹皇后說的假死藥方配出來，不但拿宮人試藥，還用到太子身上，然後太子便出現假死的中毒症狀。

因為太子中毒，張禧嬪在獄中自殺，曹皇后更是藉此不惜大力地清洗後宮，這一切不過都是因為他當年的無心之失。

遭受巨大打擊的傅小太醫不知這件事還能同誰說？曹皇后在宮中已是如日中天，即便他去同昭德帝說實話，也沒有把握能扳倒曹皇后，何況曹皇后的身後，還站著更強勢的曹太后。

傅小太醫承受不住良心的譴責，自殺了。

人們在他自殺的房間裡發現一封絕筆信，信上大致寫的是他覺得自己治不好太子殿下的病，心中惶恐，又怕帝后追責，只好自己先去一步。

當時聞訊去收屍的傅老太醫怎麼也不敢相信，自己那富有天賦的姪子竟然會如此輕賤性命！

直到他將傅小太醫的屍首入土為安後，才有人送這封真正的絕筆信給他。當時的傅老太醫看到這封信的震驚，絕不會亞於現在的趙卓。

只是他老淚縱橫，對這一切都無能為力，沒想到在自己管轄之下的太醫院，竟有人為了向上爬而不擇手段，更沒想到身為一位醫者竟會如此罔顧生命。

感到頹喪的傅老太醫便以姪子去世的打擊為由，從太醫院辭官回家。

「當年老夫知曉這件事的時候，禧嬪娘娘已逝，而老夫身後又有一大家子需要庇佑……」傅老太醫彷彿沈浸在回憶裡，很是哀傷地道：「我不敢，也不能站出來揭示這一切，何況我的姪兒傅元已死，對於那一切，他也只是猜測，我的手上更無實據，我們根本無法站出來指證那一切就是曹皇后所為！除了忍氣吞聲，還能做什麼……」傅老太醫嘆了口氣。

「所以您當年才不願意進宮為血崩的曹皇后診治？」趙卓聽了這些，猜測道。

「算是吧！」傅老太醫感慨道：「那種面目慈善卻心如蛇蠍的女子，我怕自己在寫方子時會忍不住寫錯幾味藥，與其那樣，不如稱病在家。何況那時候的太醫院已是孫院使在管事，我又何必回去再插一腳？」

「可您還是在後來將杜太醫給送進宮。」趙卓卻笑道。

傅老太醫抹了一把臉上不知什麼時候流下來的老淚，道：「畢竟我還是放心不下禧嬪娘娘留下的那個孩子。杜太醫和杜大夫都是我的外甥，本來他們兩個都是要送進太醫院的，彼此也好有個照應，可是我發現杜大夫的脾性就和我那姪子一樣，並不適合去太醫院，因此我便將他留在身邊……」

在傅老太醫這兒盤桓的半日，讓趙卓大致明白了當年發生的事。

沒想到還真如沈君兮所說，在整個事件中，獲利最大的不是紀蓉娘也不是黃淑妃，而是已經仙逝的曹皇后。

大概連曹皇后自己都沒想到，機關算盡，也只在皇后的位置上多坐了一年不到。

回府的路上，趙卓的手一直緊緊握著沈君兮的，卻沒有多說一句話。

沈君兮也只是輕輕地靠在趙卓的肩膀上，靜靜地陪著他。

宮牆裡的你爭我奪真是太可怕了。

沈君兮無比慶幸自己不用生活在紅牆黃瓦間。

「找個時間，我們一起進宮去拜見一下母妃吧。」沈默良久，趙卓突然同她低聲道。

「好呀！」沈君兮笑著應道：「不過擇日不如撞日，不如就今天吧！咱們帶上嘉哥兒，進宮去給姨母請安。」

趙卓一想也好，若是平日進宮，少不得引起別人猜疑；今日是上元節，他帶著嘉哥兒入宮，想必不會有人多問什麼。

夫妻二人回壽王府便各自換了身衣裳，又給趙嘉換上吉服，帶著春娘一起進宮。

趙卓先去昭德帝那邊請安，沈君兮則帶著趙嘉到延禧宮，還在院子裡就遇著正和宮女捉迷藏的趙葳。

被蒙住眼的趙葳抱著沈君兮便大喊：「抓到了，抓到了！」怎麼都不肯鬆手。

沈君兮便同他道：「葳哥兒，我可是你七嬸。」

趙葳將信將疑地拉下眼罩，可他看見的卻是沈君兮身後被春娘抱著的趙嘉。

「七嬸，您把嘉哥兒也帶進宮了嗎？我能和嘉哥兒一起玩嗎？」趙葳睜著亮晶晶的眼睛，滿是期待地問。

「嘉哥兒還小，恐怕只知道睡覺。」沈君兮委婉地拒絕趙葳。

趙葳卻不以為意。「沒關係，我可以看他睡覺！」

說著，他摘掉眼罩，緊跟在沈君兮身邊，好似真的要看趙嘉睡覺一樣。沈君兮只好隨他去。

得了信兒的紀蓉娘親自迎出來。

沈君兮帶著春娘上前給姨母請安，入了大殿。

大殿裡架著一個泥炭小爐，小爐裡的水煮得咕嚕咕嚕響。楊芷桐則在小爐子邊搓著糯米湯圓，瞧見沈君兮的時候，她也是一臉驚奇。「今日妳怎麼入宮了？我還以為你們不會來了，正和娘娘一塊兒做湯圓，打算到時候再給你們送一碗去。」

沈君兮有些詫異地看向了紀蓉娘，果然發現她衣袖上好像沾了不少白白的糯米粉。

紀蓉娘笑道：「小時候，妳外祖母總會帶著我和妳娘親在上元節這天搓湯圓、煮湯圓，現在回想起來還覺得很有意思。難得今年的上元節清閒，我們便想著自己做一些湯圓，打發時間。」

聽紀蓉娘這麼一說，沈君兮恍然明白過來。之前她一路走來，總覺得宮裡好像少了些什麼，現在才發覺整個宮裡冷冷清清的。

以往這個時候，就算沒有設下宮宴，宮裡也會張燈結綵，彰顯氣氛，今年卻靜得可怕。

「這是怎麼了？」她不免有些好奇。

紀蓉娘將手裡剛搓出來的湯圓放進小鍋中，然後拍了拍手道：「太后娘娘的舊疾又犯了，整日咳著睡不著覺。皇上憂心太后娘娘，不但取消這些事，更命宮裡的人跟著一塊兒茹素，為太后娘娘祈福。」

太后又病了？這次怎麼好似不像上次那樣興師動眾……

紀蓉娘瞧著湯圓已經差不多了，示意楊芷桐可以不用再做，叫人打來水，給兩人淨手，又抹上香膏，帶著兩人去偏殿喝茶。

「這就說來話長了。」紀蓉娘輕飲一口茶，道：「聽慈寧宮的人說，太后娘娘作了噩夢，被嚇得心神不寧，喝了兩日安神湯後，竟又開始咳起來。太醫們按照之前傅老太醫留下的藥方，給太后娘娘煮藥，可這次的藥效卻差強人意。」她微微搖頭，道：「現在太醫院的那些人，一個個都是焦頭爛額的，如臨大敵。」

「這次……為什麼沒有繼續宣傅老太醫進宮？」沈君兮很不解。既然之前是傅老太醫治好的，可為何這次……

「這我就不太清楚了。」紀蓉娘嘆道：「不知為什麼，太后娘娘好似很防備我，她不讓我打聽太多有關慈寧宮的事，我又何必去討那個不痛快？」

「那現在在太后娘娘跟前侍疾的，還是太子妃嗎？我怎麼聽說前段時間太子側妃薛氏又生了個兒子，在太子府裡很是要風得風，要雨得雨？」一旁的楊芷桐卻突然道：「我們都在猜，太子妃再繼續這麼在慈寧宮住下去，她在東宮的地位怕是會岌岌可危。」

聽了這話，紀蓉娘卻看著楊芷桐正色道：「這樣的話，以後休要再說了。妳在我宮中說說還無妨，倘若在別處被人聽去，難免給妳落下好搬弄是非的口實，於妳、於瑞兒都不好。」

楊芷桐嚇得趕緊道：「是兒媳淺薄，以後定當不敢這麼說了！」

紀蓉娘便同沈君兮和楊芷桐嘆道：「這兒畢竟是宮裡，我就擔心妳們一不留神說錯話，被人揪住小尾巴，到那個時候再補救就麻煩了。原本，我還想留妳們用過晚膳再走，可現在宮裡正是多事之秋，吃過那碗湯圓，妳們就離宮吧！最近若是不得皇上召喚，最好不要入宮來。」她正色道。

楊芷桐因為之前說錯了話，只敢喏喏應著，可沈君兮卻察覺出她話裡的蹊蹺。

想著她和趙卓是因為有事相詢才進宮，自然不能這樣離開，便笑道：「七哥還沒有過來給姨母請安，我在這兒等他一起走。」

楊芷桐聽了，也以同樣藉口說自己要等趙瑞。

紀蓉娘倒也沒有懷疑。

正好這時睡了一路的趙嘉醒過來，春娘給他餵過奶後，將他抱到沈君兮跟前。

紀蓉娘見他這會兒醒了，便把趙嘉抱在懷裡逗弄起來。

「這孩子還真愁生不愁養，沒想到一轉眼老七的孩子也這麼大了。」紀蓉娘好似自言自語地感慨。「來，嘉哥兒，給皇奶奶笑一個。」

因是剛睡醒又吃得飽飽的，這會兒的趙嘉心情正好，因此紀蓉娘一逗他便笑，胖乎乎的樣子，真惹人愛。

「他這樣子，長得還真像老七小時候。」紀蓉娘瞧著趙嘉的眉眼。「真像是一個模子印出來的。」

說笑間，趙卓和趙瑞兩兄弟也連袂過來了。

他們剛在御書房見過昭德帝，兩人還在為開春後是否要修河堤一事爭論著，老遠就能聽見他們的聲音。

「這馬上就要春汛了，這時候修什麼河堤？」趙瑞堅持自己的主意。「要修，也得是秋冬季，那會兒河裡的水少，事半功倍。」

可趙卓卻不認同地搖頭。「正是因為要春汛了，不抓緊時間加固河堤，一旦汛期來臨，之前的河岸來不及鞏固，一旦垮堤，沿岸百姓定會遭災。」

兄弟倆還欲爭執，一來到紀蓉娘跟前便住了嘴。

紀蓉娘也覺得奇怪。「修河堤的事怎麼會找你們二人商量？這不應該是工部和戶部的事嗎？」

趙瑞笑道：「剛在御書房與父皇閒聊，正好說到這件事，父皇就說想聽聽我們倆的意見。我覺得應該在乾涸期築堤，而七弟卻覺得應該趕在春汛前修繕一次……」

「不過是父皇隨口問了那麼一句而已，」趙卓也跟著笑道：「這麼大的事，怎麼可能就這樣聽我們兩人隨口說？」

紀蓉娘這才放下心來。

「最近宮中多事，我便不留你們了，都早些回去吧！」見兩個兒子都過來了，紀蓉娘就下了逐客令。

趙瑞和楊芷桐來了好一陣，即便紀蓉娘不趕人，他們也準備出宮了。

可趙卓因為有事而來，便笑著同趙瑞道：「我還小坐一會兒。」

趙瑞不疑有他，帶著楊芷桐和趙葳先離開。

趙瑞離開後，趙卓先是同紀蓉娘說了一會兒閒話，而後才從衣襟裡取出傅小太醫寫給傅老太醫的信。

看完信，紀蓉娘整個人好似篩糠般抖起來。

沈君兮眼疾手快地扶住她，才讓紀蓉娘免於摔倒在地。

「這信……你是從哪兒得來的？」她看向趙卓道。

「自然是傅老太醫給的。」趙卓極力控制自己的情緒。「這封信，傅老太醫藏了十七年，若不是我問起他，他原本打算讓這個秘密跟著他進棺材。」

紀蓉娘聽了，忍不住流下淚來。

「十七年了，原來我不是唯一守著這個秘密的人！」她好似鬆了一口氣，擦了擦眼角，道：「你們二人隨我來。」

她帶著沈君兮和趙卓穿過偏殿，到了她平日放衣服的大櫃隔間站定。

這張大櫃，趙卓很熟悉。

小時候，母妃剛把他接到延禧宮時，只要他淘氣，母妃便會讓他獨自一人跪在這張櫃子前，對著櫃子反思。可以說，他小時候已經將這張櫃子上的所有花紋都爛熟於心了。

只是今日，他卻有些不明白，為何母妃又將他領到這裡來？

「你們兩人在這櫃子前跪下吧！」紀蓉娘親手關上隔間的門，忍著有些悲悽的情緒道。

雖然很不解，趙卓和沈君兮還是依言照辦。

紀蓉娘緩緩打開衣櫃，裡面放著的都是她年輕時穿過的衣裳，隨著年紀增長，這些衣服她沒捨得扔，可也不能再穿了。

只見她撥開一些衣裳，露出一個小暗格。待她將那小暗格一拉，沈君兮和趙卓才發現衣櫃內竟然暗藏乾坤！

一塊有些年頭的朱紅色牌位赫然出現在二人眼前。

第一百四十章

雖然牌位上什麼都沒寫，可沈君兮和趙卓大致還是猜得出來。

「這是禧嬪娘娘的嗎？」沈君兮問出二人最想問的話。

紀蓉娘點點頭，然後點了三炷香，插在那牌位前。

「你們別瞧著這宮裡好似總是一團和氣，可真正能交心的人，卻沒有幾個，禧嬪是我在這個宮裡難得能說上話的人。有一天，禧嬪突然來提醒我，叫我當心身邊一個叫穗兒的宮女，她有好幾次都瞧著穗兒往坤寧宮跑。我卻覺得是禧嬪小題大做，穗兒是我瞧著長大的，把她當妹妹一樣，我不相信穗兒會做出什麼對不起我的事來，便沒將此事放在心上……

「誰知過不久，就發生了有人毒殺太子的事！太后娘娘將我們所有人都拘在事發的大殿裡，然後派人去搜查我們的寢宮。」紀蓉娘回想著那一日。「因為不是我幹的，我當時並不覺得這件事有多嚴重，可有人從禧嬪的寢宮裡搜出所謂的毒藥時，我們所有人都嚇壞了……別人怎麼想，我不知道，卻知道禧嬪絕不是會做這種事的人！因此我用目光追著她詢問，她從始至終都只動了動唇，示意我『穗兒』二字。

「待我回宮，穗兒卻不見了，而皇上也對禧嬪毒害太子一事很惱火，就命宮裡的人徹查此事。我在皇上跟前為禧嬪求情，因為我不相信平日連螞蟻都捨不得踩死的她能狠下心來殺人，可皇上為了讓我死心，便讓我去牢裡詢問禧嬪。我原本以為禧嬪見了我，會要我伸冤，沒想到她一個人將所有罪責都應承下來。她說，一人做事一人當，她的孩子也是皇上的骨血，她託我一定要好好照顧他。」

說到這兒，紀蓉娘看向趙卓。「可是，當年我答應她的事卻沒有辦到。曹皇后在一氣之下，血洗了禧嬪的寢宮，將卓兒也貶到冷宮。對於這一切，當時的我真是無能為力，而且迫於太后娘娘的壓力，就連皇上也不能做什麼。」

「可我為什麼聽說，您曾救過我生母身邊的人？」趙卓就將以前打聽到的消息向紀蓉娘求證。「那人是誰？她又在哪兒？她可知道當年到底發生了什麼？」

「你連這個都知道了？」紀蓉娘聽了有些意外。「我還以為當年做得神不知、鬼不覺呢。那人曾是你生母的貼身宮女，因為做得一手好繡活，我將她救出後便藏到宮裡的針工局。當年的掌司是個惜才的人，便讓那人悄悄頂了針工局一個宮女的名頭出宮——」

沒想到紀蓉娘的話音還沒落，沈君兮卻驚愕地道了一句。「是平姑姑？」

「對，就是她。我讓她出宮後，安排到紀府的針線房，並囑咐她不要輕易對人提及自己的身分，只要說自己是宮裡針工局出來的人便成。」

「所以說，我們繞了一大圈找人查證當年的事，結果當年那個知道真相的人就在我們府上？」趙卓是知道這個平姑姑的，當年她隨沈君兮一道從紀家到壽王府，只是從來沒想過要去查訪她的身分。

「當年的事，不少就是她告知我的，」紀蓉娘悲痛地道：「你與其聽我說，不如回去問她更好。我只能說，當年若不是我一時大意，沒有防範那個吃裡扒外的穗兒，或許後來根本不會發生這樣的事！這一切，全是因為我對不起她！」

說完，紀蓉娘便摀面哭起來。

當年的事，一直像個夢魘跟著她，今日把這些都說出來，她竟有了如釋重負的感覺。

沈君兮和趙卓從宮裡出來後，心情卻更沈重了。

平姑姑竟然知道當初那一切，為什麼這麼多年她都選擇不說？是因為她和傅老太醫一樣，覺得這件事完全沒有翻盤的可能，還是單純想要保護趙卓？

這疑問縈繞在沈君兮和趙卓的心間，讓他們迫不及待地想見到平姑姑。

可一回到壽王府，卻得知平姑姑不在府裡。她去廟裡上香了。

平姑姑每逢初一、十五都會到廟裡上香，這是沈君兮自小就知道的，只是她不知道平姑姑所為何事？

她曾經問過平姑姑，可平姑姑說，是為她的一個親人祈福。

難道說這位親人，就是已逝的張禧嬪嗎？

這時候的沈君兮不能確認，只能靜靜地陪著趙卓，等平姑姑回來。

初春的日頭不長，待平姑姑進完香回來，天色已經全黑。

她原本想著早些休息，卻被人告知，王妃正在等她。

平姑姑便以為沈君兮又想做新衣服了，便換了一身乾淨的衣裳往雙芙院而去。

只是雙芙院裡靜悄悄的，平日候在廊下的僕婦不見蹤影，偶爾只聽到東廂房傳來小世子的哭鬧聲，和奶娘的哄勸聲。

「平姑姑，您可算是回來了！」紅鳶一見到她就笑著打起門簾。「王爺和王妃都等您好一會兒了。」

怎麼王爺也在等她？平姑姑心裡雖然奇怪，腳下的步子卻忍不住加快幾分。

沈君兮和趙卓正在下棋，手持白子的她被黑子逼得無路可退，只能躲在棋盤的一角苟延殘喘。

「不行、不行，你只讓我十子也太少了，你至少得讓我二十子！」她有些賴皮地同趙卓道。

趙卓陪她下棋本就是為了打發時間，自然不在乎輸贏，只要沈君兮開心，讓十子、讓二十子，他都行。

聽紅鳶在外稟報平姑姑來了，沈君兮不再與他胡鬧，而是正襟危坐在趙卓身旁。

沒想到趙卓卻不規矩地在她腰上捏了一把。

沈君兮正想跳起來與他理論時，平姑姑正好進屋，瞧見小倆口在「打情罵俏」，倒有些不好意思地別過臉去。

趙卓卻不以為意。他默默打量平姑姑，讓平姑姑覺得更不自在了。

她下意識地縮了縮腳，站得比之前更規矩。

「妳曾是張禧嬪身邊的侍女？」趙卓瞧了好一陣子，忽然問。

平姑姑一臉驚愕。

當年紀貴妃將她從宮中救出時，曾千叮囑、萬吩咐，無論如何也不能讓人發現她的真實身分。現在，壽王又是如何知道的？

平姑姑打量起趙卓的神色，見對方不像在訛騙自己，才小心翼翼地問：「殿下為何有此一問？」

既不說是，也不說不是。

趙卓看著她，微微一笑，從懷裡取出傅小太醫寫的信，遞給平姑姑。

平姑姑顯然不知道這是什麼，但還是將信接過去，慢慢看了起來。

不一會兒，就見她激動地摀住嘴，淚水好似泉水一樣止不住地湧出來。

十七年了……

她曾經以為禧嬪娘娘所蒙受的冤屈，這輩子都不會再有洗白的機會，可沒想到，當年傅小太醫竟然還留下這樣一封信。

「既然當年傅老太醫手裡有這封信，為什麼不早點拿出來？」平姑姑讀著那封信，很是不平地道。

趙卓便解釋道：「傅老太醫同我說了，當年傅小太醫留下這封信時，我生母已逝，當年伺候我生母的人也多數被清洗。傅老太醫在那個時候拿出這封信來，非但不能改變什麼，反倒給他的家族帶來滅頂之災，所以他當年選擇沈默。對此，我也覺得傅老太醫的做法無可厚非，畢竟當年他若是拿著這封信站出來，面對如日中天的曹皇后，無異是以卵擊石。」

聽了這話，平姑姑喃喃道：「可即便是這樣，也不該讓禧嬪娘娘蒙受這麼多年的不白之冤啊……」

「平姑姑，您知道當年到底發生了什麼事，對嗎？」沈君兮聽平姑姑這麼一說，小聲問道：「雖然這信上說，這一切都是當年曹皇后設下的圈套，可我們怎麼都想不明白，明知自己是被冤的，為何禧嬪娘娘還要認罪？」

「因為當年皇后娘娘是想藉這個局扳倒貴妃娘娘，恰巧這個局被禧嬪娘娘識破了。」平姑姑苦笑道：「為了不讓皇后娘娘藉此謀害貴妃娘娘，禧嬪娘娘便……」

說到這兒，她竟哽咽起來。「只是連禧嬪娘娘都沒想到，皇后娘娘的殺心竟然這麼重……」

趙卓的眉頭卻越皺越緊。

「妳是說，當年我的生母張禧嬪識破了皇后的計策，為了救紀貴妃，她把自己給豁出去？」他很不解地道：「雖然我一早就聽聞我生母與貴妃娘娘交好，可是能好到為了對方不顧自己的性命？」

「那是因為禧嬪娘娘在報恩！」平姑姑鎮定地道：「因為當年禧嬪娘娘進京時，曾受過紀家二爺的恩惠。」

「紀家二爺？」

「二舅？」

沈君兮和趙卓異口同聲，看向平姑姑的眼神更是充滿探究。

「這就說來話長了。」平姑姑苦笑道：「娘娘只是張家的養女，從小就養在揚州，還特意請師傅教授詩詞歌賦、琴棋書畫等技藝。當年不到十六的禧嬪娘娘，出落得像朵剛打苞的芙蓉花，嬌豔欲滴的樣子真是人見人愛……」

這「養在揚州的養女」是什麼意思？

沈君兮曾聽過揚州有一種被稱為「瘦馬」的女子，因為生得貌美，從小就被挑選出來，刻意學習一些取悅男人的技藝和手段，再被那些達官貴人當成媚上的工具。

可女人的好容貌也就那麼幾年，沒有強大的娘家，被人當成玩物的她們一旦容顏不再，便會被人遺棄，大多一生悽苦，不得善終。

難道說，當年的張禧嬪也是……如果真是這樣，那張禧嬪的身世還真不是一般的孤苦。

沈君兮悄悄瞧了趙卓一眼，可見到對方皺著眉頭，眼睛都沒眨一下，便沒有多話。

只聽平姑姑繼續道：「那一年，先帝為了充盈後宮，下令全國四品以上官員的適齡女兒入宮甄選。當年還是禮部侍郎的張平瞧著機會來了，便讓人去揚州將娘娘接上京。沒想到娘娘在來京城的路上遇上了劫匪，若不是紀家遊學的二爺及時出手救助，娘娘有沒有命到京城來還兩說……」她感慨道：「紀家二爺救下娘娘後，還給了一張紀家老國公爺的名帖，才讓娘娘一路順順當當地到了京城。只是當年，張家人想將娘娘敬獻給先帝，可不知為何鬼使神差的，先帝卻將娘娘賜給還是皇子的今上……

「張家人以為自己的願望落空，便好幾年不曾理會娘娘，沒想到娘娘卻得了今上青睞，在皇子府誕下王爺您，並在今上登上皇位後，被封為禧嬪。那之後，張家人才以娘家人的身分又同娘娘走動起來。可娘娘又不是那沒頭腦的女子，見識過張家的嘴臉後，她雖表面應承著，到底在心裡瞧不起他們，並不把他們當成一家人，反倒更願親近宮裡的貴妃娘娘。」

平姑姑絮絮叨叨地說著，趙卓的眉頭卻是越皺越深。

「妳又是如何知道這些事的？」他看著平姑姑，將信將疑地問道。

平姑姑有些失神。「因為我自小就是跟在娘娘身邊一塊兒長大的小丫鬟，和娘娘一道進京入宮，娘娘待我就如同親妹子一樣，我說的這些事也是自己親身經歷過的，絕沒有誇大和不實之處。」

「所以妳才說，當年禧嬪娘娘幫我姨母是為了報二舅的恩情？」沈君兮根據平姑姑所說的猜測道：「可這樣一來，豈不又搭上了張家人的性命？」

「搭上了又怎麼樣？」沒想到平姑姑冷笑道：「他們一開始也只是把我們當成攀龍附鳳的工具，娘娘得寵的那些年，張家人可沒少獲利，從這點上來說，娘娘從不曾虧欠他們。娘娘先是留心到貴妃娘娘身邊一個叫穗兒的宮女與皇后宮裡的人來往過密，便生了些疑心。她好心提醒貴妃娘娘，沒想到貴妃娘娘不以為意，直到那一日，娘娘親眼瞧見那個穗兒在貴妃娘娘的宮裡鬼鬼祟祟地埋東西，便悄悄吩咐我去將穗兒埋的東西挖出來。」

「妳挖到了什麼？」沈君兮想起之前姨母所說的話。

因為禁衛軍在張禧嬪的寢宮裡找到有毒的藥粉，曹皇后便不由分說地將張禧嬪投進大牢。

沒想到平姑姑在聽了沈君兮這麼一問後，便嚶嚶地哭起來。

「是我害了禧嬪娘娘！是我，都是因為我！」回想起當年，平姑姑捣著臉痛哭道：「禧嬪娘娘曾叮囑我，讓我把挖到的那個小瓷瓶處理掉。可當時的我一時大意，將那瓷瓶隨手擱在案桌上……後來，禁衛軍一衝進娘娘寢宮，將那瓷瓶取走時，我便知自己闖了大禍……」

沈君兮聽到這兒，默默地看向趙卓。

趙卓的一雙手鬆了又緊，緊了又鬆。

借助平姑姑的講述，和傅小太醫留下的遺書，他已經大概瞭解到當年的真相——地位岌岌可危的曹皇后為了保住地位，以「傷害」親生兒子為代價，本欲嫁禍給貴妃紀蓉娘；提前察覺的生母張禧嬪，為了報當年紀家二爺的救命之恩，不惜犧牲性命，扛下了所有的罪。

只是如此一來，當年因為張禧嬪而上位的張家人，也因此獲罪，抄家、砍頭、流放，一個都沒落下。

他之前還覺得生母就算不顧著自己，也該要顧著張家上下幾十口的性命。依剛才平姑姑所說，生母並非薄情寡義之人，她連紀家二爺的救命之恩都能捨身相報，倘若張家對她有恩，定不會恩將仇報。

怕就怕的是，當年張家也只是將她當成升官發財的工具而已。如此看來，那真是成也蕭何，敗也蕭何了。

一想到這兒，他閉了閉眼睛，微微嘆了口氣。

只是這些事，發生的年代太久，當年經歷過的人，死的死、流放的流放，他想要瞭解當年生母和張家間的恩怨情仇，也不是那麼容易了。

而且如今放在他面前的，還有一件更重要的事……

見著幾乎快要控制不住情緒的平姑姑，趙卓知道，已經沒有再問下去的必要。

「妳可願同我去御前作證？」他看向平姑姑，平靜地問。

這麼些年了，是時候為他的生母洗清冤屈了，這也是自己身為人子應該做的。

趙卓在心裡默默地打算著。

平姑姑卻愣在那兒。

這麼多年了，她一直活在愧疚中，想為禧嬪娘娘鳴冤，可紀蓉娘卻不止一次警告她，因為這件事折進去的人已經太多，讓她千萬不可輕舉妄動，以免牽扯到更多人，她才一直忍氣吞聲，以為自己最終要將這個秘密帶到棺材裡去。

她沒想到，真讓自己等到了這一天！

「敢！」平姑姑抹了一把臉上的淚，堅毅地道：「只是這件事會不會牽扯到皇貴妃娘娘？」

她多少還是有些擔心。禧嬪娘娘當年是為了保護紀家而將罪責一肩擔了，而紀家又庇佑她這麼多年，她不能將紀家拉下水。

第一百四十一章

趙卓也明白平姑姑的顧忌。

「這妳可以放心，紀家是王妃的外家，也是我的外家，哪怕是為了王妃，我也不會讓紀家涉險的。」說完，趙卓篤定地看向沈君兮，好像對沈君兮做出了一份承諾。

沈君兮眼神柔和地看著他。在這一點上，她從不曾懷疑。

他們離宮前，紀蓉娘曾悄悄地對她說過，如果趙卓要為張禧嬪鳴冤，讓她千萬別攔著。

翌日，趙卓便把這些日子尋的證物和傅小太醫留下的信呈給昭德帝，昭德帝看過那些證物，不置可否，而是讓他先離開。

接下來，昭德帝分別見了傅老太醫和紀蓉娘，就連平姑姑也被召進宮。

從他們口中，昭德帝知道了許多當年並不知曉的事。

原來看似溫婉的皇后竟然背著自己做了這麼多！想著這幾年曹家的囂張，還不知道他們當年在這件事上扮演了什麼樣的角色？

就在昭德帝懷疑曹家的時候，身在慈寧宮的曹太后卻派人過來傳話，請昭德帝過去。

昭德帝一到慈寧宮，曹太后便同他擺了臉色。「你現在是什麼意思？我還沒死呢，你就想替張禧嬪翻案？」

說完，曹太后便是一陣劇咳，好半晌都沒緩過勁來。

曹太后的病情總是時好時壞，因此昭德帝平日根本不過來煩擾她。可既然曹太后親自過問了這件事，他也不想當那個被蒙在鼓裡的人。

「母后是不是也知道當年梓潼做的那件事？」昭德帝並未言明，而是試探道。

曹太后卻憤然地坐起來，很不悅地看向昭德帝。「知道又怎麼樣，不知道又怎麼樣？若不是你當年那樣對她，她以皇后之尊，又何苦要汲汲營營？要知道當年我為了你，也是費盡了苦心！先帝病重時，當時的太子為何突然造反，難道你就一點都不奇怪嗎？若不是我在其中周旋，你以為你有機會坐上皇帝的寶座，然後此刻對我頤氣指使地追問？」曹太后眼神凶狠地瞧向昭德帝。「你真是別作夢了！」

昭德帝聽了曹太后的話，一時有些拐不過彎來。

「母后是說……當年皇兄並沒有想要謀反？」他很驚愕地看向曹太后。

這些年來，他曾不止一次地在心裡奇怪，大皇兄當年明明只要靜靜地等候一些日子便能順利繼承皇位，卻在最關鍵的時候起兵造反。

然後當時的皇后，也就是曹太后，很果決地派兵鎮壓那些跟著大皇兄一塊兒造反的皇子們。他當年被封為鎮反將軍，親自抓了不少當年跟著大皇兄一起造反的人。

「他是那麼謹小慎微的人，平日走路都怕踩死一隻螞蟻……」不想曹太后卻冷笑道：「這樣一個循規蹈矩的人，想要找到他的破綻還真不容易。只可惜，這人啊，總是關己則亂。我收買了先帝身邊一個小內侍，讓他拿著先帝平日戴的玉珮去太子府，聲稱先帝已去，我在宮中秘不發喪，就是要拱立你為帝……他果真信了。」

曹太后臉上出現一抹譏笑。「他全副武裝，帶著府兵衝進先帝的寢宮，被我事先埋伏在那兒的禁衛軍逮個正著。他帶著府兵擅闖皇宮，這好比黃泥巴掉到褲襠裡，不是屎，也是屎了。那時候，先帝時而清醒，時而迷糊，雖然他也不信太子會謀反，可也不得不信自己所看到的。」

後來的事，昭德帝也知道了。

先太子被廢，他的眾多兄弟也被牽扯其中。那時候的他正鍾情於紀芸娘，可強勢的曹太后為了拱他上位，對紀芸娘起了殺心。

好在紀家人警醒，及時將紀芸娘送出京城。

「怎麼可以這樣！母后怎麼可以如此枉顧人的性命?!」昭德帝吃驚地看著曹太后。

沒想到曹太后卻輕蔑地一笑。「成大業者向來不拘小節，太祖、太宗，哪個腳下不是成堆的屍骨？我為了把你扶上皇位，幫你清理了那些絆腳石，有什麼錯？我若不這麼做，你以為先帝的這個皇位會輪到你來坐？別作夢了！」

「可朕並不稀罕這個皇位！」得知自己的皇位不是天命所歸，這些年深受皇位所累的昭德帝情緒激動地道。

「你不稀罕是因為你已經坐上這個皇位！」曹太后瞪著一雙眼睛。「要知道你的兄弟為了這個位置，可是爭得頭破血流。」

因為久病，曹太后消瘦許多，臉上的肉都垮了下去，一雙眼更是向外突起，看起來很是嚇人。

「可是如果有得選，朕寧願只做個閒散王爺……」昭德帝的眼睛漸漸發紅，情不自禁之間，將手握成了拳。

瞧著有些憤怒的昭德帝，一直臥床的曹太后突然坐起來，指著昭德帝道：「現在說這麼多做什麼？當年你不也參與其中了嗎？」

「可那時是母后告訴朕，皇兄帶人謀反，父皇命朕——」昭德帝話說到一半，突然頓住，然後不可置信地看向曹太后。「所以當年父皇命朕絞殺叛軍的詔書，也是母后叫人傳的矯詔？」

曹太后的臉上出現一個瘮人的笑容。

「你以為我們不先下手為強，大皇子當年就會放過我們嗎？」她看著昭德帝的的眼神變得很銳利。「你以為你那位皇兄，真的像他表現出來的那樣仁慈敦厚嗎？別作夢了！我不止一次留心到他對我們母子的厭惡，這天下如果真讓他來坐，你還真以為我們母子會有什麼善終？你在那個位置上也坐了那麼多年，我不信你不明白……」曹太后又有些失望地道：「所以這些年我才壓著你，不讓你將其他妃嬪扶上后位，因為我太明白，只要有人坐上皇后之位，就會生出原本沒有的貪念來。如果你不想讓你的兒子們和你的兄弟一樣手足相殘，最好保住旦兒的太子之位，不要讓旁人生出什麼別的心思。」

保住趙旦的太子之位，不讓旁人生出別的心思？

曹太后這話就說得很清楚了，可昭德帝卻不認為這真是最好的選擇。

「以旦兒的天資，這天下交給他才是真的生靈塗炭！」依自己對趙旦的瞭解，昭德帝激動地同曹太后道。

曹太后一臉驚恐地看向昭德帝。「這麼多年了，你竟然還沒有放棄當年那個念頭？」

「這件事，母后還是別管了吧！」已經得到想要的答案，昭德帝卻沒有再搭曹太后的話，而是起身，結束母子間這算不得愉快的談話。

看著昭德帝毅然離開的背影，曹太后只覺得口中一腥，竟大吐了一口血，慈寧宮中的宮人嚇得忙做一團。

曹萱兒躲在隔間裡，一直沒敢吱聲。

剛才皇上和太后所說的話，她斷斷續續地聽了大半，讓她沒想到的是，皇上竟存了要廢太子的心思？

如果太子被廢，那她和皇太孫又將何去何從？她從沒聽聞過，哪個廢太子有好日子過……

一想到這兒，曹萱兒就急著回太子府去報信。

只是她一進太子府，就遇上了被眾人簇擁而來的薛側妃。

因為剛生了兒子，薛側妃的身形顯得豐腴，氣色好了不少，曹萱兒瞧著就覺得心裡不舒服。

薛側妃比她還先一天被抬進太子府，作為側妃，已為太子生下三個兒子，可她因為長年陪伴在曹太后身旁，膝下至今只有皇太孫一個。

薛側妃一見到曹萱兒，便掩面笑道：「姊姊不用在太后娘娘跟前侍疾嗎？怎麼今日有空回府了？」

因為心中有事，曹萱兒不想與薛側妃多說什麼，冷冷地問道：「太子殿下在哪兒？」

「咦？姊姊也在找太子殿下嗎？」沒想到薛側妃卻是扭捏著姿態道：「妹妹也在尋找太子殿下呀！可平日這個時辰，太子殿下不是在許承徽的屋裡，就是在蔣寶林的院裡，不過也可能和蘇采女在一塊兒撫琴……」

曹萱兒知道，薛側妃故意這樣說，就是想激她發怒，然後再尋機會去找太子殿下告狀。之前，她曾著過薛側妃的道，這次因為心中有事，並不想與薛側妃在此處浪費時間。既然在這兒得不到太子殿下的訊息，她便另尋他人。

原來趙旦正在自己的書房裡，見著尋過來的曹萱兒，很是意外。

「妳怎麼突然從慈寧宮回來了？皇祖母的病情可還好？」雖然他在太子府寵幸的女子不少，可在他心裡，只有曹萱兒才是那個能與自己同舟共濟的人。

「不算好。」曹萱兒就將曹太后吐血的事同趙旦說了。

趙旦聽後，不解地道：「那妳為何還趕回來？就算有什麼要緊事，妳找個人給我遞個信就行，為什麼還要自己跑這一趟？」

「那是因為我聽到一件更重要的事！」曹萱兒見趙旦身邊並無旁人，便附在他耳邊道：「我今日偷聽到太后娘娘同皇上起了爭執，皇上想要廢了你！」

聽了這話，趙旦嚇了一大跳。

他已經在太子之位坐了十七年，這些年，眼看著父皇年老體衰，陸續讓自己插手政事，他也慢慢嘗到了手握權力的滋味，並開始為之著迷。

而現在，他卻被告知有可能被廢，下半輩子又將何去何從?!

趙旦一時就慌了。

「妳確定沒有聽錯？」他抓著曹萱兒的手道：「這事可不能亂說！」

「我怎麼可能會亂說？太后娘娘就是因為這事氣得吐血，若不是事關重大，我也不會親自來同你說這事。」曹萱兒也急道。

就在他們二人商量著要不要請北威侯曹振入宮時，突然聽聞宮中敲起了喪鐘。

二人俱是一驚，趕緊派人去打聽消息，得知曹太后突然薨逝。

趙旦便覺得天塌了……

昭德帝這邊得到消息時，半天沒回過神來。

曹太后這些日子雖然臥病在床，太醫卻說並無大礙，不過是因為天寒需要將養著，等春季天氣轉暖便好了。

可他沒想到，自己與她爭執過一番後，竟然就這麼去了。

一股複雜的滋味升上昭德帝的心頭，連他自己都說不清是什麼。

他一生以仁孝治國，不承想卻將生母曹太后給氣死，難道這是老天對他的嘲諷？

昭德帝也陷入深刻的反省和自責中。

昭德十八年正月十八禮部題奏：曹太后於正月十六日薨逝，依照定例，從十六日算起，皇上輟朝三日，大內以下，宗室以上，不報祭、不還願、穿素服，相應移會內閣典籍廳一體遵照。

京城裡各府各院都換下了有顏色的帷帳，換上了白布、白燈籠，像趙卓和沈君兮這樣有爵位在身的，更是要入宮哭喪。

北威侯夫婦一早就入宮，在曹太后靈柩前哭得上氣不接下氣。

趙卓因為生母關係，對曹家人都沒有什麼好感，瞧也沒瞧他們，上炷香就離開了。

沈君兮則跟著女眷一道，先是在靈堂外哭了一場，然後在偏殿稍事歇息用過午膳後，又在下午哭了一場，這才回府。

如此這般哭過三日後，曹太后的喪事才算告一段落。

昭德帝因此蒼老許多，原本筆直的背脊變得佝僂，頭上更是添了數不清的銀絲。

趙旦卻變得比以往任何時候還要小心翼翼。

他深知自己在宮中的最大仰仗已經去了，倘若他再犯錯的話，昭德帝隨時都有可能將自己從太子之位捋下來，因此不管做什麼事，他都特別盡心盡力。

昭德帝自然也看到這一點。

他感慨於曹太后薨逝後，趙旦的成長，一時間倒也沒提廢太子一事。

日子就這樣平平安安地到了六月。

平日很少降雨的黃河中上游等地卻突遭連夜暴雨，聚集起來的河水沖垮了本就不怎麼結實的河堤，一路衝刷下來，讓無數百姓流離失所。

決堤的是一個叫做上河的小縣城，當地官員因為害怕上頭追究而選擇瞞報，指望將這件事拖過去。

可趙卓卻從別的管道得知消息，氣得當場就砸了個茶盅。

「一群誤國誤民的庸臣！」他在書房大聲咒罵，嚇得一旁服侍的小貝子都沒敢吱聲。

「什麼事讓你發這麼大的脾氣？」沈君兮端著一盅消暑的綠豆湯進屋。

小貝子一見到沈君兮，如同見到救星一樣。

沈君兮衝他微微點頭，示意他先離開，隨後瞧著地上已經碎了的粉彩茶杯，心疼地道：「這茶杯可是二十兩銀子一套，你說砸就給砸了？」

趙卓見屋裡也沒了別人，就將上河縣垮了河堤、百姓流離失所死傷大半的書信拿給她看。

沈君兮一目十行地看完那封信，也氣憤地道：「年初的時候，朝廷不是撥款下去修築河堤？難不成這筆款子沒用在修河堤？」

「每逢天災，都是那些官員乘機跟朝廷要錢的時候，這次他們卻選擇瞞報，不用想，這其中定有什麼貓膩！」趙卓一拳砸在書案上。

「那這事你打算怎麼辦？由你捅到皇上那裡去嗎？」沈君兮看著他，有些憂心地道：「你不是說之前風頭太健，要韜光養晦一陣？」

曹太后的喪事辦完沒多久，昭德帝就為張禧嬪洗清冤屈，並追封為賢德妃，趙卓自然又重新歸到生母名下。

對此，紀蓉娘也很支持，但她同時囑咐趙卓和沈君兮得空的時候，還是要多去她的延禧宮走動。

那塊被她藏了多年的張禧嬪牌位也終於能拿出來，搬到延禧宮的小佛堂裡，供在香案上，每天光明正大地享受香火。

張禧嬪的事被平反後，不少人猜測原本就被昭德帝重用的壽王會更得帝心。

豈料壽王給昭德帝上了一道摺子，將他在內務府的差事都辭了，擺出一副只想當個閒散王爺的架勢。

眾人以為壽王玩的是以退為進的把戲，可讓人沒想到的是，昭德帝竟然允了。自此壽王就在家過起了蒔花弄草，享受繞膝之樂的生活。

第一百四十二章

趙卓能遠離朝堂那個是非之地，沈君兮更是樂得其所。

她還拉著趙卓拔了王府後院裡好大一片的牡丹花苗，在地裡插起豆籬，在花園裡種起菜來。

如此閒雲野鶴的日子過久了，她可不想趙卓再被捲進朝堂那個漩渦裡去。

趙卓豈會聽不出沈君兮的擔心？笑著對沈君兮道：「妳放心，我知道怎麼做的。」

第二日，他便去了惠王府。

幾日後，趙瑞在朝堂上彈劾河南道上的大小官員枉顧性命、欺上瞞下，私吞河堤修築款項，以致垮堤河水氾濫，百姓遭殃。

昭德帝表面上壓下這份摺子，暗地裡卻讓趙瑞去徹查此事。

領旨的趙瑞連夜便出城，悄無聲息地往河南道上去了。

在上河縣默默查訪一個月後，趙瑞突然亮出欽差身分，將一眾還在沾沾自喜的官員們一網打盡。

經詢問後才得知，年初朝廷撥下來的修堤款，到了上河縣時已經所剩無幾，可他們還將這些錢全部用來加固北岸的河堤。因為北岸的河堤後都是當地富紳家的良田，南岸則是那些貧下中農的土地，他們自然捨不得拿錢幫他們修繕河堤。

如此一來，本來就很堅固的北岸河堤一修再修，而要修繕的南岸河堤則是年久失修；加之上游連降暴雨，集聚的河水一路沖下來，上河縣的南岸河堤便被沖破了。

趙瑞一氣之下，將這些蠹蟲全帶回京城。

京城上下為之震動。貪墨河道修堤款又豈是幾個地方官員能做到的事？自然是從上至下都有人染指，下面的人才有樣學樣，雁過拔毛。

現在朝廷追究這件事，伸手拿了河道銀子的人，當然要想方設法地把自己給摘出來。一時間，京城裡很多人家變得兵荒馬亂起來。

昭德帝原本想著殺雞儆猴，殺一批貪官，警醒世人。豈料這件事因牽扯太廣，真要追究下去，京城裡近半數官員都脫不了干係。

「這些人想幹什麼！」昭德帝看著趙瑞交上來的奏摺，很失望地道：「朕究竟是哪裡對不住他們，竟要如此負我？」

可為了朝廷的長治久安，他只是下令讓那些人將貪墨的銀子吐出來，不再追究。

有人信了，有人沒信。

那些退了銀子的，昭德帝自是沒再追究；而那些沒有退銀子的，昭德帝也沒客氣，直接讓禁衛軍統領齊罡帶人就去抄了家。

抄出的家產，自然比他們這次貪墨的還要多。

如此一來，那些貪墨的官員更加說不清這些鉅款從何而來，案底就像雪球一樣越滾越大。

一邊是坦白從寬，另一邊則是嚴懲不貸。

那些冥頑不靈、抱著一絲僥倖的官員就這樣被捋了官，還因怠忽職守、貪墨修堤款等罪名，被昭德帝定了一個秋後處斬。

當這熙熙攘攘的一切塵埃落定時，日子已經到了九月底。

不管外面如何紛紛擾擾，沈君兮和趙卓的安寧絲毫沒被打擾，反倒是看戲的不怕臺子高，完全置身事外。

已經十個月大的趙嘉腿勁特別好，不但可以扶著炕桌小站，有時候興致來了還會邁開小腿走兩步。

小嘴兒更是會「爹爹」、「娘親」地亂喊，可把趙卓稀罕得恨不得去哪兒都要帶上他去顯擺一番。

沈君兮雖然瞧著趙卓有些孩子氣，但見九月底的天氣還不錯，便隨他去了，正好她也想抽空去黑山鎮看看。

因此她換上男裝，帶著游二娘和游三娘，輕車簡從地往大黑山去。

經過近十年的經營和耕種，大黑山這兒早已不再是荒山野嶺，漫山遍野都種著綠油油的作物。其中不少是黎子誠從泉州弄來的不知名種子，長出了不知名的植株，黑山鎮的居民便將這些植株或烹炒，或醃製，也是各有各的味道。

因為擔心樹大招風，沈君兮之前便囑咐邵青和邵雲，將自己名下的產業以買賣或轉贈的方式轉出去，現在大半年過去了，她便是來親眼瞧一瞧這事進展得如何？

好在邵青和邵雲都是得力之輩，他們按照秦四所教的方法，逐步把田莊、土地等文書在官府那兒重新過戶，將沈君兮的名字從其上抹去。

對此邵氏兄弟自是不解，可沈君兮也不能同他們解釋太多，只讓他們照辦就是。

如此一來，沈君兮在黑山鎮一住就是小半個月，難免記掛起在京城裡的趙嘉。也不知道嘉哥兒有沒有想母親？

她掏出一個隨身佩戴的錦囊。

錦囊瞧著平淡無奇，裡面裝著的卻是趙嘉的胎髮。想兒子的時候，她便拿出那錦囊來瞧一瞧。

她離家這麼些日子，也不知道嘉哥兒會不會與自己生分了？好在還有兩日便可回京，沈君兮自我安慰地吹了燈，歇下了。

只是她剛睡下不久，卻被值夜的紅鳶急急地推醒。「不好了，王妃，咱們鎮上好像來了搶糧的山賊！」

自沈君兮生下趙嘉不久，就將春夏和秋冬嫁給邵青和邵雲兩兄弟，她身邊得力的大丫鬟只剩下紅鳶和杜鵑了。

山賊？一聽到這個詞，沈君兮的瞌睡一下子就醒了。

大黑山原本就是個窮得連山賊都看不上的地方，才會被官府用來臨時安置那些流民。可誰也沒想到，黎子誠帶回的那些玉米和馬鈴薯種子，即便是原本的不毛之地也能長出莊稼，從而讓這些人有了果腹的糧食，也讓越來越多人聚到大黑山。

當黑山鎮還是黑山村時，沈君兮便讓他們將黑山村砌成易守難攻的城池。附近的山賊曾來搶過幾次糧，幾番損兵折將也不曾得手。

那時，邵青便覺得要整日防著這些山賊也不是辦法，因此他帶人上山，同那山賊頭子說定，黑山村每年都給山賊一些糧食，山賊不但不得侵擾黑山村的村民，還要保護黑山村村民的安危。

那山賊頭子一聽，不用打劫也有糧食送上門來，便同邵青談成了這門生意。

後來黑山村變成黑山鎮，邵青給那些山賊的糧食也加碼；山賊也守信用，不但沒有來侵襲過黑山鎮，反倒比官府的那些衙役還要盡職盡責。只要報一聲自己是黑山鎮的，那些山賊不但不會傷他們性命，還會護送他們平安進出黑山鎮。

對這事，沈君兮自然清楚，因此當她聽到有山賊圍城搶糧，多少有些不信。

「走，我們瞧瞧去！」沈君兮一個翻身坐起，隨手抓過一件衣裳披在身上，靸著鞋子就出門。

被驚醒的不止她一個，鎮上四處都亮起了光，不少人出門來查看，反倒是住在城門附近的那幾戶人家卻將門戶關得死死的。

因為不用出門，他們都能聽到那群山賊在城鎮外叫囂的聲音。

邵青正領著人站在城牆上與城外的山賊喊話。「邢老大，你這人是不是也太不仗義了？我前些日子才領人送了十車糧食到你們山上，怎麼糧食還沒吃完，你就翻臉了？」

那邢老大打著火把站在城牆下，看著邵青也是一臉尷尬。「邵管事，不是我邢老大言而無信，而是最近山上又來了些兄弟，邵管事送來的糧食不夠吃了，我們就想著讓邵管事再勻我們一些糧食……」

「呸！合著你們這些做山賊的只打劫我這家是吧？我要不供著你們糧食，你們得餓死是吧？那行！從今兒個起，咱們黑山鎮也不用給你們山頭送糧了！我倒要看看會不會餓死你們這群山賊！」就在沈君兮帶著人趕到城牆上時，正好聽到邵青義憤填膺地喊話。

城牆下的邢老大顯得很為難。他也知道自己這事做得不夠道義，可他也是因為沒辦法了呀！

一個站在邢老大身後，長得五大三粗、滿臉鬍鬚的漢子顯然看不下去了，他上前兩步拍著邢老大的肩，道：「還跟他們廢話什麼？山賊做成你這樣也是夠窩囊的！不過是一群婦孺而已，咱們不管三七二十一，先攻下這裡再說！」

說完，他就朝身後那些舉著火把的山賊招手。那些山賊在他的鼓動下，也變得異常亢奮，好似只要一聲令下，他們就像餓狼般地撲出來。

邵青一瞧這陣勢不對，往後退了半步，將城牆邊的地盤讓出來，然後一排拉滿弓的弓箭手就位，箭頭都瞄向城牆下的那群人。

剛才邵青一直在和這些人囉嗦，不為別的，只為給城裡這支受過特訓的弓箭手爭取時間。

他們這支弓箭隊，也是當年應沈君兮的要求而建的，挑的都是鎮上年輕力壯的小夥子，經過這些年的特訓，不敢說都是百發百中，至少也是箭無虛發。

城下那些山賊見到城牆上突然多出來的弓箭手，有些慌了，叫囂的聲音也不似先前那般整齊。

沈君兮站在那排弓箭手身後，往城下打量那些人。人群中，有個大和尚很是打眼，那凶神惡煞的模樣，頓時讓她想起自己上一世見過的那些流寇。

他們怎麼會在這兒?!她驚愕地看著城牆下這些明火執仗的人。

上一世他們不是說因為饑荒無飯可吃，朝廷的賦稅又重，讓人沒了活路，他們想著橫豎是個死，倒不如奮死一搏，或許還有條生路。

可這一世呢？

因為上半年河道缺口的事，有些地方雖然顆粒無收，昭德帝已經下令減免這些地方的稅收，還命當地官員積極生產自救，根本不存在上一世他們這些人所說的「官逼民反」的事；那這一世，他們又為何會出現在這兒？

這比上一世足足提前了好幾年！

城門前被眾人手裡的火把照得恍如白晝，彼此都握緊手裡的武器，卻沒有人敢率先攻擊。

局勢就這樣緊繃著，一觸即發。

「想辦法通知京城裡的王爺，這些人根本不是山賊，而是西北來的流寇！而且他們的人數絕不止這些！」沈君兮緊張地同邵青說道。

邵青也是大吃一驚，便往城牆下望去，發現邢老大身後那些人確實有些眼生，都不是見過的。

如果這些人是流寇的話，自然比邢老大這些山賊要凶殘許多，這個時候還讓沈爺留在城牆上，絕對不是什麼明智的選擇。

邵青勸著沈君兮，想讓她躲進內城去。「沈爺，刀劍無眼，您還是帶著紅鳶姑娘和杜鵑姑娘先躲進內城，即便這道城牆防不住了，內城的城牆也能抵禦一二。想必那個時候，王爺的援軍已到，絕不會讓沈爺受到半點傷害。」

所謂內城，其實就是當年黑山鎮還是黑山村時修築的那道石頭城牆。

因為黑山村的居民越聚越多，城也越修越大，之前的城牆就被修到了城內，成為內城牆。

沈君兮知道內城牆處要安全許多，可這時候讓她去躲起來，她只會覺得更心焦。

「還是讓城中的婦人和孩子們先躲到內城去吧！」她搖頭同邵青道：「我和她們不一樣，我是沈大善人，如果我站在這兒，想必更能鼓舞士氣。」

邵青知道她說得不假，可一想到要她跟著大家一塊兒涉險，他的心又跟著揪起來。

然而沈君兮卻不想再同他討論這個。

她和大家一起，死死地盯著城下，暗想著這群人若是要強行攻城，他們該怎麼辦？

「叫人去搬些酒來！」她看著城下的人，計上心來。「如果他們強行攻城，我們就把酒罈點燃扔出去，也來個火燒藤甲兵！」

城中有個釀酒坊，釀的都是高度數的玉米酒，一遇火就能燃燒起來，真要是砸下去，不比那油罈差。

邵青便趕緊命人去搬酒，沈君兮則帶著紅鳶和杜鵑站在城牆上，一一打量城牆下的那些人。

突然，她們聽見城牆下有個聲音喊道：「城牆上的可是紅鳶姑娘？」

那人生怕城牆上的人聽不見，竟然還叫了三個大漢站成一排跟著一起喊。「城牆上的可是紅鳶姑娘？」

紅鳶哪裡見過這樣的陣勢，突見城牆下那群山賊喊自己，嚇得趕緊躲起來。

沈君兮往城牆下看去，只見一個蓄滿鬍鬚的大漢站在那兒，抬頭往她們看過來。她將紅鳶護在身後，對著城下那人喊道：「誰在那兒？」

「在下方山，敢問城牆上的可是紅鳶姑娘？」城下那漢子大聲喊道。

「方山？」紅鳶一聽到這個名字，神色就冷了幾分。

她自是忘了不這個負心漢！

「是我、是我！」那人變得激動起來，朝城牆上揮手。

紅鳶一想到當初他不告而別，心裡便生了許多疙瘩，何況現在她們還被方山他們的人所困，更不想理他了。

城下的大和尚一見這架勢，拍著方山的肩問道：「怎麼，遇著相好的了？」

方山臉一紅。「我只是遇著當初救我的人。」

那兩人一聽就來勁了，同方山道：「既然城中有你相熟的人，讓她幫忙傳個話，我們不傷他們性命，對這個城也沒興趣，只不過想同他們借些糧，待事成之後再還他們。」

方山聽了就苦笑。「我認識的紅鳶姑娘只是個婢女而已，她又怎麼可能幫我們傳這樣的話？」

「成與不成，不過一試。」那大和尚道：「我們都到這裡了，只等內應來接應我們，一旦舉事成功，攻下京城也是指日可待。孰輕孰重，他們不會分不清楚的。」

方山聽了這話卻有些奇了。

自己是半道上遇著這些人，因為投機，才稱兄道弟起來。他一直以為他們來京城只是為了討口吃的，可剛才聽他們話裡的意思，怎麼像是要造反？

不管他們是不小心說漏嘴，還是要藉此拉自己入夥，方山知道造反這事是要掉腦袋的。雖然他平日幹的也是刀口上舔血的營生，可冒天下之大不韙的事，他還是不敢的。

方山有些尷尬地笑了笑，看著那大和尚道：「剛才兄弟這話是什麼意思？難不成我們這趟進京還能立下什麼不世功勛？」

「這是自然！」大和尚拍著他的肩笑道：「這也就是兄弟你，我們才同你實話實說。都說王侯將相，寧有種乎？捨得一身剮，敢把皇帝拉下馬！」

話說到這個分兒上，方山若還不知道他們要做什麼，就是棒槌了。

第一百四十三章

「這可是要冒大風險的事！」方山好心提醒。「搞不好是要掉腦袋的！」

「這個我們自然省得。」大和尚卻滿不在乎地道：「我們上面有人，這次我們進京只是去鬧事的，把勢給造起來就成。造反的事，自然還有別人。」

「天下還有這樣的好事？」方山自是半信半疑。「莫不是拿好聽的話哄著咱們，然後讓咱們去當炮灰吧？」

「怎麼會！」那大和尚卻同方山擠眉弄眼道：「這是因為兄弟你，我才同你說實話。京城裡有著我們的大富貴，我們只是在等機會進京，可在那之前，我們還有這麼多兄弟要吃飯，不過是跟他們『借』些糧而已。你若能說動他們，我將來給你報上太功勞一件！」

方山雖然幹的都是些雞鳴狗盜的事，可不代表他是沒腦子，隨便讓人糊弄的。

他心裡默默打起了退堂鼓，可一想到曾經救過自己的紅鳶還在城牆上，有些不放心，便衝著城牆上又喊。「紅鳶姑娘，能否借一步說話？」

紅鳶正為自己救過方山這忘恩負義的人而後悔，這時候又怎麼願意同他在大庭廣眾之下說話？只恨不得自己從不認識這個人才好。

就在這時候，只見邵青手下的一個人焦急地一路小跑過來，在邵青跟前道：「邵管事，我們剛才放出去的那些信鴿，好似都被城外這群人給捕殺了，一隻都沒能飛得出去！」

「什麼?!」邵青一聽也是大驚。

那些信鴿都是他們派專人養的，平日與京城的秦四往來消息用，一想到這些訓練有素的鴿子就這樣被人捕殺，一時間真教他心疼不已。

最關鍵的是，他們被人圍困的消息傳遞不出去，又如何叫人來救他們？

一時間，大家都急得團團轉。

「要不我去試試？」紅鳶在一旁聽了這話，自告奮勇道。

「妳？」沈君兮和邵青異口同聲，不解地看向紅鳶。

「用個簍子將我放下城樓去！」紅鳶想了想，便道：「我去同城下的方山說，他受過咱們家王妃的恩惠，怎麼也要回報一二吧？」

「不行！」沈君兮想也沒想地拒絕。「他們這些人真要會講這些道義，又怎麼會去做賊？」

「反正坐在這兒也是等死，不如讓我去試試！」紅鳶乞求地看著她。「他要不顧念這些，就當我當初救了一條狗！」

沈君兮知道，這一年多來，紅鳶一直為方山耿耿於懷，她想去找方山，大概也是因為心裡一直憋著一口氣。

可是城下都是一群山賊，將她放下城，誰來保證紅鳶的安全?自己不能讓紅鳶就這樣涉險呀！

沈君兮一時也難以選擇。

「王妃，就這麼定了吧！」紅鳶也知道這城裡與城外對峙有好一會兒了，時間不等人，如何讓京城的王爺得知這邊的消息快快來救人，才是最重要的。

說完，紅鳶對城牆下的方山大喊一聲。「方山，我當初救你一命，你卻不辭而別，這件事咱們是不是該好好說道說道？」

還不等方山回話，城下的山賊便開始起鬨。「這事肯定要好好說道，只是妳得先下來才成！」

「下來就下來！這事你若是要躲，便是孬種一個！」紅鳶一邊用話語刺激城下的山賊，一邊叫人將自己用藤編的大筐給放下城去。

方山自是守在城牆邊，第一時間接到了紅鳶。

那群山賊只道方山接到的是自己相好的，除了起鬨之外，倒也沒有人跟過來。

紅鳶便逮著機會同方山道：「你說過跑江湖最重要的就是個義字，當初王妃救過你，那你是不是也要救她？」

那日不告而別，方山心中滿是歉疚，正想跟紅鳶好好解釋一番，可聽了這話也是一驚。「怎麼，王妃也在這黑山鎮裡？」

紅鳶便點頭。「不然你以為我為什麼會在這兒？」

「我們往城外放了鴿子，可好似全被你們捉去吃了。」她一邊說著，一邊看向不遠處的篝火堆，一群人正圍在那裡，用樹枝叉著什麼東西在烤。

可這樣的話，讓方山也有些為難。

自己跟著邢老大他們一起將黑山鎮的人都圍起來，若自己再去為他們報信解圍，豈不成了吃裡扒外的人？

方山很猶豫，索性拋開這些事，問起了紅鳶。「這些日子妳可還過得好？我離開後，王妃可曾為難過妳？」

方山不問還好，一問紅鳶自是滿心委屈。

「你居然還好意思問我？」紅鳶有些生氣地道：「我可以告訴你，我過得很不好！」

「怎麼，王妃為難妳了嗎？」

「王妃是那麼和善的人，怎麼可能為難我？是我自己有了心魔，走不出去！」紅鳶苦笑道：「我無法接受自己看上了一個無情無義的人……」

方山自是知道紅鳶對自己的情意，也知道是自己先對不起她，心中有愧地嘆氣道：「妳要我怎麼做？」

這些年，他雖然做了賊，可也是有所為，有所不為。況且他對那大和尚說的話也不是很相信，總覺他們這些人把事情想得太簡單了。

恐怕他們這些人，都只有當炮灰的命，而這正是他不想看到的。

「給我們家王爺遞個信，就說王妃被圍了。」紅鳶說著，從衣袖裡拿出一支木簪。「這是今年王爺送給王妃的生辰禮，拿這個去，王爺定會相信你說的。」

方山有些不解地接過那支其貌不揚的木簪，暗想堂堂一個王爺，怎麼會送自己的婆娘這種不值錢的東西？

但他也只敢在心裡想，就應下了。「這個我想辦法找人送出去，但可能要委屈妳和我待上一陣子，以免教他們那些人生疑。」

紅鳶自然明白方山所說的事，便痛快地道：「只要你幫我把消息遞出去，你說什麼都成。」

聽了紅鳶這話，方山的心裡突然一陣心潮澎湃。

可他到底壓住了心中的異想，趕緊在沒人注意的時候，找了個平日對他死心塌地的小兄弟，將那事交代下去。

那小兄弟也是個機靈的，悄悄拿了那支木簪後並不急著離開，而是像個沒事人一樣，繼續和剛才那幫兄弟圍著火堆吃吃喝喝。直到半數人都睡了過去，他才以要大解的藉口，偷偷繞著樹林溜出去。

天色漸漸發白，沈君兮在城頭上就這樣站了半夜。

她眼望著京城的方向，在心裡暗暗盤算著這一來一回，趙卓的人馬至少要兩天後才有可能過來。

也就是說，這城中百姓至少還要挺兩天。

好在城中有水有糧，又有石頭城牆，城裡的人雖然害怕，到底還沒到人心惶惶的地步。

沈君兮一夜未睡，卻也只在城樓上坐著打了個盹。

她知道自己必須像主心骨一樣，站在讓大家都能看得到的地方。

眼見一天的日頭就要西沈，邢老大又帶著人在城牆下叫囂起來。「我說邵管事，你們到底還在等什麼？朝廷是不會出兵救援你們這麼一個小地方的，不如大大方方地借我們一些糧食，你們的日子好過，我們的日子也好過！」

只是這一次，邵青也沒有心情搭理他。

四周太靜了，靜得讓人覺得有些窒息。

已是古稀之年的鎮長老吳頭在家人的攙扶下上過兩次城頭，可在這件事上他能做的，比邵青還要少。

邵青也是好不容易才把老吳頭給勸回去，而老吳頭的大兒子卻執意留下來。

這些年，老吳頭一家在打什麼主意，邵青也不是不知道，好在他對鎮長之位也沒什麼興趣，因此有時候還會想著幫一把吳家父子，因此吳家父子對邵青也很感恩。

「這些人白天按兵不動，不會是想趁著夜色偷襲我們吧？」吳家老大站在城牆上，看著城下那些山賊道。

他也是知天命的年紀，即便從父親手上接過鎮長之位，也不知自己能坐幾年，畢竟自己的身體還不如家裡的老爺子硬朗。

如果可能，他真想藉著這一次的機會，在鎮上百姓中樹立自己的威信，這樣一來，他才好名正言順地當選黑山鎮的下一任鎮長。

「不是沒有這個可能。」聽了他的話，邵青面色沈重地應道：「今晚注定又是個不眠夜。」

夜色降臨後，城外的林間起了霜霧。

那些山賊因為冷，早早地生起了火堆，如此一來，倒把黑山鎮外那瀰漫著濃霧的樹林照得宛如仙境一樣。

只可惜這樣的景象，邵青無心欣賞。他傳話下去，讓城中的青壯們做好準備，以防外面那些人攻城。

待到三更鼓響，城外原本寂靜的樹林突然變得熱鬧起來。

被方山安置在一處帳篷中休息的紅鳶忍不住走出去，只見之前那些圍著火堆烤火的山賊們紛紛站起來，一手拿著火把，一手執著刀劍，儼然一副要與人開打的架勢。

「方山在哪裡？」紅鳶頓時慌了神，拉著身邊路過的人，一個一個地問道。

因為昨日那事，山賊中沒有不認識紅鳶的，就有人同紅鳶調笑道：「方山大哥自然是為嫂子掙鳳冠霞帔去了！」

說完，就有一群人哄笑。

紅鳶一聽，提起裙子就往城牆邊跑去，果然見到方山全副武裝地站在最前排。

「方山哥，你答應過我什麼？」紅鳶噙著淚跑到方山跟前，滿臉不置信地問。

方山沒想到紅鳶會追到這裡來，有些尷尬地看了看身邊的人，小聲地同紅鳶道：「不是讓妳在帳子裡等著？妳要的髮簪我不是叫人去弄了嗎？讓妳等著，妳就等著，別摻和大老爺們的事！」說著，他大力將紅鳶往後一推。「都說刀劍無眼，妳站在這兒，可別被誤傷了。」

「髮簪的事，你真的去弄了？」紅鳶看著方山有些不信地問。

邢老大等人看了，忍不住打趣方山道：「看來這小娘子有些迫不及待了呀！要不你們先去洞房，回頭再成親也是可以的。」

一群大老爺聽到這話，都不懷好意地笑起來。

紅鳶嫌惡地瞪了他們一眼，方山也出來打圓場。「我方山行得直、走得正，這不合禮法之事我是斷然不會做的！」

「哈哈哈，方山兄弟好氣節！」那大和尚不知道從哪裡走出來，笑道：「那咱們今晚一鼓作氣把這城給攻下，然後在城裡給你們倆辦喜酒。」

說著，眾人的笑就更囂張了。

「去帳裡等我的好消息吧！」方山衝著紅鳶使了個眼色，然後丟給她一把匕首。「帶著我這把匕首，若是有人欲對妳不軌，就不用客氣！」

邢老大看了便有些不樂意道：「方山兄弟，你這是什麼意思？」

方山也毫不客氣地答道：「沒什麼，將一隻羊放在狼群裡，我不放心而已。」

一群人都被他噎得說不出話來，好在知道今晚還有要事要做，也沒有同方山繼續糾結。

不一會兒，大家都按照事先約定好的位置各就各位。

小睡了一下午的沈君兮這會兒正裹了件銀白底翠紋斗篷，精神抖擻地站在城頭上，看著那些之前藏在樹林中的山賊越聚越多，也知道今晚會有一場惡戰。

「酒和油都準備好了嗎？」看著城牆下三五成群聚在一起的山賊，沈君兮吩咐身邊的人道：「為防他們強行爬牆攻城，我們可以用火防禦，但城門上那幾口大缸裡的水要挑滿，城牆下也要備足水和砂石，以防他們用火攻占城門。」

「這些事，邵管事都安排下去了！」被邵青派到沈君兮身邊當差的小廝不過十一、二歲年紀，可是為人機靈，一雙眼睛骨碌碌的，不管讓他幹什麼，都能很快把事情幹好，然後回來覆命。

見著城牆內外那些攢動的人頭，沈君兮的心裡也很沒底。

此時，一聲號角響起，就聽城外的山賊好似打了雞血一樣，揮舞著大刀衝過來。他們架著攻城梯，揮舞著爬牆索，一路氣勢洶洶而來。

「各自守好各自的位置！」沈君兮在城頭上大喊道。

「看見爬牆索。」

「一律砍斷！」

「遇見攻城梯。」

「倒油點火！」

一臉決然的邵青舉著火把，從城牆上一路巡視而來。

一枝火箭忽地自城牆下飛上來，點燃了備在城牆上的一桶菜油。那熊熊的火勢，一時教人有些慌了神。

「慌什麼？」城頭上的沈君兮見了，扯著嗓子大叫道：「朝他們扔下去！往人多的地方扔下去！」

之前慌成一團的人這才恍然大悟，連忙提著那著火的罈子往城牆下丟去。

隨著哐一聲，油星四濺，那火也飛舞過去，引燃了那些濺到油星的衣裳。

城牆上的人一見這招好用，便紛紛燃了油罈往城牆下砸去，不一會兒，城牆外就燃起一道熊熊燃燒的「壕溝」。

城牆下的邢老大就有些氣急敗壞。

他們這邊還沒怎麼樣呢，城裡的人就開始下狠招了，這分明是不給他這個山賊面子呀！

「他們燒我們，我們也燒他們！」他在城下指揮道：「將箭都給我點燃，往城牆上射，我就不信燒不死他們！」

一時間，成百上千的火箭就往城牆飛上來。

好在黑山鎮是以石頭砌的城，點著的火箭飛進來後，因為遇不到可燃之物，倒也沒鬧出什麼大動靜，偶有點燃一、兩處地方，就由守在院子裡的人用水或砂石撲滅了。

沒見到自己想像中的火光沖天，邢老大很氣急敗壞。

就在這時，他身邊一個跟班瞧見了站在城頭上指揮的沈君兮，便向邢老大使了個眼色。

邢老大便搭起弓箭，向沈君兮放了一枝暗箭。

站在城牆上的沈君兮一個不提防，胸口就被那枝箭射中，重重地倒去。

第一百四十四章

「老大果然好箭法！」城牆下那群山賊見了，吹噓起邢老大的箭法來。

城牆上，眾人見著沈大善人中箭倒下，都慌了神。

倒在地上的沈君兮只覺得痛。

真是太痛了！

她甩著倒地時磕在地磚上的手肘。不用看，肯定是青紫了一大塊！

她半撐著身子坐起來，看了眼自己的胸口，慶幸自己穿了趙卓之前給她一件鎖子甲，箭才沒能穿透她的胸膛。

轉頭看著掉落在身旁、那枝鑄成三角的箭頭，沈君兮就氣不打一處來。

這種箭頭她見過，若是射進身體裡，必須切破皮肉才能取出來；如果強行拔出的話，箭頭的倒刺必會撕扯出新的傷口並流血，極難救治。

她抓起地上那枝箭，然後同身邊的弓箭手道：「將你的弓借我一用！」

那人不敢怠慢，趕緊將手裡的弓遞給沈君兮。

那張弓有些沈，但她順利將那弓拉起來，然後瞄準城牆下那群正沾沾自喜的人。

「就是最中間那個人射的！」沈君兮身邊跟著的小廝大聲道：「我剛親眼瞧見他朝您射了一箭！」

她一聽，還有什麼好猶豫的？閉上眼，在腦海中過了一遍趙卓當年教過的技巧，隨後拉滿弓瞄中邢老大，噌一聲，放了手中的弦。

那枝箭便倏地飛出去，從邢老大的後肩橫插下去，讓剛才還在手舞足蹈的邢老大一下子便不能動彈。

歡呼聲再起，只不過這次輪到的是城牆上的人。沒想到看上去文質彬彬的沈大善人竟也是一位神射手！

被射中的邢老大怎麼也不敢相信地抬頭看去。

他剛才明明見到城牆上那人中了自己的箭倒下了，怎麼才一眨眼的工夫，那人卻爬起來，還射了自己一箭？

就在僵持不下的時候，城外的小樹林裡突然一陣火光沖天。

城牆上的人大感不妙。

「邵管事，是不是山賊的援兵來了？這城我們怕是守不住了！」有人怯生生地道。

「不、不是！」沈君兮手持弓箭，威風凜凜地站在城頭上眺望。一面火紅的旗幟映入她的眼簾時，她很興奮地喊道：「那是我們的人！」

來者不是別人，正是穿著一身紅袍銀甲的趙卓。

接到沈君兮託人送去的木簪後，他親點了壽王府五百府兵，又同趙瑞借了五百府兵，然後帶著這一千人往黑山鎮趕。

他一路急行軍，中途不敢有半分耽擱，只用一天時間便趕完了平日需要一天半的路程。

即便如此，當趙卓遠遠瞧見已燒成一片的黑山鎮時，整顆心都揪起來，不斷乞求滿天的神佛保佑他的沈君兮。

待他策馬穿過樹林，趕到城下時，卻發現他見到的和自己想像的完全不一樣。

城下的山賊被燒得鬼哭狼嚎，而他的王妃卻執著弓箭，站在城頭指揮眾人，像隻小老虎，全身好似閃著奪目耀眼的金光。

趙卓一時看得挪不開眼。

他素來知道一身男裝的沈君兮風姿卓絕，可沒想到遇到戰事的她竟然也能如此動人。他的清寧很勇敢，好似從未曾畏懼過什麼。遇到事情，縱然也有驚慌失措的時候，可最終能調節過來，積極面對！

試問在這北燕朝，哪裡還找得出第二個能與她比肩之人？

趙卓豪氣頓生，心中滿滿的都是與有榮焉的自豪。

他指揮那些跟隨而來的府兵兵分三路，夾擊城下和樹林裡的那些山賊。

那些山賊本是一鼓作氣，想藉著自己的凶狠勁將黑山鎮拿下。只是誰也沒想到，一個小小的黑山鎮，防衛竟然會這麼強，還輕易地調到援軍。

之前雄赳赳、氣昂昂的他們，在裡外夾擊的攻勢下，一個個地倒下來。

好在邢老大因為受傷，早早被人抬下去，不然他得心疼死這些跟著一塊兒出生入死的兄弟。

城牆上的沈君兮，見山賊們一個接一個地倒下，反倒比先前顯得更著急。

「抓活的！」她衝著城牆下的趙卓大聲喊道。

那個大和尚和帶頭大哥絕不會這麼簡單地出現在京畿之地，必要活捉他們二人，才能搞清楚他們葫蘆裡賣的是什麼藥？

只可惜，她和趙卓離太遠，而且城上城下皆是一片混戰，也不確定趙卓有沒有聽清自己說的話？

因此，她只能一遍遍地喊著，希望趙卓能夠聽到。

只見趙卓騎在馬上，遠遠立著，然後衝她重重地點頭，又同身邊人說了些什麼，那些人就四散著奔走出去。

果然，剛剛還是招招斃命的府兵們開始往山賊的下盤攻去。

一片叫喊聲中，山賊紛紛倒地，躺在地上叫喊不已。

「留得青山在，不怕沒柴燒！」眼見自己這一方已無優勢，大和尚便去拖拽那位帶頭大哥。「大哥，我們先撤吧！」

帶頭大哥也知道情勢不妙，正準備要跑，卻發現一柄刀架在了自己的脖子上……

這一仗幾乎打得毫無懸念。

見城外的山賊已被俘，雖未到開城門的時辰，邵青還是命人打開城門。

沈君兮迫不及待地跑出去，滿心歡喜地撲向趙卓。

見著自己一心牽掛的人兒毫髮無傷，趙卓的心才徹底放下來。

他擁著沈君兮，在她耳畔道：「妳還好嗎？」他也顧不得那麼多，用披風遮擋住二人，將人擁入懷裡熱情地擁吻起來。

他的這一吻，又長又深，好似要將這半個月來的思念，以及這些日子的擔驚受怕都宣洩出來一樣。

直到擁住趙卓，感受到他溫暖實在的胸膛，沈君兮才敢將這兩天一直壓抑在心底的害怕訴說出來。

感覺歷經了劫後餘生的二人就這樣相擁著，絲毫不顧忌身邊人的感受。

跟隨趙卓一同前來的席楓和徐長清自是見怪不怪，可其他人卻是瞪大眼睛——原來王爺還有龍陽之好？

黑山鎮的居民也同樣驚愕——沈大善人竟是個有斷袖之癖的人?!

不過大家驚恐歸驚恐，到底沒有人敢多說什麼，而是各做各事，好像什麼都沒有看見一樣。

這時，兩個府兵押著一名女子走過來。「啟稟王爺，在賊窩裡發現一女子，自稱是王妃身邊的婢女。」

「是紅鳶！」沈君兮這才驚愕地從趙卓的懷裡抬起頭來。「若不是她出城為我們送信，恐怕王爺這會兒都不知道我們這兒出事了。」

趙卓一聽，便讓人帶上來，果然是紅鳶。

沈君兮與她主僕相見，更是忍不住痛哭一場。

「他們沒有將妳怎麼樣吧？」沈君兮很擔心地打量紅鳶，見她衣衫整齊，面色正常，關切地問道。

「方山哥和那群山賊說我是他未過門的媳婦，所以這群山賊待我還算客氣。而且他給了我一把匕首防身，因此沒人敢對我亂來。」紅鳶紅著臉道。

見紅鳶的臉上又有了生氣，沈君兮看破並不說破，而是向趙卓詢問道：「可有抓到一個和尚打扮的人？」

經沈君兮一提醒，他才記起，剛才好似在人群中見到一個大和尚。

「是有這麼個人。可是他有什麼不妥？」他問起沈君兮。

沈君兮也不知如何提起這大和尚的來歷，只得同趙卓道：「你還記得我以前在黑山鎮同你說過的那個夢嗎？在夢裡，就是這群人衝進京城燒殺擄掠，讓大家都不得安寧。」

「可妳也說那是夢裡的事，哪裡作得了數？」趙卓一聽，並不怎麼上心。「而且又豈能因妳夢裡的事去定他們的罪？」

「可是在我那個夢裡，他們犯下的可是謀逆罪。」沈君兮小聲道：「而且我那個夢裡的事很多都應驗了，包括你為禧嬪娘娘伸冤成功的事。」

趙卓的神色一下子變得凝重。

他趕緊吩咐下去，讓人去俘虜的人當中找一個和尚打扮的人。

他則帶著沈君兮入城，並在酒坊客棧裡歇腳。

不一會兒，席楓就押了個和尚過來。

沈君兮一見，正是之前在城頭上看到的那個大和尚。

大和尚雖然被抓，嘴裡還在罵罵咧咧地咒著方山。

「說吧，是不是晉王爺指使你們來的？」

上一世，經歷過流寇之亂的沈君兮並不知道他們為什麼會進攻京城。可這一世，經過一些人和事後，讓她明白，朝中真正能煽動這些西北地界的人，非晉王莫屬。

聽她報出晉王爺的名號，那大和尚也是一愣。

他雖是個和尚，也是晉王爺在西北時府中的幕僚。

早在十多年前，晉王爺就想要起事，只是苦於沒有機會，於是才將他們這些人都撒出去，策動百姓，等待時機。

他原本想做個教書匠，鼓動那些讀書人。可後來他發現百無一用是書生，指望這群滿嘴之乎者也的人跟他一塊兒造反，簡直是癡人說夢。

於是他又改行做和尚，藉著講經布道的機會煽動那些信眾，反倒得了許多應和。這也是他此次起事，能夠一呼百應的原因。

只是這些事，他一直認為自己做得很隱蔽，即便是與他形影不離的人，也不曾知道這事與京城裡的晉王爺有關。他最多也只同他們說過，京城裡有貴人助他們成事，眼前這人又是如何知曉的？

大和尚的頭上冒出汗來，分明就是此地無銀三百兩。

趙卓也很意外。

這件事竟然還與晉王爺那個閒散王爺牽扯上關係！他不知道還好，現下知道了又豈能不查？

感覺到事關重大，趙卓便不敢在黑山鎮過多停留，而是帶著沈君兮，押著在大黑山抓到的這群山賊回京。

壽王帶著一千人馬出京又入京，動靜如此大，自然也驚動了皇宮裡的昭德帝。

一散朝，他便將趙卓叫進宮，趙卓便將有人鼓動西北邊民進京鬧事，同昭德帝稟報了。

昭德帝聽聞之後大驚。「這怎麼可能！從西北過來，山高水遠，何況一路上又要查證路引憑證，這麼多人，怎麼可能走得了這麼遠？」

「可是如果有人給他們提供便利呢？而且今年還算風調雨順，可他們種下的糧食卻大量減產，有人甚至是顆粒無收，地方官員卻隱瞞上報，朝廷未能及時給予撫恤，致使鄉民抱怨……」

「反了、反了，他們這是想幹什麼？」昭德帝怒火頓起。「造反嗎？」

「恐怕還真是這樣。」趙卓小心翼翼地同昭德帝道：「這一次，我們抓到一個人，就自稱與晉王爺有關係。」

晉王爺？

昭德帝的眼中便迸出了寒光。

當年他的眾多兄弟中，也就留下晉王一個，全是因為他識時務，投靠了曹太后，才讓他免於一死，隨後也做起一個整日花天酒地、不問世事的閒散王爺。

難不成這一切都是假象？

昭德帝自詡仁善，可畢竟身在高位多年，有些事他能睜一眼、閉一眼，但有些事，卻絕不會輕易放過！

比如今日這件關係到社稷民生的事。

「查！」他幾乎沒有猶豫地怒道：「看是誰給了他們這樣的膽子，竟然知情不報！難道他們還想瞞天過海嗎？」

說完，昭德帝就親手給趙卓寫了一道手諭。「不管查到什麼，都直接報給朕。如有必要，你可用此手諭調用齊罡的禁衛軍以及西山大營的御林軍！」

趙卓沒想到昭德帝竟會將此大任交到自己手上，正要拒絕時，卻被昭德帝拍著肩道：「幾個皇子中也就只有你，自幼便剛正，辦起事來一絲不苟。而且你能同朕主動提及此事，證明你並未參與其中；至於其他人，有一個算一個，絕不姑息！」

一聽這話，趙卓的心裡突生一陣悲涼。

這就是所謂的帝王心術嗎？

他領命出來，帶著手諭先去尋了齊罡，隨後又跑了一趟西山大營。待安排好這些後，他便叫人放出話，稱被他抓到的那些人都招了，這京城中有人要謀反！

是夜，有人從牢裡逃脫出來，齊罡則帶著禁衛軍在京城裡挨家挨戶地搜查。

昭德十八年的冬天，整個京城好似突然陷入風聲鶴唳中，就連青樓的生意都變得慘澹。

趙喆在萬花樓的包間內，像隻沒頭蒼蠅一樣竄來竄去，而他身邊的晉王爺卻顯得鎮定許多。

「皇叔竟然一點也不擔心嗎？」趙喆看著晉王爺急道。

「有什麼好擔心的？」晉王爺卻是一邊飲酒，一邊淡定地說道：「天塌下來不是還有個兒高的頂著嗎？」

趙喆聽了先是一驚，隨後試探地問道：「皇叔說的可是太子？」

晉王爺聽了，輕蔑地笑道：「以劣種換良種，這種喪盡天良的事他都能做得出，還沾沾自喜，以為做得神不知、鬼不覺，看來他真是在太子之位坐得太久了，久得以為地裡不管種什麼都能長出糧食來。我們此次不過是借勢而為，真要究其根本，難道不是他那些種糧出問題，才導致百姓顆粒無收嗎？」他老神在在地道：「我們不過是給那些想進京討個說法的百姓便利，讓沿途的官員別太刁難他們而已，難道這也有錯？」

這些年，他在京城裝乖賣巧，為的就是等待一個時機。

當年曹太后不是冤枉他們這些皇子謀反？那他就真的謀一個給她看！

他一直暗中謀劃，只是沒想到那個老虔婆竟然死得這麼早！

既然報復不了曹太后那個老虔婆，那他就報復昭德帝好了。

他不是一直想做個仁君嗎？一直自詡整個北燕朝在他的治理下，百姓都能安居樂業，自己就讓他看看百姓造反的樣子！

這天下百姓，要他們臣服容易，讓他們造反也容易，端看朝廷給不給他們活路而已。

正巧年初的時候曹太后薨逝，曹萱兒欲趙旦一同給曹太后守孝，逼得趙旦沒法，只得隱姓埋名地在太子府外養了個外室。
沒想到那個外室也是個有手段的，今日要這個，明日要那個，花錢更是如流水。
太子府雖然有錢，府中的奇珍異寶也不少，可那些都是在內務府登記造冊的，即便是趙旦也不能隨意拿出府去換錢。
如此一來，堂堂一國太子的日子也是過得捉襟見肘。

第一百四十五章

晉王爺得知這情況後，便悄悄派人去遊說趙旦，讓他在種糧上做些手腳。

趙旦一開始還有些害怕，可倒騰兩次之後，膽子也跟著肥起來，便命手下的人放開手腳。

他們以劣種換良種，百姓手裡的種子十有八九不出芽；即便有出芽的，卻是長得稀稀拉拉，更別說結籽了。

對此，早有官員在六月的時候就上報朝廷。

接到這樣的奏報，趙旦自然嚇個半死。他知道此事一旦追究下來，自己準是落不著好。

恰巧那時趙瑞將有人貪污河道修堤款的事給捅出來，朝廷處置了一大批人，趙旦則藉這個機會，移花接木地將糧食減產的禍事也怪到垮堤的頭上，一時竟也矇混過去。

只是這事瞞得了上頭，卻騙不了下頭。顆粒無收的百姓無飯可吃，可朝廷的苛捐雜稅卻是一分不少，不少老實的百姓便覺得沒了活路，敢怒不敢言。

民怨聚集得多了，只要有人稍一挑撥，便會出事。

晉王爺便是看準了這個時機，讓人起事，帶著這群怨氣沖天的流民進京鬧事。他正打算讓自己豢養的死士混在這群流民中，衝進京城後就大肆燒殺擄掠，製造混亂，然後他再乘機闖宮奪位。

沒想到的是，眼看就要成事了，誰知道卻節外生枝。

不然的話，只需半個月，他就可以坐在金鑾殿上號令群臣，而不是像現在這樣，還要躲在萬花樓裡，同趙喆這個也算不得聰明的人商量計策。

既然現在還不能奈何昭德帝，那就噁心噁心他好了。

晉王爺問起趙喆。「當初趙旦在種糧上做手腳的時候，我讓你留存的證據可還在？」

「那個我一直小心翼翼地保存著呢！」趙喆隱隱有些興奮地道。

「找個可靠的人，繞過太子，把那些證據都捅到皇上跟前去。」晉王爺冷哼道：「也讓咱們皇上知道，他寄予厚望的太子，多不將這江山社稷放在心上！」

他就不信經過這件事後，昭德帝還會將皇位傳給趙旦。一旦太子之位懸空，想必對現在幾位皇子而言，自然又是一場腥風血雨。

晉王爺有些得意地想。

趙喆趕緊離開萬花樓，著手找人去辦事了。

「頭兒，您說我們整日地搜這家、查那家的，到底是要搜查什麼？」齊罡手下一個小旗有些不解地問。

齊罡已經帶著人馬在京城連續搜了七、八日，說真的，他也不知道壽王到底要他搜什麼，只是讓他凶神惡煞地在京城裡鬧出讓人緊張的動靜來。

若壽王不是拿著昭德帝的手諭來的，他還真以為對方是故意拿自己開涮。

「你們少廢話！讓你們搜便搜，問這麼多做什麼？」又是一家無功而返，齊罡看了眼垂頭喪氣的兄弟們。「街那邊有家茶坊，我請兄弟們喝茶！」

「頭兒，喝茶有什麼意思，不如請我們喝花酒呀！」說著就有人指著不遠處的煙花巷嘿嘿笑道。

「正辦著差，喝什麼花酒！」一個小旗適時地出來教訓那些滿口胡言的人。

「不是統領大人說的，要搜遍京城每一寸土地嗎？這煙花巷也算是京城的地啊，咱們怎麼就不能進去搜了？」有人不服氣地道。

齊罡一想也是，不知壽王那葫蘆裡賣的到底是什麼藥，不如也假公濟私一回，讓兄弟們去活絡活絡。

齊罡大手一揮。「走，今晚咱們查煙花巷！」

他手下的人本就多，加之都穿著禁衛軍的衣服，因此當他們出現在煙花巷時，也算引起了不小的動靜。

這動靜自然也驚到了萬花樓裡的晉王爺。

隔著二樓雕花窗，晉王爺打量窗外那群人，叫來了萬花樓的老鴇。「傍晚我會叫人來取放在妳這兒的東西。這幾日京城不太平，放在這裡也不安全，先送出城去藏幾天。」

老鴇一臉慎重地點頭。

到了傍晚時分，一隊戲班子押著唱戲的行頭從城門經過，被停下來例行檢查。

「這時候出城？」城門守衛一邊查看戲班子的衣箱，一邊不解地問。

一個班主模樣的人笑著塞給守衛幾兩碎銀子，笑道：「沒辦法，這不是剛給城東的楊員外唱完堂會，然後趕著去南城外十里莊給李員外的母親祝壽嘛！現在出城，腳程再快一些，也不過一、兩個時辰的事。」

那守衛掂了掂手裡的銀子，然後笑著同班主道：「還真沒看出，你們這唱戲的行頭這麼講究，這龍袍竟然做得和真的一樣。」

「軍爺您好眼力，那就是《貴妃醉酒》裡唐明皇的戲服，可不就是龍袍嘛！」班主嘿嘿笑著，然後又往守衛手裡塞了二兩銀子。「還請軍爺多通融，這天要是黑了，咱就不好趕路了。」

那守衛笑了笑，抬了手，將戲班子給放出去。

戲班子出城後，果然一路狂奔，好似真的急於趕路。只是他們並不是往南面的十里莊方向去，而是一路往西而去，直到夜色全黑。

就在班主慶幸他們成功地瞞天過海，逃出京城時，豈料四周忽地亮起了火把，向他們合圍而來。

「什……什麼人……」見對方都帶著傢伙，班主也從車底抽出刀，很警覺地道：「我們可是晉王府的人！」

一匹棗紅色大馬從人群中慢悠悠地騎出來，馬背上騎著的不是別人，正是西山大營的統領紀容海。

他受趙卓所託，帶著西山大營的人在城外守候多日，等的就是他們這群自投羅網的人。

紀容海也不多話，只叫手下的人將這戲班子的東西全部卸下來，然後一件一件地查看起來，赫然在一堆戲服中發現一件明黃色繡五彩絲線的龍袍。

與龍袍相應的袍帶、冕冠等物更是一應俱全。

紀容海便沈著臉問那些人。「這些都是什麼？」

「這些都是我們平日唱戲的行頭。」裝成班主的人就想繼續矇混過關。

「唱戲的？」紀容海卻是一聲冷笑，翻身下馬，拿起那件龍袍在手指間撚了撚。

「這可是上好的杭綢繡五彩絲線金龍，」紀容海看著他們笑道：「我竟不知你們唱戲的也用得起這麼華貴的東西了？」

那冒充戲班班主的人便沒再作聲。

紀容海手下一個士兵卻好似突然有了發現，捧了個紫檀木匣過來。「大統領，在箱子裡還發現這個！」

紀容海好奇地接過那紫檀木匣，發現裡面放著的竟然是一塊金印。

他拿來火把一照，那金印上刻著的竟是「傳國玉璽」幾個大字。

紀容海頓時察覺事情嚴重，立刻叫人綁了戲班子裡的人，連夜趕回京城，並將證物呈給昭德帝。

雖然夜已深，可昭德帝卻全無睡意。

龍案上擺著太子插手春耕種糧的各種物證，以及各地官員上報奏摺，無一不是在說夏糧歉收，希望朝廷能給予相應的撫恤。

可這些奏摺沒有一封到過他跟前，全被太子用藍批打了回去。

他這到底想幹什麼？他眼裡到底還有沒有社稷?!

就在昭德帝的心裡正憋著這口氣時，又看到紀容海在城外繳獲的龍袍和玉璽，一口氣沒能提上來，竟這樣暈倒在御書房。

福來順跟在昭德帝身邊多年，這樣的事還是第一次遇上，好在他還算沈著冷靜，趕緊派人去請太醫，自己則叫了幾個小太監，合力將昭德帝抬上龍榻。

因年初查清了曹皇后利用太醫院孫院使陷害張禧嬪一案，孫院使被革職流放，現在接管太醫院的是被稱為「杜院使」的杜太醫。

杜太醫給昭德帝號過脈，得知他是被鬱結之氣所滯，一口氣沒能提上來，以致暈厥，便為昭德帝施了幾針，又為他推拿一番，昭德帝才悠悠轉醒。

只是他剛一醒，就瞧見了跪在龍榻前的趙旦。

昭德帝心裡的氣不打一處來，想要隨手抄起什麼東西砸人，卻發現根本控制不了自己的手腳。

「傳……傳朕旨意，廢……太子趙旦為……為庸王，傳……壽王趙卓入宮，監國……理政！」因為剛醒，昭德帝的行動不太方便，但他還是咬著牙齒，一字一頓地說道。

屋裡的人都驚呆了。

誰都沒想到昭德帝在清醒後竟會作出這樣的決定。

趙旦更不敢相信自己的耳朵，連忙膝行至昭德帝跟前，扯著昭德帝的衣袖道：「父皇，兒臣到底做了什麼，父皇竟要廢了兒臣啊?!」

昭德帝自是沒有精力同他解釋，睇了一眼福來順。

福來順躬身道：「庸王殿下，您若不明白，可跟著老奴去看一眼龍案上所呈的物證。您不顧江山社稷，為了一己私利置百萬民眾於水火，您說皇上怎麼可能還讓您坐在這太子之位？」

趙旦一聽便癱軟在地上。

他最擔心的事情，最終還是發生了……

另一邊，趙卓卻被吳公公宣召入宮，見著躺在龍榻上、口鼻有些歪斜的昭德帝時，也嚇了一大跳。

杜太醫悄悄告訴趙卓，昭德帝因為氣血攻心，很有可能中風偏癱。至於能不能恢復，他也不好說，只能讓昭德帝先配合治療，會不會有轉機，全要看天意。

福來順又將剛才昭德帝的旨意轉述給趙卓聽，然後很慎重地囑咐道：「壽王殿下，朝廷正逢多事之秋，還望壽王殿下能力挽狂瀾，還一份清靜平安給世人。」

說著，福來順便將那枝象徵昭德帝權力的朱筆，交到趙卓手上。

趙卓看著那枝筆，竟生出了恍惚之感。

昭德帝在一夜之間竟廢了太子，並且讓壽王監國理政，消息傳出來後，滿朝文武更是為之震驚。

大家紛紛猜測，昭德帝這是要傳位給七皇子？

趙卓接管朝政後，第一件事便是從各處調撥糧食，安撫西北民眾先過冬，隨後部署人力調查龍袍和玉璽一案。

因為沈君兮曾告訴他，在她的夢裡，有人穿著龍袍、拿著傳國玉璽奪宮；而訂製一套龍袍絕不是一朝一夕便能完成，龍袍上那些繁複的紋飾，至少要數十位繡娘專心致志地繡上三、四年。

正因如此，她篤定那龍袍必定藏於京城中。

至於藏在哪兒，趙卓則玩弄了一個把戲。一方面故意找個藉口讓齊罡帶人在城中四處搜尋，製造緊張；另一方面則讓紀容海帶著西山大營的人守在城外，只要遇著可疑的人，一律一網打盡。

晉王爺起先還很淡定，因為他並沒有把這些東西放在自己王府，並不擔心齊罡帶人上門搜尋。

直到那日，他在萬花樓外瞧見齊罡的人馬。

萬花樓雖是青樓，卻也是他這些年與手下密謀的接頭點。藉著那些鶯鶯燕燕作為掩護，誰也沒想到整日花天酒地的晉王爺竟然策劃謀反之事。

只是，他最終還是在陰溝裡翻船。

因為找到了那一身龍袍，趙卓直接命人查抄晉王爺在京城的府邸。

一直關門惡鬥的晉王妃和晉王側妃，怎麼也沒想到自家王爺竟會幹出謀逆這樣的事，而前去搜查的人，在晉王爺的書房裡還發現趙喆與之往來的書信，也坐實了康王與這件事脫不了干係。

讓趙卓更想不到的是，拔出蘿蔔帶出了泥，後來搜查康王府時，發現莊王趙昱和順王趙旭對此事竟也是知情不報。

如此一來，此案便牽連甚廣，趙卓一時竟不知如何決斷，只得徵詢昭德帝的意見。

昭德帝經過一段時間休養，又召回傳老太醫扎針療傷，面部倒是恢復不少，只是變得更加「不苟言笑」。

趙卓命人給昭德帝做了一張輪椅，可以推著昭德帝在宮中各處走走看看；紀蓉娘和福來順更是每日都陪在昭德帝身旁，為他排憂解悶，倒也讓昭德帝倍感心情舒暢。

聽了趙卓所述之事，昭德帝沈默一會兒，竟是多的話都沒有。「這些事，你看著辦吧！畢竟以後拿主意的人都是你了。」

趙卓聞言便跪在昭德帝跟前，許久都沒有起來……

這些日子，沈君兮也變得心神不寧起來。

趙卓突然被昭德帝賦予監國的大任，她卻有了不安。

各家的貴婦人又開始頻繁地拜訪壽王府，她乾脆躲到隔壁的秦國公府。

紀老夫人的精神早就不似前些年那麼好，總是坐著就開始打盹，大家為了不擾著她老人家，說話時都會刻意壓低聲音。

紀芝和紀榮都上了學，現下紀芝更想嘗試去考個童生。

文氏自是支持，沒想到紀榮也吵著要去。謝氏無可奈何，除了平日將兒子的學業抓得更緊外，也別無他法。

如此一來，周福寧反倒成了府裡最清閒的人。誰教她的兒子還小呢！

她還是像幼時一樣，喜歡窩在沈君兮身邊說著悄悄話。「都說皇上有意傳位給七哥，這樣一來，妳將來就是皇后了。」

即便在秦國公府，沈君兮依舊擔心隔牆有耳。她瞪了周福寧一眼。「這話怎能亂說？妳不要命了？」

「什麼亂說不亂說，外面早就傳開了！」周福寧撇嘴。「將來我若是有事求妳，妳可不准翻臉不認人啊！」

周福寧雖然在說笑，沈君兮的心裡卻一點也高興不起來。

都說天家無骨肉，她從小便見慣了姨母在昭德帝跟前小心翼翼的模樣，不想自己有一天，她和趙卓也變成那樣相處。

即便離得很近，兩人之間也好似隔著一層，從此不能坦誠相待。

如果那就是她與趙卓的未來……沈君兮莫名地感覺到一股絕望，怎麼也讓她高興不起來。

帶著這樣失落的情緒，她回了雙芙院。

第一百四十六章

不知不覺間，已經立冬，整個壽王府便有了些許蕭瑟，加之沈君兮的心情不好，看什麼東西也都有了落敗之意。

讓她沒想到的是，趙卓竟比往常回得要早一些。

屋裡沒有旁的人，顯得有些空蕩蕩的。

「今日怎麼回得這麼早？」對於趙卓每日早出晚歸，沈君兮已習慣，因此在這個時候見到他，反而有些意外。

趙卓穿了一件居家袍子，泡了一壺香茗，一個人在那兒自斟自飲，顯得心事重重。見到她回來，他那有些疲憊的臉上才綻出一個笑容。

「你這是怎麼了？」沈君兮走過去，有些心疼地撫著他的額頭。

這些日子，趙卓的辛苦她都瞧在眼裡，自己卻幫不上他。因此，她選擇做個安靜的小女人，不再拿自己的瑣事去叨擾他。

可這樣一來，她也似那缺了水的花苞一樣，慢慢地蔫下去，不似先前那般鮮活生動。

這些，趙卓也是瞧在眼裡，疼在心裡。

難怪他從小便覺得宮裡的那些女子，雖然一個個打扮得花枝招展，卻總讓人覺得死氣沈沈，這大概就是癥結吧！

他慎重地牽起沈君兮的手，讓她坐在自己跟前，看著她的眼睛，許久才道：「自從太子被貶為庸王後，東宮之位便一直空置，父皇有意讓我坐上此位……」

說著，他便細細審視起沈君兮的神色。

沒有欣喜，甚至還有些落寞……

沈君兮垂下眼，沒有說話。

「怎麼，妳不為我高興嗎？」趙卓微微瞇眼，看向沈君兮的神情也變得耐人尋味。

就要開始形同陌路了嗎？沈君兮覺得心裡一揪。

她看著趙卓那張年輕英俊的臉龐，莫名有些喘不過氣來。

他會變成自己最熟悉的陌生人嗎？從此開始，在他身邊說話、做事，更要三思而行。

她伸出手，摸上趙卓的臉龐。

「我不高興，我一點也不高興！」她不知道以後還有沒有機會能這樣和趙卓說話。「你曾同我說過，願我們之間不再有第三人。可如果你登上高位後，便不可能只屬於我一個人。為了繁衍子嗣、為了展示恩寵，將會有更多年輕漂亮的女子湧到你身邊……而我，即便心裡被嫉妒扎出了血，面上還要假裝大度地微笑，這樣的日子，光想就覺得很可怕，」沈君兮說著，眼淚情不自禁地流下來。「我不知道自己是會被時光消磨殆盡，還是會變成像曹太后那樣可怕的女人……」

趙卓默默地聽著這些，臉上的笑意卻越來越盛。

他深情地擁過沈君兮，一臉寬慰地道：「我就知道妳會理解我。」

沈君兮有些錯愕地在他懷裡抬起頭，卻聽趙卓說道：「我也不喜歡宮裡那種爾虞我詐的生活，所以我辭絕了父皇。」

她愣在那裡。

趙卓竟然就這樣辭絕了昭德帝？

「你不會後悔？」她有些緊張地拽住趙卓的衣襟。要知道這天下有多少人想要做皇帝，而趙卓竟就這樣輕描淡寫地放棄了？

趙卓卻是搖搖頭。

「甲之蜜糖，乙之砒霜。」他嘆道：「我自幼就在宮中長大，一早就看透了宮中之人的阿諛奉承、捧高踩低，即便像母妃那樣位高權重的人，也一樣活得緊張。我不想讓妳、讓孩子也過上那樣的日子……」

說完，他將頭埋進沈君兮的頸窩裡，貪戀地深吸一口氣道：「只是這樣一來，將來妳可不要怨為夫沒有出息便成。」

「怎麼會！」沈君兮用嘴輕輕地堵住趙卓的雙唇。

不過是和趙卓說話的這點工夫，她的心情跟著大起大落。

這些日子，她不斷勸慰自己接受那些不願意接受的事實，可讓她沒想到的是，眼前這個男人竟然全都替她想到了。

沈君兮在心裡不斷感激著。

今生何其幸運，竟能讓她遇上這樣一個人！

因為人證、物證確鑿，晉、康二王的謀反案，最終在昭德十八年的冬天定罪。

晉王爺和康王均被昭德帝以一杯毒酒賜死。至於王府中的親眷，男丁或流放，或充軍，女子全為奴為婢。黃芊兒和她所生的兩個女兒自然也在其中。

黃淑妃帶著福成公主哭喊著去求昭德帝，昭德帝卻怨她生養了個不肖子，將其拒之門外，連面都沒能見上。

一直陪在昭德帝身邊的紀蓉娘便想著去勸解兩句。

不料黃淑妃卻認為她在其中作梗，一氣之下竟撞了殿外的石柱，一時間滿頭鮮血直流，待太醫趕來時，便已是出氣多、進氣少。

福成公主因為親眼見到自己母妃頭破血流的模樣而暈厥過去，待她被人救醒後，整個人便有些神志不清，滿嘴胡言亂語起來。

眾人聽聞此事，除了一陣感慨唏噓，也只能留下一聲嘆息。

因為發生了這麼多事，整個京城好似籠罩在一片壓抑中，讓人高興不起來。直到第二年春，昭德帝下旨立三皇子趙瑞為太子，京城才好似又有了熱鬧的氣息。

只是許多人有些不敢相信。

這段時間，被昭德帝賦予重任的不一直是壽王嗎，為何最後被立為太子的卻是惠王？

趙瑞擔心趙卓會生出什麼想法，便在第一時間去找他。

得知趙瑞的來意，趙卓啞然失笑。

他拍了拍趙瑞的肩，坦然道：「治大國如烹小鮮，如此勞心勞力的事，我是勝任不來的。而且我更嚮往閒雲野鶴的生活，金鑾殿上的那個位置，不適合我。而且早些年我就答應了清寧，要帶她去雲南走走看看，沒想到這些年卻一直不得閒。」趙卓同趙瑞笑道：「是時候踐行我的諾言了。」

趙瑞有些不敢置信地看向趙卓，卻見趙卓一臉懇切，一點都不像是敷衍他的樣子。

昭德十九年三月二十日，是欽天監算出來的良辰吉日，昭德帝為惠王趙瑞舉行盛大的封太子儀式。

儀式過後的第三天，趙卓和沈君兮便帶著數十輛馬車，浩浩蕩蕩地往雲南而去。

就在他們離開兩年後，身體每況愈下的昭德帝駕崩了，太子趙瑞繼位，定年號為永和，並尊生母紀蓉娘為皇太后。

接到這一消息時，沈君兮正迎來她的第二個孩子。

初到雲南的她，一見到趙卓曾給她描述過的洱海時，便深深地喜歡上這個地方。天是那麼藍，花是那樣嬌豔，一切都顯得那樣寧靜。

原本只打算來看看的她，便動了小住的心思。可不承想，這一住便不想走了。

一開始，他們只是借住在雲南總兵章釗的府上。後來，趙卓乾脆在洱海邊建了一座大宅子，房前、屋後種花養草，過著如詩般的田園生活，好不自在。

每到過年時，他們還可以到雲南布政使司與沈箴團聚一些日子。

如此一來，沈君兮更不想回京了。

她不想回，趙卓也不想走，於是用六百里加急給新帝送去一份恭賀奏表，以示臣服。

初登皇位的趙瑞收到趙卓的奏表，先是笑著咒罵一句，隨後便叫人打開輿圖好好地研究一番，將雲南和貴州一帶都賜給趙卓做封地。

「皇上說了，既然壽王不想回京，就讓他好好在那兒替皇上戍邊好了。」特意不遠萬里從京城趕至洱海的吳公公板著一張臉宣旨道。

「臣遵旨！」趙卓畢恭畢敬地接過聖旨。

沈君兮帶著兩個孩子，恬靜地陪在趙卓身旁，嬌俏的臉上寫滿了幸福與知足。

第一百四十七章　番外

沈君兮和趙卓在洱海邊一住就是十年。

這十年裡，她將京城王府的人陸續都接過來，並將紅鳶嫁給跟隨他們一併南來的方山，也迎來自己和趙卓的第三個孩子昕姊兒。

長子趙嘉很快要年滿十四了，沈君兮為他相中雲南總兵章釗的嫡孫女章炎，想等著兩個孩子年紀再大一些，就讓他們成親。

次子趙辰很調皮，從小就喜歡上房揭瓦，下河摸魚，整天像個孩子王似地領著一幫孩子瞎胡鬧。

沈君兮制不住他，趙卓便將他交給徐長清管教。

沒想到著徐長清不過是小露一手拳腳功夫，就讓趙辰佩服得五體投地，每天纏著徐長清要拜師學藝，被徐長清管得服服貼貼的。

至於秦四每年都會來一趟雲南同沈君兮交帳。

沈君兮的生意全權交給他和黎子誠打理，每年都有數筆可觀的進帳，足夠讓他們過著衣食無憂的日子。

永和十一年，沈君兮接到消息，紀老夫人恐不久於人世，她便帶著孩子和趙卓一道趕回京城。

待他們一行人回到秦國公府時，紀老夫人已經認不得人了，拉著沈君兮的手，喊著紀芸娘的名字，看到沈君兮的女兒趙昕兒時，又把她當成幼時的沈君兮。

紀家的女眷在一旁看著，忍不住抹淚。

幾日之後，高齡的紀老夫人面容安詳地落了氣。

宮裡的紀蓉娘悲慟不已，永和帝則追封紀老夫人為超一品的虢國夫人，並按超一品的規格厚葬。

如此的皇恩浩蕩，讓紀家的風光一時無兩。

讓人沒想到的是，就在這節骨眼上，卻爆出守寡多年的紀雪竟然在田莊生養了一個七、八歲的兒子。

她的婆婆王氏自是不依不饒，糾結了王家的人，吵著要將紀雪沈塘。

卻是沈君兮出面替紀雪和那孩子說話。

「初嫁從夫，再嫁從己。傅辛已死多年，我表姊從未說過要替他守節，更何況為了傅辛這種人也不值得。」沈君兮在王家人的面前擲地有聲道：「她用自己的錢，在自己的田莊養自己的孩子，又有什麼錯？」

一句話，就讓王家人沒了再鬧的立場。

「別以為我會感激妳！」事後，紀雪還似幼時一般，同沈君兮賭氣地說道。

「沒指望妳感激我，我幫妳，單純是因為不喜歡傅家那些人而已。」沈君兮輕飄飄的一句話，就將紀雪給懟了回去。

紀雯知道這件事後，感嘆道：「妳們兩個也真是，怎麼就鬧成現在這個樣子？」

周子衍如今接管了內務府，成為天子第一近臣，紀雯的身分自然也跟著水漲船高。

沈君兮卻笑著搖頭。「不過是誰也不願意向對方低頭而已，但我覺得這也沒什麼不好，至少能讓她鬥志滿滿地活著不是？」

等過了紀老夫人的五七，已成為太后的紀蓉娘召趙卓和沈君兮入宮。

可能是不用再和後宮其他妃子勾心鬥角，孀居的紀蓉娘倒比先前的氣色更好；反倒是皇后楊芷桐顯得蒼老了些，厚重的脂粉也掩蓋不了她眼中的憔悴。

她在私下同沈君兮說了心裡話。「以前只覺得能當上皇后便是一人之下，萬人之上，等坐上這個位置才發現，真是處處如履薄冰，讓人心力交瘁。現在看來，當初王爺願意帶著妳離開，才是真正正確的選擇。」

看著沈君兮還是宛如少女一般的面容，楊芷桐就頗為羨慕地說道。

沈君兮只是笑了笑，並不搭話。

禍從口出，身為皇后的楊芷桐早就不是當初那個能和她隨意交心的人了。

御書房內，永和帝上下打量著趙卓，然後和幼時一樣在他肩頭捶了一拳。「朕放你小子在外面逍遙快活了十年，也是時候回來幫幫朕了吧？」

「現在天下歌舞昇平，皇兄到底有什麼地方需要用到我？」趙卓卻是不解地看著永和帝。「我現在可是過得逍遙自在得很。」

因為怕被趙瑞猜忌，趙卓才特意帶著沈君兮躲到洱海邊，不問世事，過著閒雲野鶴的生活。

「自己的身體自己知道，朕恐怕熬不住幾年了……」永和帝看著趙卓，很真誠地道：「太子尚年輕，如果不能找個信得過的人輔於他，朕不放心……」

本是一臉玩世不恭的趙卓便收了輕佻之色，一臉凝重地看向趙瑞。

永和十三年冬，正在批改奏摺的永和帝突然口吐鮮血，氣絕於龍案前。

三日後，太子趙葳登基，拜壽王趙卓為仲父，並封攝政王。

攝政王趙卓在輔政三年後急流勇退，辭去一切職務，帶著壽王妃一道四處遊歷起來。

趙卓明白，自古以來攝政王只有兩種下場，一種是推翻小皇帝自己做皇帝，另一種則是被羽翼漸漸豐滿的小皇帝所收拾。

然而這兩種結果都是他不想見到的。因此輔政的這幾年，他一直恪守底線，處處以皇帝為尊；待皇帝可以親政便及時抽身，沒有絲毫貪戀之心。

對於趙卓的每個決定，沈君兮自然都是打心底支持。

看著他那操勞國事而變得斑白的鬢角，她便像隻貓兒一樣地依偎過去。

正所謂「願得一人心，白首不相離。」

這不正是兩世為人的她最想要的嗎？

——全書完

文創風
720

紅妝攻略 5 完

國家圖書館出版品預行編目資料

紅妝攻略 / 三石著. --
初版. -- 臺北市 : 狗屋, 2019.02
冊 ; 公分. --（文創風）
ISBN 978-986-328-965-4（第5冊：平裝）. --

857.7　　107022444

著作者	三石
編輯	張蕙芸
校對	黃薇霓　簡郁珊
發行所	狗屋出版社有限公司
地址	台北市104中山區龍江路71巷15號1樓
電話	02-2776-5889～0
發行字號	局版台業字845號
法律顧問	蕭雄淋律師
總經銷	知遠文化事業有限公司
電話	02-2664-8800
初版	2019年2月
國際書碼	ISBN-13　978-986-328-965-4

本著作物由廣州阿里巴巴文學信息技術有限公司授權出版

定價250元
狗屋劃撥帳號：19001626
網址：love.doghouse.com.tw　E-mail：love@doghouse.com.tw